阅草集

刘汉斌 著

黄河出版传媒集团
宁夏人民出版社

图书在版编目（CIP）数据

阅草集 / 刘汉斌著 .-- 银川：宁夏人民出版社，2022.8

ISBN 978-7-227-07658-2

Ⅰ．①阅… Ⅱ．①刘… Ⅲ．①散文集－中国－当代 Ⅳ．①I267

中国版本图书馆 CIP 数据核字（2022）第 160505 号

阅草集　　刘汉斌　著

责任编辑　陈　晶
责任校对　杨敏媛
封面设计　王敬忠　施　娜
责任印制　马　丽

黄河出版传媒集团
宁夏人民出版社　出版发行

出 版 人　薛文斌
地　　址　宁夏银川市北京东路 139 号出版大厦（750001）
网　　址　http://www.yrpubm.com
网上书店　http://www.hh-book.com
电子信箱　nxrmcbs@126.com
邮购电话　0951-5052104　5052106
经　　销　全国新华书店
印刷装订　宁夏银报智能印刷科技有限公司
印刷委托书号　（宁）0024424

开本　720 mm × 980 mm　1/16
印张　16.75
字数　200 千字
版次　2022 年 9 月第 1 版
印次　2022 年 9 月第 1 次印刷
书号　ISBN 978-7-227-07658-2
定价　50.00 元

目　录

第一辑

草木册页

第二辑

草木词

第三辑

草木人间

第一辑

草木册页

透骨草

我像忘记那一场伤病一样忘记了透骨草。在很多时候，它更像是某件被我曾经反复用过的家什，渐渐地，使用的次数少了，或者是不再用了,却依然不忍心丢弃,便随手搁进生活的某个犄角旮旯里，转眼却忘记了。总是需要有某一个契机，才能引导我再次想起它们。

恰巧我的父亲记性非常好，每年进入伏天，父亲从山间归来时，手里总是会捏一把透骨草，然后将之随手插进粮房的椽隙里，任其慢慢阴干。阴干后的透骨草，依然保持着绿的色泽，等透骨草彻底干透了，父亲又小心翼翼地取下，剪掉毛根，装进白色的帆布袋里，写下名称，吊在椽上，以备急用。

事实上，很多时候，这些备在家里的透骨草是没有用处的，父亲却总是不厌其烦地这样做,我没有阻拦过父亲,就依照着他的经验，把春天的茵陈蒿，夏天的蒲公英和透骨草带回家。

茵陈蒿、透骨草、蒲公英、杏核、杏干等等，父亲都会用帆布袋分类装上，然后吊在粮房的椽上，大大小小的帆布口袋吊在空中，像是吊了满屋顶形色各异的葫芦，任其慢慢地积满灰尘。待到来年，父亲依然会从山上带回各种草，等阴干了，把旧草掏出来，再把新的草又装进去，挂上，然后使其再落上一年的灰尘。

在我出生的乡间，透骨草算不得珍贵药草，它和茵陈蒿、蒲公英等野生的草一样，凡是在生长杂草的土地上，都能找到两三株透骨草来。而一年的伏天，就那么一小段时间，父亲说过，伏天的透骨草是一年中最好的药草，经父亲这么一说，透骨草就显得珍贵起来了。

父亲有备无患是对的。

我不慎扭伤了脚脖子，肿得很厉害，疼痛难忍。父亲摸摸我的脚，转身去粮房里取下帆布袋，拂去尘土，解开绳索，取出透骨草、蒲公英，从灶台上取来花椒，再搜出被母亲塞进墙缝里的乱发，放进砂锅，添上水，搁在火上熬成药汁，每日三次用之给我擦洗，不出七日，竟痊愈了。

那时，村上的药房里缺药，我家里缺钱，父亲索性就没有找大夫，照着他曾经给自己医治伤病的经验，亲自动手把我的伤病治好了。幸运的是没有留下任何病根，等伤病好了以后我问父亲，他怎么就有把握将我的伤病治好。父亲没有回答我，一声叹息，一丝苦笑，便是作答。

山间的草木，千姿百态，我的父亲并不懂得所有草木的功用，他只是粗浅地识得几味有用的药草，在空闲的时候，他就指着吊在屋顶上的那些帆布袋一一对我讲：透骨草，味辛，性温，热敷用于活血止痛，腰腿扭伤；茵陈蒿，味苦、辛，清湿热，退黄疸，口服对治疗黄疸型肝炎有效；蒲公英，苦、甘、寒，清热解毒，消肿散结，利尿通淋，用于疔疮肿毒等。

关于透骨草，我只记得那次与伤病有关的一些情节，我只熟识那些被父亲不厌其烦地阴干的草，它们在很多时候就像是一些无关紧要的杂物，被父亲吊在粮房的屋顶上，成为粮房的一部分。在很多时候，它们仿佛只是用来被蒙上尘土，毫无用处。

我已经离开出生的那片土地多年，一些事物已然在我的心里变得模糊，我像忘记那一场伤病一样淡忘了透骨草。事实上，被我淡忘了的，何止只是透骨草呢？

青　蒿

青蒿不负时光，因而出众。

初春，青蒿的幼芽混生于杂草的幼芽之中，立于坡地。所有的草芽都是在春天追赶着太阳不断长高的孩子，它们收纳了同样的阳光，却长成了自己的模样。草芽在春日的生长，就是矢志不移地将这面黄土裸露的坡地染绿。到了秋天，鸡冠草依然匍匐在地，提起来一串，放下去一堆，摇摇晃晃趴在自己的根上用不断伸长的茎蔓丈量坡地。车前草举着憨敦敦的叶子仰天打开，是一朵朵盛开的绿色花儿，花枝自草心里伸出来，它们是一群手捧着花儿孤芳自赏的花朵，冰草和芨芨草都抽薹了，纤细的茎秆上旗叶托着果穗在风中飘摇不定，唯有青蒿从草中突兀出来，将草长成了树的模样，健硕的枝条上挂满细碎的籽实，享受着众草的仰视。成熟后的籽实也经不住秋风不停地吹，先于落叶，扑簌簌落下的种子，是不断长高的青蒿在一年中对根最后的回望。

坡底是南湾湖，湖水清澈、明净，像满含深情的眸子，被我称为村庄的眼睛。坡上的青蒿倒映在湖水里，湖水看着它在坡地上生根发芽并长高，青蒿越往高长，影子就越往湖水深处钻。沐浴着阳光雨露的青蒿，常被南来北往的浮尘遮蔽，灰头土脸的青蒿一旦遇到了雨水，浑身就会散发湖水的光芒。每一年，坡地上的大量泥土都会被山洪冲入南湾湖，青蒿根深叶茂，洪水奈何不了它，但是它的种子细碎，被泥土裹挟着，让山洪带走了。山洪让湖水变得浑浊不堪，山洪注入南湾湖，并没有使湖水多起来，反倒是让淤泥把湖底填平了，盛不住水。遇到干旱时，南湾湖就只剩下低处的一洼水，湖底裸露，渐渐干涸，这些被水浸泡惯了的土，见到太阳就龟裂，裂开一地浅浅的口子，每一张口都在烈日下不住地喊疼。

高高的防护堤，是南湾湖湖底掏挖出来的灌淤土堆积成的。防护堤落成后，第二年开春，青蒿密密匝匝地从土里钻出来，将表层的土全部顶翻了。堤上的土掩不住青蒿种子强劲的芽势，也抵挡不了青蒿浓烈的香味。青蒿在破土时，幼芽经地皮的摩擦，散发出浓浓的香味，在空气中一再稀释，依然是浓烈的蒿草味。青蒿的奇异气味颇具争议，有人说是香味，有人说是臭味，因人而异，有人称它香蒿，也有人称它臭蒿，各自有理，在意见达不成统一时，我称它青蒿。在地里劳作，总也绕不过堤坝或者山坡，农忙时节，总是低着头赶路，只有闻到青蒿浓烈的气味，才会举目看它们一眼，它们自顾自地长高，我也是带着它们的气味去地里劳作或者回到家里。青蒿的气味在空气中四处散布，或许在我经过它们时，呼吸间它就治愈了我身体潜藏的某种疾病，只是我并没有察觉而已。在地里劳作，偶被草叶划破手指，青蒿就隔着田埂把叶子递过来，伸手到我的手里，将采摘下的叶子在指间挼搓一番，敷于伤口按压片刻便能止血，这是我在乡间识得青蒿以来得到的最大便利。乡间的牛羊或者骡马，大都吃过青蒿，但从不多食，由此可见青蒿并不爽口。山野里适于牲畜吃的草种类太多，它们习惯了挑三拣四。野草旺盛时，它们身体健壮，不能说这都是青蒿的功劳，山野里十草九药，各有所长，生命间庞杂的联系和对应，我无法从中找到必然的关联，只是每次赶着牲口从草地上路过，青蒿浓烈的气味也会让它们打个响鼻或者咳嗽几声，似乎也在自言自语“太臭了”，或者“太香了”。我听不懂，问了也白问，不问也罢。牲畜对草木的认知我不得而知，它们长着那么大的一张嘴，只用在吃喝上，从不用嘴表达它们的感受，青蒿的味道和药用价值，在牲畜那里，是一个谜。

盛夏时节，青蒿也开花，开着黄米大小的花，像是把黄米煮开了花挂在枝蔓上。黄米粒煮开了花不落花粉，青蒿的花粉量却大得惊人，小小的头状花序，里面全是花粉，轻轻一抖，能落下厚厚一层浅黄色的粉。我尚没有发现青蒿花粉的用处，小小的蜜蜂却乐此不疲地在花枝上飞来飞去，拖着两只沉重的后腿，笨拙地落在花枝上，将柔软的花枝压弯。我羡慕蜜蜂那口器，既能咀嚼花粉，又能吮吸花蜜，青蒿的花，被蜜蜂咬一口，籽实就饱满了。我嘴拙手笨，也就无法从青蒿那精巧的花朵中获取于我有用的东西，只好悻悻离开。

湖水封冻后，天干物燥，高挑的青蒿干枯了，低矮的草也已衰败。荒野之地，不知经谁之手燃起一把火，火舌舔过大地，草木化为灰烬，灰烬覆盖了土地，也为土地涂上了一抹黑色，来年的青蒿和杂草从灰烬里获得重生，它们在湖水里洗一把脸，该上山的爬上了山坡，执意留在堤坝上的，替堤坝经管着一湖水。

锁　阳

“锁阳”一词，道出了这类寄生植物生存的智慧，它不仅惯于寄生，而且还可以将从寄主那里掠夺来的财富牢牢地锁住，为己所用。《宁夏中药志》中对“锁阳”一词的注解是：“多年生寄生草本，不含叶绿素，埋于半固定沙丘中，多寄生于白刺根上。”锁阳和白刺之间，有一条隐秘的通道，让它们生死相依，锁阳采白刺之阳气，固本壮体，从而使得锁阳总是显得富态可掬，而白刺瘦得浑身只剩下尖利的棘刺。

白刺大都生长在贫瘠的戈壁滩或沙砾地上，气候干燥，土地贫瘠。白刺所遭受的逆境生长是持续的，在经历了风沙、干旱、燥热、极寒的多重考验之后，才能慢慢地成长起来。白刺的生长极其缓慢，不知道是因为土质过于贫瘠，还是拜锁阳所赐，白刺的成长是极富有耐心的。一年又一年过去了，白刺依然一副瘦弱的样子，总感觉它年复一年的生长是徒劳的，根系提供给机体的营养，只能维持它这副瘦弱的样子活着而已。

锁阳的生长，显然要滋润得多。凡寄生者，就如同一群强盗，它们只管将从别人那里掠夺而来的东西私藏了，为己所有。凭借一杆从身体里生长出来的长枪，赖上白刺，吃定白刺。只需将枪口指向白刺，它就可以心安理得地胁迫白刺一辈子。白刺不断地从自己的体内掏出东西，献给锁阳，锁阳照单全收。

烈日下的白刺身形瘦小，它将十几年的成长史全部都留在土壤的根系里，土壤中，被锁阳胁迫着的根系，也是它十几年的屈辱史。白刺把成长与屈辱掩于地下，它不与大地上任何一种植物攀比，只默默地承受着生命赋予它的春华秋实。十年间，一棵白杨可以长得高大伟岸，而长了十多年的一棵白刺，却依然是一棵小树，翠绿的叶子，在白花花的阳光下大把大把地凋落，叶子细小，落入沙砾中，不见踪迹。白刺先于秋日显现出萎靡之态，此时的模样极像是一个面黄肌瘦的重症患者，被迫无奈地接受着命运对它的化疗。在本应枝叶丰茂的夏日里，它显得憔悴不堪、无精打采。

熟悉我的人都说我傻，做人一根筋，写作也是一根筋。我听后并不生气，我觉得白刺比我更傻。它就知道立在那里，除了养活自己，还得供养一群本与自己毫无关系的锁阳，尽管它生长很缓慢，但是它的枝干却无比敦实。我就放心了，我知道，一棵树，一旦舍得花时间与命运较劲，它就离出息不远了。然而，白刺的出息是让自己长成材呢，还是喂养更多的锁阳，使其成材呢？

锁阳似乎并不在乎白刺的感受，它依然将那胖乎乎的肉质花序像彩色的蘑菇一样，一朵一朵，全部拱出地面，这些从土里拱出来的花序，是白刺不便于公之于众的秘密。从锁阳将第一个花序呈现在大地上，它就已经将自己胁迫白刺的秘密全部公布出来。尽管它的花序是一副憨态可掬的模样，笑眯眯地立在瘦小的白刺底下，那种与世无争的态度与神情，既是对白刺的遭遇深切的同情，又表达着它们对此的无能为力。花序下的肉质茎，着生棕褐色的鳞状叶片，叶片鳞萃比栉，像是现代人穿戴着古代战士的盔甲，装模作样地立在世人的面前，令人忍俊不禁。

锁阳依靠世袭的武器从白刺那里获得延续生命的物质，是小智慧，而白刺依靠自己的根系从环境恶劣的土地上汲取养分，并供养锁阳成长，是大智慧。无论生存环境多么恶劣，总有一些生命的生长是艰辛的，而有一些生命的成长却显得从容不迫，锁阳就是一伙图谋者，盯上了白刺，就绝不会轻易放过。都是植物，本不该分高低贵贱，而事实上，不同的谋生手段，就已经把它们摆放在了命运的不同阶梯上。白刺靠着发达的根系在土壤中获取养料，而这些寄生于白刺根部的锁阳，只要它一伸手，一张嘴，就可以从白刺那里获得自己想要的供给。

水　稻

水是水稻立在土地上的精神支柱，水稻是立在地上不断长高的水。

水稻的生长，是水的生长，稻花的香味，是水的香味，稻穗的低沉，也是水的低沉。水在土地上汩汩流淌，腾起一缕缕热气抑或细尘。水本无形，流过干涸的土地就洇染出了水的形状；水本无声，渗入松软的土层便嗞嗞作响，化作天籁之音；清水渗进土层，浅土层里的稻种就瘫软在了稀溜溜的泥里；土壤吸足了水就是一摊烂泥，稻种吸足了水就躺在稀泥里独自膨胀，撑破颖壳，探出白生生的根；水本无法独自站立，而水敦促稻种萌发，稻种像新生的婴儿在泥水里伸脚展腿，伸出嫩白的鞘叶，再从鞘叶中抽出小叶，丝丝细绿伸出泥地，便是新生。一地涣散的水通过一枚枚新生的芽立在了土地上。

破土之后的青苗生长速度惊人，待第三片叶子完全展开时，种子的颖壳在泥水里塌陷、腐烂，胚乳即将消耗殆尽，稻子的青苗进入了“离乳期”。

新生的稻苗，弱不禁风，种子根纤细，歪歪扭扭地扎进泥土里，风吹水荡，苗子就拖着一根纤细的根在水上摇曳不定，命悬一线。

羸弱的稻苗，潺潺的流水，总会让我产生一些奇怪的想法，水稻会不会被水淹死呢？

稻田里的水仍然在悄无声息地渗漏，若明镜一般的水面上，密密麻麻地钻出水稻尖利的心叶，像是一只只雏鸟尖利的喙，争先恐后地啄破蛋壳，将喙伸在空气中急促地呼吸，水面上泛起一层细密的水波。

水稻的生长，成败全都在水。水稻在离乳期之前靠的是无氧呼吸，生长过程中消耗的养分全部是靠胚乳提供的，幼苗浸泡在水里是淹不死的，新生的青苗自给自足，对外界无欲无求，无欲则刚。而过了离乳期，若将秧苗全部浸没水中，只需几个时辰，就会被淹死。水稻先前伸出来的种子根，只是为了抓住土壤，稳固地立在地上，却不急着从土壤中汲取养分。当水稻种子自身的养分消耗殆尽了，种子根就停止生长甚至死亡，求生的本能迫使它向上钻出水面，向下伸出新的根须。水继续下降，青苗的心叶在持续长高，无数须根伸出来，扎入土壤，像乳白色的吸管，水矮了下去，通过根系将水的印记刻画在青苗上，水稻立在泥地上开枝散叶，这些不断分蘖的茎叶，为我们呈现着水稻须根伸入土层的深度和广度。

在离乳期给稻田除草或者施肥是极为不妥当的，水稻青苗的叶片还那么幼小，那么细嫩。是药三分毒，农药既清除了杂草，也会让水稻的叶子受到重创，大好的时光，它们却既要克服离乳期的给养困顿，又要为茎叶疗伤，根本无暇顾及生长；肥料在这个时候就是盐，撒入水中的肥料会使水瞬间变成盐溶液，肥料越多，盐的浓度就越高，青苗的细根刚试探着伸出来，正需要关爱和呵护，而高浓度的盐溶液会反吸了它们体内的水，使它们脱水而亡。这个过程就如同腌菜，高浓度的盐溶液会将水稻的青苗腌熟。水稻不像动物，动物不悦了，难受了，痛苦了，可以嘶喊，可以咆哮，可以离开，以表示抗议，而水稻不能，它们从种子萌芽的那一刻起，就注定要在自己的根上成长，成长中出现的任何一种异样的表情，都会给族群带来灾难。

经历农药和化肥的双重洗礼，除去了争夺养分的异类，将健壮的根系扎入了营养丰富的土壤，水稻的生长就显得从容起来。田间的水隐于地下，田土露出来，在烈日下咧开嘴大笑，“水长苗，旱扎根”，烈日下的水稻苗，只需数十日，便出落得根壮苗齐，剑叶指天。“水稻怀苞，大水拦腰”，进入孕穗期的水稻，需要大量的水分，涣涣的水环绕着立在地上的水稻，烈日下逐渐隆起的幼穗上，生出了稻谷雏形。水稻是自花授粉的作物，直立的花穗与剑叶恭迎着盛夏的日头，阳光洒在水稻精巧的花穗上，悄无声息。颖壳在细微处开一个口，让阳光缓缓流进去，将一粒粒稻谷喂饱。

夏日的风像一波接着一波的热浪，孕穗开花的水稻就是一地荡漾的水呀，浪来浪去地摇。所有水稻在这时候保持相同或者相似的姿态，随风摇来摆去，沉睡在颖壳里的稻谷贪婪地吮吸着阳光、养料和水分，白白胖胖地往大长。

阳光喂养的稻谷，在八月的烈日下俯首行礼。这一年，只顾着往高生长了，难得有时间可以低首回望土地，回望自己的根，沉甸甸的稻穗低垂着，空气中弥散着稻谷熟透了的清香，微风吹拂，稻穗在柔韧的茎秆上轻舞，它们似乎在用最后的舞蹈庆祝着打破了“白露不低头，割倒喂老牛”的魔咒。阳光、水分和养分，在粗粝的稻壳下凝结成米，一季水稻，成了。

百里香

如果不曾在农村生活，就无法将百里香的香味与家乡的气味联系在一起，抛开家乡，百里香，就只是一个生僻的名词。

百里香通体带着香味，浓而不烈，清爽宜人。

我熟悉这种香味，由于熟悉，便无端地喜欢上了百里香，它与我在成长中逐渐喜欢上的家乡的所有事物一样，大都是因为熟悉，才会深深地喜欢上它们。

百里香的气味在我的家乡由来已久，先于我的出生，陪伴我长大，一直到我决意离开家乡，它依然留在那片土地上。百里香只是一些从不停止生长，却永远也长不高的野草，在百草丛里，百里香算不得是出众的草，只要有百里香生长的地方，它的香味就抛洒得到处都是。它们本没有向外界展示自己的意图，而事实上，它们所飘散出来的香味，只是生命本身的气息，无论你是欣赏还是不去欣赏它，它都会在那里，或欣欣向荣，或萧索枯败。我知道，绿色的百里香，它在大地上的表情，不是满足，而是对满足的渴望。不同的植物，与百里香有着同样的绿色，演绎着大地上千变万化的生命形态，无论我爱或者不爱它们，它们依然热爱着自己，或香气扑鼻，或索然无味，春荣秋枯，轮回不休。生命的轮回对于像百里香那样的草而言，就是一年中那些一成不变的开始和结束，以及其间的芬芳，无论我在还是不在，它们都将通体的香味抛洒在家乡的大地上。

家乡是有气味的，就连炊烟、树、草、庄稼和雪花，全都带着家乡的味道。家乡的气味不是一成不变的，而是随着时令而变化。每一个时令，都有一种特殊的气味。在农村，最令人熟悉的气味莫过于大地、植物和亲人。处处都有村庄，也有土地，却不一定有我家乡那样清香宜人的植物以及念着我的亲人，所以，家乡就永远有别于我所到达过的任何一个村庄。

在家乡，一月、二月吃住需焚柴，三月、四月桃杏李子花儿开，五月的槐花似雪白，六月的地椒子香百里，七月最香是新麦，八月的荞麦花儿甜似蜜，九月土豆绽花蕾，十月的玉米树上缀，十一月、腊月草枯花凋雪花白。

每次回到家乡，百里香的香味就会一下子扑进我的鼻腔，就像我恨不得一下子扑进故乡的怀抱，急不可耐。我太熟悉家乡的每一个村道了，只要嗅着一路的花香，就是闭上眼睛，我也能顺利回到家。

我对家乡的思念，不仅仅是因为我出生在那里，也不只是因为父母还在那里，很多时候，只需百里香那一抹独特的气味，就可以让我魂牵梦萦。离开家乡的时间久了，我常怀念撒进热油中的葱花腾起的香气，胡麻秆在灶膛里化成的青烟，桃杏花儿以及槐花的香甜，新麦的清香，荞麦花儿的甘洌……

我无法真切获知父母是承负着怎样的生活重压将我接到这个世

上，也无从知晓我的儿女们会以怎样的方式把我从这片土地上送走，我唯一能做到的就是趁自己还年轻，多去山野里看一看，从我最熟悉的一棵百里香那里找到生命来时和去时的路。

地　肤

一些植物的名字，像晶莹的露珠一般，镶嵌在我细碎的生活中，我只从时光里提取了记忆。铭记于心的那些植物，大都是因为热爱，也有一些植物是例外，比如地肤。

地肤子是地肤的籽实，可入药。农村人都叫地肤为扫帚苗，习惯使然。

地肤与菠菜同属于藜科，在城市里，菠菜是常见的蔬菜，而地肤不常见。在农村，地肤比菠菜多。地肤不是蔬菜，它的食用价值远远不及菠菜，所以城市多见菠菜，而论他用，地肤扎成笤帚就正好体现出了它的价值。与所有野生的植物一样，一株地肤在农人手里变成一把笤帚，已经发挥了其极致的功用，那么多生长在田间地头的植物，都被视作没有用处的野草，若是连牲口也不吃的野草，对人更是无用，任其活到干枯，等干枯了，就只是一把灶膛里的灰。

用地肤做成的笤帚在农村被广泛使用，这与它是野生植物不无关系。在农村，用来扎成笤帚扫灰除尘的植物大体有三种——地肤、高粱、糜子，高粱、糜子都产自良田，农人们出于私心，还是随手从田野里拔来地肤，扎成笤帚，而将高粱和糜子的秸秆留给牲口。

地肤的药用价值鲜为人知。地肤之所以受欢迎，并不是因为它的药用价值，而是因为它是一种可以随手拔来的植物，谁勤快，拔在手里，就是谁的。用地肤扎成的笤帚经久耐用，又不影响农人对粮食的敬畏。这个与菠菜同出藜科的植物，似乎更接近人对基本生活的需求，它的嫩茎叶可供人食用，却大不如菠菜的口感好，籽实除了传宗接代并不好吃。但它却用躯体为人间除尘、扫灰，因此被当作一件家什，堂堂正正地摆在农家的厅堂里。

母亲有一个习惯，每天收拾完屋子，喜欢将笤帚立在堂屋的门后，而我却见不得将笤帚放在堂屋里，只要被我看见，就把它放在我一进院门顺手就能拿到的地方。

我不喜欢地肤，甚至很长一段时间痛恨地肤这种植物，小时候贪玩，每次因为晚归或者没有按时完成作业，没少挨被母亲顺手抄起的笤帚打，我却从来都不恨母亲，只恨那打人的笤帚。干透了的地肤是一把坚硬的干草，茎秆中空柔韧，打在人的身上，听起来动静很大，却不疼，皮肤上也不留痕迹。每次悄悄溜回家，第一时间把笤帚抱在怀里，或者因为贪玩而忘记了写作业的时候，我也总会将笤帚藏在鸡窝里。母亲找不到笤帚，就只是自己跟自己生气，母亲舍不得扇我耳光。

一把笤帚苗，常被母亲用到了极致，初时用来扫炕，新扎成的笤帚细软，扫炕不挂毡上的羊毛，又能扫净灰尘，而用上一段时日，细软的枝条耗磨尽了，就只能用来扫地，等磨到只有一拃长的时候，母亲还是舍不得扔掉，用它刷锅。在农村，人们大都用煮熟的土豆喂养牲畜，而每次煮过土豆的锅，很是难洗，母亲舍不得买刷锅的铁丝球，就用一把老笤帚刷锅，一直刷到快磨手时，才扔掉，此时它的使命才算完成。地肤年年生年年长，母亲每年都会在枝秆干了的时候扎下几把笤帚放在家里备用。她从来都不会轻易将上手的一件家什丢弃，除非用到确实没法再用了。

村道的犄角旮旯，偶见被人丢弃了的老笤帚，或扎着碎布条，或扎着细麻绳，灰头土脸地躺在那里，也许这就是一把笤帚最终的归宿，它充当着人的手和眼，劳碌一生，被改变的，只有它自己。

到了秋日，风一吹，成百上千的种子落下来，铺上一地，来年春天，地肤依然固守着植物的天性，在大地上生生不息。它的茎叶被扎成笤帚也罢，种子被用作中药也罢，那都是人的事。

鬼稻

稻田里来了不速之客，似稻非稻，似草非草。农业专家说它们是水稻在栽培过程中与稗草杂交而成的新物种，既有水稻的模样，又具备了杂草的性状，称之杂草稻。水稻长时，它也长，水稻不长，它不长，稻子瘦时它也瘦，稻子壮时它更壮。农人称它鬼稻。

鬼稻之“鬼”，在于它本不是水稻，而是一种召之即来，却挥之不去的恶性杂草，幼苗期的鬼稻，简直就是水稻的拟态，隐藏在水稻田里，与水稻同生共长，稻草难分。水稻开始拔节，鬼稻早已耐不住性子了，释放出杂草的十足野性，先于水稻拔高，先于水稻分蘖成穗、开花结果。当平整的水稻田里突然有一簇簇花穗冒出来，鬼稻就已经将成熟了的种子落入田土，落入田土的种子即时开启休眠模式。若田地在另一茬种植了旱地作物，鬼稻的种子就在土壤中休眠，一眠可达十年，除非这片土地十年内不再种植水稻，它兴许会在地下一觉不醒。一旦土壤的温湿度达到了水稻发芽的条件，它便立即醒来，与水稻种子一同萌发，一起拔节散叶，抢在水稻之前结穗落粒。鬼稻在抽穗前不易被觉察，而抽了穗之后，它的特性就立马显现出来，它的剑叶平展，再剥开稍有色素沉着的稻壳，露出带着红线的米粒，这便是它的真实面目。

鬼稻之“恶”，指的是它那十足的野性，它一旦盘踞于水稻田，水稻就得易地。鬼稻匪气十足，自然要和水稻争夺阳光、养分和水分。人工种植的水稻，在它面前分明就是一个个柔弱的女子，鬼稻不仅利用它的先天优势轻而易举地掠夺了水稻的水分和养料，而且还将品质低劣的种子混于水稻的稻米之中，大大降低了稻米的品质，害得农人辛苦一年，因为水稻中混掺了红线米而卖不上好的价钱。农人叫天天不应，叫地地不灵，本能地将怨气全都撒在了购买的种子上。杂草稻出现后，是草是稻尚未形成定论之前，经营种子的人因此而遭受冤枉，他们无法解释这种诡异现象，只能自认倒霉，于是，鬼稻惹下的祸，全部都让经营种子的人承担了。

常年在稻田里劳作，深知藐视一株杂草的威力是愚蠢的。鬼稻的可怕之处，在于它们会借助超强的繁殖能力和强劲的生命力，破坏水稻的种植环境，抑制水稻的产量，降低稻米的品质，从而危及人类的粮食安全。这绝不是危言耸听，鬼稻常年在稻田里肆虐，人工拔除，机械深翻，轮作倒茬可以减少鬼稻族群的数量，却再没有更好的办法来根治它。

鬼稻具备了草的野性，稻田中使用的除草剂对它们几乎是无效的，除草剂除得了其他杂草，却除不了鬼稻。鬼稻有稻子的习性，开花结果，却养不了人。鬼稻从水稻田里掠夺了养分和水分，结出的种子，多数都撒进了田里，少数混掺在水稻中的米粒，不仅难看，还难吃。一株鬼稻结出的种子，在下一季会有一百多株鬼稻从田里长出来，每一株鬼稻又分蘖成十余个果穗，再结籽，再落粒，反复数茬，鬼稻就完全侵占了土地。

八月的水稻田，理应是一年中看上去最美的时刻，大片的稻田平展、整齐，水稻怀苞孕穗，剑叶齐刷刷地指天而立。但鬼稻的出现，从此就打破了稻田的整体美感，一簇簇鬼稻立于稻田，高凸出来，将稻田在人的视野中撕得破碎不堪。

阻止一片土地上鬼稻蔓延，农人以前惯常用的最有效的办法是焚烧秸秆，现在只好靠人工拔除或者深翻土地，或者花费十年的时间与玉米、小麦等其他作物轮作倒茬。当鬼稻的蔓延之势远远超过了我们治理它的能力，只有停止水稻的种植，再寻求可以掐住鬼稻的命门的方法，让水稻颗颗饱满，种质纯正，把从鬼稻那里抢回来的阳光、水分和养料，化作晶莹剔透的米粒，喂养我们。

秦　艽

跟着村里挖秦艽的妇女们识得秦艽，再由挖秦艽的日子反观那些大门不出、目不识丁的乡村妇女的生活，日子的滋味便油然而生。日子的味道是通过遍地的野草汁沾染在她们的双手上的，再由她们的双手传递给各自最亲近的人。秦艽就是苦涩难熬的日子里的那一点点甜，尝一次便可以使人上瘾。

日子过不下去了，男人把土地和庄院全部丢给女人，独自出门了。出门时，女人对男人说："去吧，家里有我呢。"

女人从此既是爹又是娘，扶犁耕地，歇犁撒种，撒完种子还得耙耱。早起晚归，养育孩子，喂养家畜。这些本应该由男人和女人一起扛的苦活、累活，女人全都扛了，还唯恐落在别人的后面，男人出门在外的日子里，她们忘记了自己是女人。

她们再好强，却过不了灶台上缺油少盐，饭碗里缺滋少味的日子。在这片本来就很贫瘠的土地上，能用来换钱补贴家用的东西不多，秦艽是其中一种，妇女们都去野草地里找秦艽，秦艽却藏在草丛里，需要花工费时地寻找。

当秦艽被挖出来放在廊檐下阴干的时候，谁都觉得是弥足珍贵的药草，而在荒山野地里，秦艽就只是混生其中的一种普通的野草，宽阔的叶子，偶见开着毛蓝色的花儿，山间野草甚多，混生于其间，根本无法一眼就认出它来。

挖秦艽的妇女，舍不得用几块钱一盒的雪花膏，更舍不得用几块钱的香皂，只有在双手皲裂了，像干涸的土地裂开的口子一样，钻心地疼，实在是忍不住了，才肯花上几毛钱买根棒棒油搽一搽。没有男人疼爱，女人在手疼得没有办法的时候，涂擦一些油，再在火上烤一烤，缠上塑料薄膜，忍着疼痛，去山野里寻找秦艽，寻着寻着便忘记了疼痛。

野花簇拥的四月，正是这片土地青黄不接的时候，贫瘠的土地上，虽然已是一片葱绿，但是像秦艽这样可以补贴家用的植物并不多，这时候，庄稼还没有成熟，秦艽是这片土地上唯一的收获。

跟着她们走近一片野草地，扑面而来的野草的芬芳，那是一种成百上千种杂生野草的气息混于一体并沾染了泥土的气味，透着大地的芬芳。盛夏时节，那或相近的，或相似的，或大不相同的，或绝不相同的野草的气味混合在一起，遍地芬芳。

一簇秦艽，开着一种并不张扬的蓝色花儿，藏匿于野草之中，所有人都必须躬身屈膝，才可以从千姿百态的野草中找到秦艽。我的耐心很差，找不到秦艽，就索性站在草地上看挖秦艽的妇女，她们就像永远都不知道疲惫，累了，就坐在草地上，将沾满了草汁和泥土的双手在衣襟上蹭几下，从随身携带的口袋里掏出干粮吃，满脸尘土，狼吞虎咽。

常常是嘴巴里塞满了干粮，却丝毫不影响她们之间的交流。说是累了歇歇，年轻的媳妇们却会因为某个人当着大伙儿的面公开了自己的隐私而与之在草地上撕扯、摔跤，引来一片哗然。这一群劳苦的人儿，尽管贴着草地，用皲裂的双手刨揽光景，不管日子多么清苦，却不忘把年轻时最清脆、最爽朗的声音留在这片草地上。这样的嬉闹，只有在山野，只有在她们聚在一起的山野，在遍地都藏匿着秦艽的山野地里，才能尽情施展，毫无顾忌，只有在这时候，她们才能有瞬息的放松和短暂的放纵，嬉闹过后，还得提上篮子，贴着草地，回到清苦的日子中去。

秦艽不多，年年生。妇女们为生计而挖去的秦艽，都是成草，那些残留于土壤中的细根幼苗，经年之后，又会长大。挖秦艽的女人们，多么希望自己能多挖一些秦艽，她们多么希望能给儿女们换一双新鞋。她们更希望永远都不用再挖秦艽，哪怕秦艽长得遍地都是，那时候，她们就可以和自己的男人，无所顾忌地坐在草地里，好好谈谈。

无关爱情。

从秦艽开始，延至儿孙。

花　季

不朽的月光泼下来，洁白的豌豆花开了一地。

豌豆花的清香沿着悠长的巷子飘散，在啁啾的鸟声里拐了一道弯，弯的正中央是一片茂密的杨树林。

豌豆的花期比一条巷子还要悠长，在豌豆悠长的花期里，一场透雨，让一枚从花心里钻出来的嫩豆荚在孩子们清亮的眼里渐渐放大。

花季的豌豆，把蔓的生长和花的绽放交给黑夜，而黑夜把最淋漓的感觉交给了田埂上不愿回家的孩子们和喜欢在夜空里飞翔的一种鸟。

豆荚在月色里悄悄地膨大，孩子们瞄准一只在夜空里穿梭的鸟，将手中的帽子高高地抛向空中。

鸟儿擦着帽檐飞走了，在飞翔的路线上轻轻拐了一道弯，就奔着月光泼下来的方向去了，帽子翻飞着从空中跌落，落入孩子们的手里，然后又被高高地抛向空中，帽子在夜空里此起彼伏，翩翩起舞，鸟儿在帽子的空隙里穿梭，孩子们的笑声、喊叫声响成一片，将村庄的所有欢畅无限地放大。

不知是谁家的孩子在将帽子抛向空中的时候突然失手了，帽子跌落进了豌豆地里，帽子俯冲的力量将相邻的豆蔓从连接在一起的卷须上分开，帽子落下去的地方，嫩嫩的豆荚和刚开的花散落一地。

欢畅戛然而止。

月色中，受了惊吓的孩子，四下里奔走，手里提着各自的帽子，使劲地往各自的家里跑。

田埂上，只剩下一高一矮两个孩子，个头高一点的孩子颤悠悠地喊了一声哥哥，矮个头孩子就把自己手里的帽子戴在了高个头孩子的头上。

矮个头孩子把胳膊搭在高个头孩子瘦小的肩膀上，两个人在田埂上坐下来，朝着帽子落下去的地方张望。

夜，静了；夜，也空了。

洁白的豌豆花在皎洁的月光里一点一点地白成了一片，矮个头孩子对高个头孩子说，别着急，再想想办法。

两个孩子，一高一矮，紧挨着坐在田埂上，和满田的豆蔓一般高，就像两株还没有开花的豌豆青苗。

矮个头孩子站起来，只向豌豆地里小心翼翼地迈了一小步，脚就被豌豆缠绕在一起的蔓缠住了。

高个头孩子伸手在矮个头孩子脚底下一摸，惊喜地喊：

“哥。”

“豆荚！”

“饱了！”

矮个头孩子朝高个头孩子手里一看，也乐了。

孩子究竟是孩子，一个小小的惊喜，就会将他们心中最大的不快完全抵消。

矮个头孩子脱下身上的汗衫，在袖口上绾一个结，把手伸进豌豆洁白的花底下摘起了豆荚，高个头孩子也跳进了豌豆地，手里端着帽子，使劲往里面装着饱满的豆荚。

两个孩子，在各自的心里庆幸着，欢畅着。

高个头孩子怀里抱着盛满豆荚的帽子在前面跑，矮个头孩子手里提着鼓鼓囊囊的衣袖在后面追。

在村口拐了一道弯，矮个头孩子拽住高个头孩子的衣襟，拴在村口的小花狗睡熟了，两个人踮着脚绕过狗窝，就到家了。

高个头孩子把耳朵贴在墙壁上，听见父亲雷鸣般的鼾声在屋里响得正酣。

他们一闪身，就钻进了只挂着一道门帘的窑洞。

“我怕爹明天找咱的事哩。”

“管他呢，先过把豆荚的瘾再说。”

“我还是不踏实。”

“怕啥哩，天塌了，有大个头哩！”

…………

不知从哪里钻出来一朵云，严严实实地遮住了月光。

夜深了，村庄睡了，孩子们也睡了。

豌豆和豌豆花还醒着，在漫不经心的知了声里，一朵朵洁白的豌豆花，脱蜕成一枚枚幼嫩的豆荚，一枚枚幼嫩的豆荚在一朵朵豌豆花底下悄然膨大。

狼　毒

狼毒有毒，花儿却很美。

六月，狼毒开花。一簇簇的狼毒花盛开在山野里，就像是谁特意将一只只小小的伞打开扣在地上。年幼时，我觉得狼毒开花的时候很好看，就特意记住了这种草。

狼毒的花蕾极像一簇簇猩红色的火柴头，那饱满的颜色红得仿佛轻微的一点摩擦，就会引燃极强的火苗。那时候，村里人把火柴不叫火柴，叫洋火，我当时真不知道这种植物的名字，索性就叫它洋火花。那红红的花蕾，又似一盏盏猩红色的灯，这种红色因为艳丽而具有某种警示意味。后来才知道，狼毒的根系很大，吸水能力极强，能够适应干旱寒冷的气候，周围的草本植物很难与之抗衡。草食哺乳动物非常有灵性，它们深知狼毒的歹毒，会将周围的草全部吃完，却绝不去碰触一下狼毒。于是，狼毒就赢取了在大地上大肆繁衍的机会。牛羊成群的草地上，狼毒的花朵在牛羊的蹄印里盛开，猩红色的花蕾、白净的花朵，是草地变为荒漠之前最后的繁华。

六月，一个用盛开的狼毒花束编成的花环，被孩子们争相佩戴，那花环仿佛是每个孩子心中无上的荣耀，能激发每个孩子潜在的神性，孩子们为了追逐狼毒花那摄人心魄的美，常常忽略了它的毒。听老人说，狼毒还有一个骇人听闻的名字叫“断肠草”。孩子们还是禁不住那美丽的花朵的诱惑，总是想方设法去摘一把狼毒花拿在手里，那是童年时期极美的一件事。而成年人，因忌讳它的毒，常常故意无视狼毒花的美。成年人冷峻的目光，是从神学和科学的缝隙里透出来的光亮，尽管成年人善于伪装，但是眼中的光分明就是一柄弯刀，那弯刀不会从眼睛里射出来，而是从舌尖上射出来，杀死了附在一个个正在长大的孩子身上的神。

狼毒的花儿是迷人的，尽管它的体内藏有如蛇蝎般的毒，它依然是美丽的，年幼的孩子只顾了热爱狼毒花的美，全然不顾它的歹毒。而成年人却懂得望而却步，一簇簇让人看一眼就忍不住想去呵护、怜惜的花儿，只能让它在大地上独自盛开，欣赏它，却不走近。美的花儿，不一定要采摘下来拿在手上，让美持续的最好办法，就是让它一直盛开在自己的根上，这个道理很简单，却无法对一个想要狼毒花的孩子讲明白。狼毒花的花美，气味却并不友善，这种气味就是专门为懵懂的孩子而散发出来的，孩子对一切潜在的危险从不设防，而那与食欲大相径庭的花的味道，正好阻止孩子去尝试将它塞进嘴里。狼毒花的气味如狼身上的那种恶臭，但这并不影响它花朵娇艳，视觉的盛宴，未必是嗅觉的盛宴。色香味俱全的东西，不一定会让所有的人为之动心。

狼毒花，看上去很美，它之外的恶与好，我不得而知，一朵花的美艳，仿佛与它的毒性有关，越是有毒的，花就开得越艳，它的美是真实的，它的毒也是真实的，没有什么是伪装的。

狼毒的花海与麦田遥遥相望，我在中间，既想着麦子的醇香，又恋念着狼毒花的美艳，我并不贪婪，我只要麦子可以像狼毒花一样好看，或者让狼毒花像麦子一样好吃。

只有小孩子才会把看上去美的东西当成美事。每一个人在孩提时，是具有神性的，所以，他一眼就能看出狼毒花的美来，一个人的神性是随着长大而逐渐消失的，如果一个人长大了，还觉得儿时的那种美好依然美好，这个人至少还具有诗人的气质，而大多数人，回过头时，只会唏嘘儿时太傻，一声由衷的唏嘘，人就已经俗了。

甘露子

甘露子一定是被粗心的农人埋在地底下忘记了，才有幸留存下来。或许还有一种可能，就是它习惯了把最美的茎埋在地底下悄然生长、繁衍，显露在地上的总是一副羞怯的模样，生得唯唯诺诺的茎叶，开得细细碎碎的花，在百草丛里，它绝对貌不出众，因此保全了它正常的繁衍生息。

甘露子还有一个更为响亮的名字——螺丝菜，这个名字，兴许只是命名人的一厢情愿，长着如此俊俏的块茎，螺丝菜这个名字根本配不上它。“螺丝菜”一词很形象，却显得极其肤浅，给一个生得若精灵一般的植物，取一个如此肤浅而又俗气的名字，真是对它本身的一种极为不尊重，试想，这个命名的人，该是多么自以为是。

甘露子，才是它应有的名号，也只有洁白如玉、圆润晶莹的植物，才配得上这个名字。

螺丝菜一词，容易使人产生欲念，你说，生得如此俊俏，甚至可以说精致的甘露子，如果因为人的一己私念，被吞下肚去，对甘露子的繁衍而言，该是多么大的遗憾。

因为对植物的热爱，我时常会四处搜寻并阅读关于植物的文学作品，读之，我发现了一个千篇一律的问题，就是一提及植物，写作者总要把最重的笔墨落在植物的食用性、药用性上去，而往往忽略了一种植物生长在大地上的意义。看这样的文章，我有一种在实验室里观看带着文字说明的植物标本的错觉，有时候就像是进入了药味冲天的中草药房，像一个病人那样，无可奈何地听一个敬业的老中医讲解中医理疗理论，当然这是好的，起码拓宽了人的阅读视野。我作为一个对植物充满热爱的人，无法接受一提及植物就立马把它们归为食材、药材的毫无新意的说辞，我是想通过对此类文章的阅读，试图进入我不曾进入的大自然，所以，我立马结束了一会儿进厨房，一会儿入药房的阅读。

我不如直接去阅读作物栽培学、植物学，查阅植物档案和资料，或者只身去山野里寻找这种植物，然后陪伴它们，宁愿做它们生命语境里某个字的偏旁。

在我对植物的感情中，总是夹杂着些许的愧疚和感激。我对野生黄芪的赞美，不只是因为它是一味了不起的药草，而是在我还是孩子的时候，伤害过它们，这使我心怀愧意，我想在我懂事之后，更进一步去感受它生于土地上的无限魅力，我想用对自然的本能的亲近感，去感受一株黄芪的一生，譬如，美丽的花序、银铃般的荚果。

面对生得晶莹剔透的甘露子，我常常会萌生一种愧疚，我为自己不能将它放在起码对生命的尊重位置上而感到羞愧，为什么一说到甘露子，就非要大肆地宣讲它如何美味呢？兴许，它生长在土地上的意义远远大于被人一口吃掉的意义。在每一个秋天，当我的双手从湿漉漉的泥土中掬一捧洁白如玉的甘露子，我的内心便会蓦然升起一种对生命的敬畏之感，你看，它们一个个憨态可掬，是那么的亲切。这时候，我觉得，我就如同这晶莹剔透的甘露子，我会忘记我在这个社会中的所有，我和甘露子就是大地母亲的子民，我们的身上有一种同属于泥土的气息。

我内心的矛盾也恰恰来自于此，热爱植物，倡导尊重一切生命，但是我的一日三餐都是以一些动物、植物牺牲生命作为代价，我只好一边狂热地爱着它们，一边心怀愧疚地获得食物。

狗尾草

狗尾草。

不知是谁挖空心思给这绿色的精灵起了一个如此粗俗的名字。

名曰狗尾草，其实与狗和狗的尾巴并无多大关系。狗尾草模样不像狗的尾巴，它生得比狗尾巴俊俏多了，不过，生得俊俏也罢，丑陋也罢，它们在大地上就像是一个姥姥不疼、爹娘不爱的野孩子，冠以狗葚子之类的名字便能健健康康地长大，任它随意生长，谁都不指望它将来会有多大出息。

狗尾草还有一个学名——谷莠子。它具有谷子的形态，却没有谷子那样殷实的果穗，与狗尾草卑微的果穗相比，更不起眼的是它的种子，恰恰是这些细碎的种子，让它在大地上生机勃发，生生不息。

狗尾草没有出众的果穗，却极具繁殖能力。一株狗尾草，在每一个生长季结束之后，就有许许多多成熟的种子落进土壤中，等到来年，土地上就会一下子冒出许多狗尾草的幼苗，周而复始，这片土地的浅层全是狗尾草密集的根系，盘根错节，密集交织，好端端的一片土地，就被狗尾草绣成一片废土。

狗尾草是最令人头疼的杂草之一，一不留神，它就将籽粒撒遍了我的耕地。我必须在每一茬作物生长的过程中中耕除草，以破除杂草蔓延的势头，将一株株杂草扼杀在尚不具备繁殖功能之前，并在每一茬作物结束之后翻耕、晾晒、耙耱和修整土地，即使我这样不辞辛劳，也无法将它们彻底驱逐出我的土地，它们依然会不时从地里冒出来，从容不迫地与田地里的庄稼争夺养料和水分。

在我的土地上，我与狗尾草互为敌人，它以顽强的生命力不断地挑战着我的忍耐底线，我也用尽一切手段对它们实施最严厉的打击，我们之间的战争，就是农人与野草之间的土地争夺战。以土地为生的生活境况，迫使我为了成全为我所用的植物而将那些没有用处的植物进行清除。这样的生活似乎就是一个无形的圈套，一旦钻进去了，就由不得自己。在可供我耕种的那片土地上，我只是一个循规蹈矩的执行者，有一种无形的力量在牵制着我，却让一切杂草肆意横行，让我一边像对待亲人一样热爱着植物，一边像对待敌人一样疯狂地消灭了一些植物的生命。

在耕地上，我只是一个执行者，我必须对庄稼负责，会毫不留情地拔掉耕地里所有的杂草，我对庄稼的热爱里带着一种偏执，这种偏执，让我觉得自己更像是一个称职的农人。但我绝不会无端地去阴治任何一株与我的耕地毫不相干的植物，这与我热爱植物的情愫保持高度一致，使我有足够的底气向世人说出我是多么地热爱植物。

一株纤弱的狗尾草在大地上的命运，就是一切植物在大地上的命运的映射，在农人的内心深处，它绿化山川谓之善，占据耕地谓之恶。狗尾草并不具备强大的根系，它们无法在土质坚硬的土地上生存，它只迷恋肥沃、松软的土地，总是从土地里不断地汲取生命的养料，并以出众的繁殖能力占有土地，无论你怎样驱逐，它都会顽强地存在着。

只要狗尾草的繁衍不足以对庄稼的生长造成威胁，我也不至于认真到让它灭绝，当庄稼的长势彻底抑制住了杂草的疯长，我就可以腾出空闲的时间和精力，用不厌其烦的叙述，记录下我与更多的植物之间的细细碎碎。

马兰花

《中药志》（人民卫生出版社，1959年）中对马兰花的描述：“马兰花，又名马蔺子、马莲子。鸢尾科植物，蝶形花，多年生草本，以种子入药。”

大多数时候，马兰花只是一种草。它的一生中，保持着草的模样的时间，远比它的花期要长，但人们只是习惯于叫它马兰花。

与马兰花的邂逅，显得有些唐突。我自认为应该是命运的精心安排。此前，我不曾见过马兰花，也就无从认识这种植物。

每天上下班，我都要经过一片郁郁葱葱的花园。夏初，马兰只是普普通通的草，在野草丛里，它们并不出众。叶片与冰草的叶子相似，却比冰草长得壮实，整体略显富态。于是，我从春至夏一直都以为这些植物就是长相富态的冰草。

到了初秋，这些草却抽出了薹，长出浅绿色的花蕾，这才吸引了我，让我不由得停下脚步仔细打量这些不同于我所见过的冰草的植物。只过了两三日，淡蓝色的花儿便开了，像是一只只淡蓝色的蝴蝶恍然落进了绿绿的草丛里。几乎是一夜之间，这些像是从蓝色的天空飘落的天蓝色的精灵，悄无声息地落在了遍地绿色的人间时光里。又似别着淡蓝色蝴蝶发卡的女子，在前方等你。

这是一件令我感到羞愧的事情。每天只是低着头匆忙地赶路，根本来不及停下脚步去仔细地看看它们。兴许，近前去看一眼，早就知道它们是马兰花了。感觉总是忙碌着，都忙些什么，仿佛一概都记不起来了。只记得，初秋的马兰花，是我不得不停下脚步看一看的蓝色的花儿。满满一园子淡蓝色的爱啊！

马兰花的花并不出众，淡蓝色的花儿，清新、典雅，犹若那亭亭玉立的女子，不妖、不艳，一身淡雅。花儿开得安静，马兰花，不是一眼就能让人喜欢上的那种花，却特别耐看，看了一次，还想再看一次，越看越喜欢。马兰花是一种需要耐心去品味的花儿，越品越有滋味。

在马兰花儿像一汪清甜的泉水布满园子的那些日子里，我满怀羞愧地坐在马兰花旁的长椅上，仔细地打量这些一直被我误认作冰草的植物，直到此时，我才与它们有了近距离接触。

作为草，马兰花是葳蕤美丽的，而作为花，显得淡雅、宁静，不似那主动邀人近前的花儿，它的骨子里有着一种抗拒和清高，让人不得不用心对待。它们是需要仔细去品，才能真正了解的花儿，那冷色调的花色，有着不容亵渎的抗拒，这盛开仿佛只为了自己，从不管别人是以怎样的眼光看待和评判。有的花，即便在芜杂的环境里，也能开出淡雅、脱俗的天蓝之花；而有的花，就算是在高雅的环境里将它们精心培植，开出的花还是那庸俗的妖艳。

马兰花，是草之君子，是花之贵族，它是普通的，也是高贵的，它那骨子里的高贵，绝不会因为成长中的逆境或者顺境而改变，这种高贵与生俱来。

美自心生，心里是美的，化为文字也是美的。心里若是美的，无论是看到开花的还是没有开花的马兰花，都会觉得美丽。

山蒿子

晚秋，田野里草木衰败，收割过麦子的田土被深翻过，温湿绵软，舒展地裸露着，夕阳斜照在上面，分明是一张分娩后的母亲疲惫的脸。

晚霞铺满了田野，偶遇一片老来红，红若漆染，红得赏心悦目，便记住了这些在秋日里才变得妩媚的草。

一年中，老来红与周边的野草一样绿着，绚丽的花儿让别的植物在夏日便出尽风头，老来红却一直绿着，它一直在等待着落霜，早霜一来，它就红了，一红一大片，在绿色的田野里，突显出一片嫣红，立在你的眼前。像是秋风对它说了句令它感到羞臊的话，它便羞红了脸颊，红晕瞬间洇染开来。

往年的这个时候，清晨的田野里已现白露，路上的行人都拖着一道道长长的白气，而今年的燥热却迟迟不减，常言道，一场秋雨一场凉，雨倒是接连下过几场，等雨过天晴了，燥热依然不退。

未见霜白，山蒿子的叶子却齐刷刷地落了，落下来的叶子和长在茎秆上的时候一样绿着，落叶时分没有风，叶子就径直落下来，摞在地面上一撮一撮，浅浅的绿中泛着淡淡的白，像燃烧的香落在香案上的一撮一撮的香灰。山蒿子的生命之火，不等燥热退去，就迫不及待地将自己点燃了，燃得如此决绝，却又悄无声息。

脱落了叶子的山蒿子，就像是被谁有意插在土中的半截子檀香，空气中弥散着山蒿子浓郁的香味。时令已经进入十月，仔细一想，是该落了。落吧，落吧，我说。于是，北方的植物，以山蒿子为首，率先进入凋零期。

我深爱着大地上的每一种植物，多年来，在我的散文里，我一直尽量避开“落叶”这个词，我尽力让生命之叶绿着，不到万不得已，我不会轻易让它凋落，更不愿意让那些世俗肤浅的认识亵渎了叶子所承受的生命之重。

叶子之于植物，就等同于生命，每一片叶子的凋落，就是生命的凋落。秋日的山蒿子，落下去的不只是叶子，还有生命的帷幕和一段与生命息息相关的告白，落叶是山蒿子在深秋为生命举行的一次葬礼，是对即将逝去的生命的告慰，同时也将新生的信息散布出来，让人不至于绝望，每逢落叶，我的忧伤中总是带着一种期盼。

山蒿子皮实，向来都是自生自灭，只要不是有人去刻意捉弄它，它会在土地上自得其乐地生长，如果雨水充沛，到了秋日，蒿草会长得比人还高，敦实而健壮，像树。它们立在同样落了叶子的树下面，就像是仰着头还想继续往高长的树的孩子们。

山蒿子并不是非要生长在山上，生长在沟壑里，或者闲置的空地上，它依然是山蒿子。我熟悉山上每一种蒿草的味道，就是闭上眼睛，我也能嗅出山蒿子来。山蒿子所散发出来的香气，谈不上招人喜欢，也不至于令人生厌。自幼在杂草丛生的农村长大，若是在秋日里嗅不到山蒿子的香气，整个秋日会显得苍白无趣，以土地为生的我，习惯了一年四季来自田野中植物的气息，如果在秋日里没有山蒿子的香气，我会感到不安。

寒气突然来袭，植物们匆忙萧败。来不及将肥大的叶片落掉的双子叶植物，烫过了水似的，耷拉着湿漉漉的叶片，茫然不知所措。这时候，山蒿子却一身干爽，落于根基的叶子被风卷到了别处，只有那干枯的茎杆，在秋风中摇头晃脑，一副玩世不恭的样子。

太阳一下子离大地远了，总是隔着一层灰蒙蒙的雾气，光线暗淡了许多，太阳的光线弱了，风却大了，秋风横扫而过。山蒿子枯败了的枝丫，在空旷的田野里，像是被搁置不用的老物件，任凭灰尘沉积。我会选在灰尘落下来之前，将这些被山蒿子弃之不用的枯枝砍下来，堆垛在我的居所旁边，作为冬日里取暖、烧饭的燃料，然后将灰烬撒在空地上，来年的山蒿子会长得更加茂密。

蒲公英

南湾向北不足一里地，横着一道结实的堤坝。每到夏天，黄灿灿的花儿镶满堤坝两侧。夏日的堤坝任由这绚烂的色彩肆意洇染。盛花期的蒲公英独自霸占了大堤，遮蔽着低处正在长高的野草。堤坝拦住了蓄意北去的河水，也拦住了在秋日里随风飘飞的蒲公英种子，却总是拦不住水要北去、蒲公英要远行的势头，偶遇雨水充足，坝内的水漫过堤坝，向北奔流，常见秋风中蒲公英的种子飞过了堤坝，在别处的土地上生根发芽。

我在少年时代执意要走出大山的梦想，只简单地复制了蒲公英种子远走他乡的洒脱和飘逸，心里却根本没有做好扎根他乡的准备，那时的梦想很单纯，只觉得世界那么大，不出去走一走心有不甘。

蒲公英借助风力传播，四海为家，看上去很美，而当我们争先恐后地被一股离家的大风吹离了故乡之后，才幡然明白，借助着风离开容易，一旦风在半路上突然撤了，我们即便在他乡的土地上没有扎下根，也被裹入生计的旋涡，身不由己了。

它的生长热烈，却始终独守着安宁，没有风的时候，蒲公英只是一朵朵乖巧的小黄花，对着太阳憨憨地笑。蒲公英的叶片贴地而生，所有的叶片贴着地面，宽厚而稳固，花茎在叶子中间直立起来，当小黄花的颜色渐渐褪去后，立在花柱上的是毛茸茸的球，风一吹，每一枚带着绒毛的种子就随风四下飞散。风年年往北吹，我们都没有记住，而南湾的蒲公英用一粒粒种子记住了一场场风，它知道是哪一场风带走了自己的儿女。活着是多么热烈的事啊，一旦卷入其中，时间就会一分一秒地溜走，而我们大都是在怀着美好的憧憬等待着自己想要的生活出现。

初花期的蒲公英，嫩茎竖直，掐一下，乳白色的汁液就会从伤口上浸出来，像乳汁，忍不住舔一口，甜甜的，涩涩的。等待乳白色的汁液一点一点从蒲公英的花茎上再渗出来时，成长的时光便一点一点地逝去了，甜甜的时光流逝了，留在心上的只是一抹涩涩的记忆。在初春草木并不丰茂的时光里，蒲公英从叶鞘里抽生出来的那一枝枝鲜嫩花茎，从花茎伤口上浸出来的那一点甘甜的汁液，将春天呈现出来，供我品尝。

风一场接一场地从南湾吹过，蒲公英的种子有时候是从堤坝被带到了南湾，有时候却又从南湾被吹到了堤坝上，反复无常的风在日常里将南湾和堤坝上的蒲公英辈分搞乱了，乱得无从理清，就索性让它们那样杂乱地生长，南湾的土地宽容，它能盛得下每一种想要活下去的物种。

蒲公英的花球，一旦被风吹碎，它们就随风飘飞，无拘无束。蒲公英是开在南湾这片土地上的自由之花，有许多植物经年守在一个地方，蒲公英却每一年都可以来一场说走就走的旅行。堤坝固执、死板，经历多少年的风风雨雨，它依然稳固地横在那里，默默地接纳着飘落的蒲公英的种子，也目睹着一波接一波的蒲公英的种子随风飘向远方。每次离开南湾的时候，一转身就能看到堤坝上的野花竞相开放，像迎接我回来那样用一滩一滩的花儿送我离开。

野枸杞

在我的平房周围，人和动物都不经常走动的地方，野枸杞混生于野草之中，野草每年春荣秋枯，总也长不高，而野枸杞却日渐高大起来，枝枝叶叶毫无章法地生长，高过了所有的野草。

平日里忙于劳作，无暇顾及它们，这些野生的枸杞就像是得到了鼓励似的，更是肆无忌惮地茂盛起来，显得芜杂至极。

我会在没事情可做的时候，特意拿上一把剪刀，悉心剪掉一些妨碍人通行的旁枝末梢，让它们不再妨碍我的日常生活，且看上去整齐一些。

这些野枸杞，因为野生而显得过于密集，仿佛是谁专门抓了一把野枸杞的种子撒在了这片并不大的土地上。沿着平房形成一道密集的枸杞林，倒像是一道天然的围墙，夏秋时节，一树树的绿叶青翠欲滴，红彤彤的枸杞点缀其间，真是一道活色生香的院墙。这时候，也是野枸杞一年中在大地上最美丽的一段时光，在翠绿的树叶和通红的果实的映衬下，野枸杞树显得茂密且壮实，盛夏时节，在郁郁葱葱的枸杞树下，纳凉或者伸手摘下些许红了的枸杞果，放进嘴里品尝，生活就多了几分甘甜和惬意。

事实上，我内心里是需要这样一道围墙的，自幼在院子里生活惯了，总觉得，房屋外面有了围墙，看上去更像是一户人家。其实围墙并没有多大的用处，再高的围墙，挡不住贼心，围墙再好，也只是将自家人和别人区分开来。倒是可以将那些四处闲逛的野猫野狗挡在外面，以免它们毫无顾忌地在我的温棚上跑来跑去，这些小东西怪得很，外面那么宽敞的路它们不走，就喜欢爬得高高的，在上面跑来跑去，相比较而言，温棚并不宽阔，就是显得高一些，我觉得奇怪，为什么这些小东西都喜欢在高的地方走来走去呢？

有了这道围墙，我只需用葵花秆子扎一个栅栏当作门，就可以将这些小狗小猫挡在外面，免得它们再将温棚的棚膜抓破。

空闲的时候，我喜欢坐在温棚与野枸杞之间的空地上抽支烟，看看这些疏于照管，却生长得无比繁茂的野枸杞，再隔着棚膜看看时时刻刻需要人照料才能好好地活着的蔬菜，便心生感慨，生命与生命在同一片土地上有着太多的不一样，可是究竟是生命之异使得生活环境不同呢，还是生活环境不同使得生命各异呢？我常常会因此而将自己置于冥想之中。

野枸杞一开始生长的时候，我忙于农活，疏于经管，它们只用了三四年的时间，就成了气候，而当我开始关注它们的时候，我才发现，不是野枸杞不需要人的经管，而是人根本不屑去经管它们，当我开始注视并对每年夏秋时节的枸杞果充满了期待的时候，我才发现，原来在野枸杞的花期，最容易感染蚜虫，需要喷药防治。再等到枸杞果红了以后，我才恍然明白，野枸杞也是需要被呵护的，有了人的经管，它们不再显得野气十足，也不再叶单果小，不明就里的人以为是我特意种植的枸杞树，其实我只是随手经管了一下野生的枸杞，让它们长得更为茁壮一些而已。

到了冬日，野枸杞的叶子落尽，枝条上就显露出锋利的棘刺，棘刺短小，大都生在高处，根本不妨碍我的日常生活。这时候，枸杞树就只是一道处处都透着冷风的围墙，一道扎根于深土层而具有生命的院墙。

这些野枸杞，是我在夏秋季节的果园，更是我在平淡生活中的放心墙，有了这道墙，生活平添了些许乐趣，生活在这样的围墙之中，幸福感油然而生。

野　果

我所怀念的野果，生长在大山深处草木繁茂的地方。小时候想去，母亲不让去，长大了还想去，却离得太远，去不了了。

母亲每天都背着和她的辫子一样长的空背篼出去，我只要看见母亲在临出门时甩一下长长的辫子，并将辫子搭在胸前，再躬身将背篼背在背上，她肯定是要去一趟大山深处草木繁茂的地方。在那个吃得清汤寡水的年代，很多时候都是目送着母亲消失在山林深处，又眼巴巴地等待着母亲复从山林里出来。母亲从山林里出来的时候，一绺头发紧紧地贴在额头上，使额头显得分外突出，而头发却显得格外稀薄，长长的辫子不是搭在胸前或背上，而是像绳索一样绕在因用力而显得修长的脖颈上，她每次都会佝偻着身子背着高垒山尖的一背篼野草，带着整个山林的气味回到家里。

我总会迫不及待地从母亲皴裂的双手中接过几颗圆润、乖巧的野果，拿在手中把玩，轻易舍不得吃。那时候，几颗野果就完全可以让我感到满足，野果带给我的无限遐思和无穷回味，足以让我感受到童年的所有幸福。几颗野果就是母亲在那个特殊的年代里能给予我的全部疼爱，野果的滋味，就是母爱的味道。

母亲每次回到家，手伸进草捆里寻摸一阵，捏了野果塞进我的手中，再抚摸一下我的头，端来一碗水，喝上一口，蹲在地上，在碗里洗手，野草青涩的香味就溢满了整个屋子，我坐在炕头上吃野果，看着母亲蹲在地上洗手，浓绿的草汁渗进母亲皴裂的肌肤里，她的双手就像是在碗里不停翻转的两块老树皮，我总会把最后一颗野果擎在母亲的嘴边，母亲却把脸扭到一旁，总说她怕酸，怕倒牙。我说，我不怕倒牙。母亲说，不怕就把它一口吃了。于是我就赶紧一口吃掉了。母亲的脸上就露出甜甜的笑，仿佛刚才一口吃掉野果的不是我，而是她。

一年中，母亲从山里带回来的野果是不尽相同的，有从树上采摘来的，有从草上采摘来的，还有的是从土里挖出来的。大多数野果的名称，我和我的母亲并不知道，但是母亲却知道，凡是她带回家来的野果，都是可以吃的。我们都管那些不知道名称的野果叫作“吃的”。知道名称的几种野果，当时记着，经年之后却又几乎全部都忘记了，只有一种果子的名称我忘不掉，因为它有一个根本不是植物的名称，它的模样长得像毛驴的奶头，所有的人们都叫它“驴奶头”。这种野果不仅模样长得与名字相配，轻轻咬一口，脆爽甘甜，断口上，乳白色的果汁直往出溢，就像一只浸着乳汁的驴奶头，兴许这就是它被称为驴奶头的缘由。

我有一个习惯，每天早上起来的第一件事情就是翻开枕头，我知道母亲会在我睡熟后，在我的枕头底下悄悄塞几颗和我前一天吃过的一模一样的野果。以至于我后来离开母亲去外地上学的好长一段时间里，我都会每天睡觉之前在自己的枕头底下塞一些吃的东西。

母亲总是这样，她不会把好吃的东西一次全部给我，而是将其中的一部分藏在只有她知道的地方，每天在清晨给我一个惊喜。

儿时养成的许多习惯，在经年之后大都被另外的习惯彻底覆盖了，而我的母亲却一直没有忘记，她依然带着在清汤寡水的年代养成的习惯，在我的儿女那里重复做着这件事情。母亲每次从我的手中接过大包小包的吃食，嘴里不住地责怪着我不会过日子，却不停地将那些吃食塞进我的孩子的手中，并不厌其烦地将所有的零碎东西收集整理一番，放在只有她自己知道的地方。

孩子们在清晨醒来，却不愿睁开眼睛，懒懒地躺着，手习惯性地伸进枕头下面，在枕头底下一阵寻摸，然后就闭着眼睛笑出声来，看到孩子们如此开心，我就越不忍心在孩子的面前将母亲的这点秘密说破。

在这个闲适的清晨，亲历我熟知并依旧感觉幸福温馨的场面，不由得让我想起年轻时的母亲和年幼时的自己。那时候，因为母亲的良苦用心，哪怕只是几颗野果，也能让儿时的每一个平淡的清晨变得美好。野果的酸涩里浸透着绵延的甘甜，跟随着我的母亲，从我的童年一直甜到我还很幼小的孩子的心里，再看一眼母亲稀薄的银发和显得纤细的辫子，心里便生出一种痒痒的疼。

黄花菜

我开始喜欢长时间地注视矗立的半截老土墙，墙上痕迹斑驳，墙头坑洼不平，或许它已经不再是土墙了，只是一堆成型并干透了的黄土，它多么像我的身体上某一块先于年龄进入苍老期的肌肤，曾经像婴儿的肌肤般细嫩又充满着活力，现时却成了一块死肉，毫无用处，还得承受它带来的疼痛。随手从坍塌的墙体上拧下一疙瘩干土，土里的气息全都是过往，过往的气息与过往的点滴图景一脉相承，握在手中的一疙瘩干土中，全是我的逝去的不可再重复的记忆，而大多数过往，都已经被我忘记得一干二净，只有那么一些事、一些人和一些图景，时不时跃出来，常忆常新。

在我的土地上，庄稼一茬接着一茬，麦子换成玉米，玉米换成豌豆，当豌豆再将麦子换回来的时候，我已经对庄稼的轮回习以为常，也习惯了将人生，用一茬接一茬的粮食分割成分。我开始掂量，哪些是需要我刻骨铭心记住的，哪些是我再也永远不会想起的呢？

我曾经骑在一堵高大的墙上，俯首凝视在园子里采摘黄花菜的奶奶，黄灿灿的花儿，先是开在园子里，转眼间就又开在了奶奶的手中，转瞬又开在了房檐下的台子上，到了晚间，我就能美美地吃上一碗飘满了黄花菜叶的手擀面。这是一碗吃一口就能让人怀念一辈子的面，现在想来，在缺吃少穿的那个年代，一年中只有等到黄花开了的时候，才能吃一碗飘满黄花菜叶的手擀面。一年的期盼，远比真吃上那碗面更让人觉得甜美。

我种过那么多茬的粮食，没有哪一种粮食能让我刻骨铭心地记住，而奶奶在园子里采摘的那一撮撮黄花，却深深地印在了我的心里，至今依然有一种淡淡的花香在我的心头萦绕，足够让我用一生的时间去回味。

日渐苍老的母亲，模样越来越像我记忆中的奶奶。在我的心中一直身高体宽的母亲，说老就老了，速度快得仿佛不曾经历中年。母亲是从开始喜欢穿挽起裤管的裤子时开始苍老的，她已经习惯了一年四季把裤管挽得高高的。自从母亲把裤管挽起来之后，身子骨日渐消瘦、单薄，撑不起衣服，一双我不曾留意过的脚却显得格外的大了。母亲是大脚，奶奶是小脚，可奶奶将裤管挽起来，那双小脚却显得分外的小了。这是老了之后的母亲与奶奶最大的区别，我无从揣测奶奶年轻时候的模样，老了之后的奶奶，模样几乎和我的母亲一模一样，让我常常将躬身蜷在园子里剜铲杂草的母亲当成了奶奶。

颠沛流离的生活，让奶奶的菜园子在母亲那里一度失传。母亲跟随我几经辗转来到城郊。她在可供耕种的土地之外，开垦了一片荒地做她的菜园子。

不足二分地的园子，在母亲的精心侍弄下，白菜、菠菜、萝卜、香菜、辣椒、黄瓜、番茄等时令蔬菜，应有尽有，母亲闲来无事的时候，就常常在菜园子里剜铲杂草，她常常会为从园子里给亲人采摘上新鲜的果蔬而高兴不已。母亲摘下一枚熟了的番茄，在她的衣襟上擦一擦，随手递给我，我递给女儿，母亲双膝跪在地上，看着孩子将番茄一口一口吃掉，一脸慈祥，一直等到孩子吃完了，母亲复又埋下头去做手中的活计。

在儿时，奶奶为我盛上一碗手擀面，然后揸着两只白白的面手，看着我狼吞虎咽地吃上一碗，她再为我盛上满满一碗，复又坐在我的身旁看着我吃，一直等到我吃饱了，奶奶才肯吃。

从黄花菜到时令蔬菜，从奶奶到母亲，菜园子是亲人之间最为温情的表达，无关菜蔬，只关乎爱的传承。菜园子，是奶奶和母亲在一茬又一茬菜蔬的轮换里，换了一种方式爱着自己的亲人。

席箕草

“席箕草”是流落于北方山野的一个名词，芨芨草、枳机草、枳芨草是它遍布山乡大地的别称。被人们渐次遗忘，却备受天地眷顾。你看，山野之上，一簇簇席箕草茎叶丰茂，果穗丰盈，种子顺风随性地播撒，北方的土地上，席箕草生生不息。山野宽容，容得下任何一种植物在大地的胸膛上伸展腿脚，如果土层下没有岩层，席箕草的根系也许会探出地球，伸向宇宙。我辈目光短浅，只盯着席箕草柔韧的茎秆，记住它看得见、用得着的好处，便是我们对待席箕草的胸襟。

时光一寸一寸遁入席箕草茂密的草叶，绿色的茎秆一节一节抽生出来，茎秆在抽生时形成的中空，乳白色的髓遍布其中，内柔外刚，耐磨耐用，常被农人连根拔取扎成扫帚或者编织成篮子和筐一类的用物。扫帚适宜在大的空间里施展，一把新扎的扫帚，常用来在碾场时打去落场，当麦子像雨滴一样洒落，母亲会用新扫帚把麦堆表面的杂质掠去，这个场景，是父亲的麦子和母亲的扫帚在日子里和谐交替着的美好时光，亲人间的幸福就是在如此这般的交替里相互传递。

面对一簇簇席箕草，我常会感到局促不安，总要下意识打量一下自己。生长着席箕草的滩地像一面镜子，适合面对它时反观自己，多年根植于心的生活习惯，总会使我不由得将它们与除垢去污、洒扫庭除的事情联系在一起。

与一滩席箕草对视，老人的身躯掩映于草间，乳白色的花穗时而高过了他的头顶，时而低垂，被老人拔掉了茎秆的滩地，乳白色塌陷，同时陷入其中的还有老人瘦弱的身体。他一转身，将一捆湿漉漉的席箕草扛在肩上，佝偻着身子，步履蹒跚，离去时的那个背影，使我不禁想喊他一声父亲。

总能在农家院落里见到席箕草的影子，几乎每家人都用它来清除落在日子里的粉尘和时光。新扎成的扫帚，在斑驳的墙面上一字排开，扫帚前面的空地上摆满新编织的筐，张着空洞洞的大口躺在夕阳里，老人顶着一头的华发，起身拍拍身上的草屑、细土，扬起胳膊伸伸腰，一脸慈祥地看着它们，瞬时富足感将空洞的筐子一一填满。

草滩上常有汽车飞驰而过，绝尘而去，席箕草灰头土脸地立在滩地里任粉尘在草叶上沉积。草滩外全是耕地，拉犁的牲口嘴巴上都套着席箕草编织的笼嘴，笼嘴挡住了牲口贪青的嘴巴，即便一些倔强的牲口跨过田埂把嘴伸向草滩，也是枉然，换来的是农人的一顿鞭笞和咒骂，它们也会因此长些记性。

山野里的时光，常被农人扛在肩上，或挑着两筐土粪出去散布在自家的耕地里，或挑着两筐柴草回到家里，席箕草编织的筐，在独自消磨着时光的同时也消磨着一个个农人在山野里的时光。

待到草木衰败，席箕草的叶片青黄相间，雨水美好，却无法把即将死去的席箕草救活，一场秋雨，只会让它们死得更痛快一些。秋日的席箕草叶子顺直，常被农人割下来苫在麦垛上。席箕草就这样被一些人遗忘着，而被另外一些人伸手取来，盖在粮食垛上，遮挡风雨。

一滩席箕草，在秋日里安享阳光，我却要离开了。秋阳下，是一簇簇带不走却又忘不掉的席箕草。我走的时候，只是顺手提上了立在大门外的一把用秃了的老扫帚，老扫帚留住了席箕草最后的时光，每一根尖利的茎秆上都是我在村庄里逝去了的时光，将老扫帚上的席箕草一根一根拔下来，捆扎起来，立于书桌旁，每天看见它，就感觉是握住了自己剩下的所有时光。

野　草

野草是名词，在一片芜杂的草里，它呈现出生命的语境。以地埂为界，埂内的土地上庄稼富态、安闲；埂外的野草，恣意生长的同时，伺机将根系伸进埂内的土地。在生命的语境里，越界而生的草，依然是大地所挚爱着的子民。

放下手中的锄头，我要和这野草谈谈。我手中那把锋利的锄头，一直阻挠着我接近这些草的美意。现在好了，我手无寸铁。放下锄头，我不再是农民，我不用再以爱护庄稼的名义去伤害任何一种草的生命。与一株草平等对话，不是俯下身却态度依然高高在上，而是席地而坐，感受植物混杂的气息。

所有植物聚集在一起，像碎词一样凌乱不堪，我只想在奔忙的空隙里，抽身回到草地上，什么也不用做，什么也不用想，就这样安静地坐上一会儿，聊以为可以赎去我曾经以爱的名义对野草大肆屠戮的罪行。

春风立在种子芽眼上轻轻一唤，芽和根就醒了。我已经习惯了在每个清晨被闹钟吵醒，枯朽的树桩，根烂在了土里，无论春风怎么呼唤，怎么吵闹，它都无动于衷，只顾腐朽着，老树已然习惯了不问春夏与秋冬。

一摊萌芽的野草替土地表达着生命的本意。以浅白色的地皮为界，野草的根系向下延伸，芽就钻出了地面，露出芽尖，根系向下，芽尖向上，破土而立的草芽，就是土地开口说出的第一句话。

沾染了早霜的叶子，在午间的阳光下失水泛白，像突然间苍老了的人，在秋日渐寒的上午，享用着生命中最后的暖阳，目光呆滞，那接近于定格的神色里，是对生命就这样终了的不甘心。

伤害是双向的，就等同于我捣你一拳，你疼我也疼，击打与承受互为动力，大自然的反抗就是顺势而来的惩罚。大自然不是良药，它只是给予人生活希望的光斑，将这些光斑聚拢，就是一面镜子，它可以让人安静下来，自自然然地反观自己。

掠夺者与草谋地，杂草无处生根发芽，我的心室并不大，我愿意将他们留给小草，让它们在我热血沸腾的心上生根发芽，或者开出一朵花。

凝视书桌旁吊兰那还未绽开的花蕾，花蕾便慢慢将自己打开，就像是我将一堆文字码在稿纸上面。此刻，我和吊兰都心潮澎湃，书桌上的吊兰开放了，它打开了我的思绪，我在稿纸上将思绪开成了一朵花儿。

心中想念着一朵花，世间处处都是绽放和芬芳。轻轻地，有东西落在了我凌乱的头发上，有微弱的香味，我猜一定是花瓣。

在四月的杏树下，一地短短的嫩芽。放眼正是春意盎然时，杏花却落了，杏树的花季始于春也终于春，来去匆匆。我抹一下头，花瓣儿翻飞，那么粉嫩的花儿，落在地上，就随了土色。

我依然在内心里抵触着那些让人感到新奇却经不起把玩的东西，我依然留恋着那些流传至今的旧物件，每一件旧物上都留存着我曾经随手挥去的光阴，而今，却都萦绕在我的心头，挥之不去。

冬日遗落在土地里的粮食种子，来年春时杳无音信，它们死于严寒，还是被饥饿的鸟雀果腹了？土地解冻后，冰草像胡楂儿一样毛茸茸地立了一地，而遗落在地里的玉米却一直没有出土。我离家出走的时候，决意让我的口粮田荒芜着，野草就趁机霸占了我的土地。村里的人每看见地里长满野草，就会立在田埂外，狠狠地骂我一顿，我的土地上，野草就肆无忌惮地长起来，生生不息。

我想在生命的严冬里蛰伏，充耳不闻世人的数说，只等待春天将我唤醒，然后像一棵草一样绿着，在秋日枯萎的草地里昏睡过去，心上不盛放任何伤和痛，将我的心放置于大地温热的怀里，我只在春天复又醒来，以新的面目出现。

莜　麦

味觉的记忆功能，使我具有了嗅着熟悉的味道回忆乡愁的能力，乡愁是夏日里一碗清冽的浆水，或是一碗甘洌的酒醅子，记忆是酵母，我常常沉浸其中。浆水、花卷、花馍馍、粉条、酒醅子等这些陪伴我长大的食物，全都是植物馈赠给我们的礼物，在母亲的一双巧手里变成美味佳肴，温暖着我的童年。

山野是一座天然的宝库，我的母亲有一双点石成金的手，一些植物在季节里萌生的根、茎、叶、花、果实，都被母亲一一采摘回来，制作成童年专属的滋味，那滋味悠长，需要用毕生去回味。

一些食物的气味，在某一个时段里，被我当作是母亲的味道，小时候慵懒，在睡意浓时，闭着双眼，寻味便感觉已被母爱包容。

乡村的每一种美食，越是与节日一一对应，我们的生活就越过得清淡。乡愁却是一段浓得化不开的记忆，浓缩着童年的香味，需要用一生的时光去稀释，不经历岁月，哪知乡愁的滋味。我尽力扮着现实所需的面孔去外面奔波，而现实生活中的一个声音、一种气味、一种景象，都会恰到好处地将我的思绪带入过去，我是一尾流落现世的鱼，努力游啊游，却再也回不去。

莜麦在我的家乡被广泛种植，也促生了酒醅子这样一道美味。山野里，莜麦是随处可见的粮食作物，而酒醅子却不是想吃便能吃得到的美味。

若将乡愁比作一盆香味弥散的酒醅子，记忆就是让一盆莜麦变得香甜起来的酵母。酒醅子甘甜，吃多了也醉人，酒醅子醉人的感觉使人身心愉悦。母亲制作酒醅子的简易工艺，只从中国白酒传统制作工艺中截取了甜美和香醇，我只管沉浸其中，越吃越上瘾。

端午节临近，温热的炕上，碎花被面做成的棉被下，我与一盆滚烫的、掺拌了酵母的莜麦睡在一起，我们是被母亲刻意安排在一起的两个孩子，在各自的梦境里奔跑，我守着一盆渐渐变得香甜的莜麦安睡，酵母散发出来的甘甜气味，不断地滋养着我。

母亲隔着厚厚的棉被低头闻闻已经在墙角里焐了整整一天一夜的莜麦，然后一把揭开被子，一股热气升腾起来，醉人的香甜气味立时就在屋里弥散开来了。

寻味近前，母亲将一碗温开水泼洒在干涸的莜麦上，水就在已经熟透了的莜麦上沙沙作响，母亲挥动擀面杖不断地搅动，撩人的香味就一波一波地在我的鼻端涌动，盛一碗端在手中，迫不及待吃上一口，酸甜滋味溢满口腔，咀嚼时，颗粒饱满的莜麦，汁浓弹牙。我沉醉在酒醅子的香甜气味中无法自拔，母亲抬手抚摸着我的头，我回头报以母亲甜甜的笑，算作此刻对母亲制作的美味的认可。

母亲的双手在常年抓干挖湿的劳作里显得粗笨，每一次享受母亲给我的美味，越是迷恋，就越是觉得对那一双粗糙的手有亏欠。合胃口的食物我总会贪食，尽管母亲一遍遍叮嘱我，酒醅子不同于其他食物，吃多了会醉，特别是空腹时，我偏不信，酒醅子实在是太好吃了，一吃起来就根本停不下来了，直到感觉胃脘胀满，脸烧目眩，走起路来歪歪扭扭了，才肯作罢。结果是昏昏沉沉大睡半晌，再停食一两天，才又恢复味觉。那时候真不懂事，非要醉上一回，才会记住酒醅子也能醉人。

稀释香味浓郁的酒醅子，母亲只用了一锅开水。酒醅子兑了水，变成乳白色的汤，莜麦沉底，汤水像乳汁一样的色泽，喝一口，甘甜爽口，消渴解乏，母亲勾兑的酒醅子汤是我喝过的这个世上最好喝的饮料，从小喝到大，我没有喝够。

酒醅子的发酵和勾兑，看似简单，却倾注了母亲的心血和智慧。选料、曲料配比、发酵时间、勾兑比例，每一个细节都熟记在母亲的心里。这是母亲从祖母手中接过来的老手艺，可是当她转身准备交给我的时候，我一迟疑，老手艺便当着我的面碎了一地。

我也曾凭记忆学着母亲那样做过几次酒醅子，可是无论我怎么努力，每一次都无法从亲手做的酒醅子的味道里找到母亲专供给我儿时的那种味道。

当喂养我长大的那些食物渐次从我们的餐桌和日常生活中消失之后，我们尽力回味的除了味觉里的那些记忆，最主要的是想借助于它们来怀念我们的童年以及含辛茹苦的母亲。

辣　椒

九月中旬，河套大地普降早霜，内蒙古的辣椒红了。

信息从河套腹地传来，时令即政令，我们即刻出发。

下了火车，正好赶上了开往县城的末班车，路过塔尔湖镇乃日大队，迷迷糊糊听见班车“吱——”一声刹住了，就听司机叫嚷着让我们下车，不敢怠慢，提上行李，一蹦子跳下车。放眼望去，白茫茫一片碱滩，除了公路边上立着几株干瘦的芨芨草和贴着地面杂乱而生的碱蒿外，再看不到一点绿色。一条土路在碱滩中间逶迤，车辙深深，露出土色，车辙外全是盐白。

起先，路的尽头出现一个黑点，渐渐地变大，定睛一看，一辆毛驴车摇摇晃晃驶来，车辕上坐着个干瘦的中年男子，头发杂乱，胡子拉碴。来人和同事小唐握手寒暄了几句，我跟在小唐身后，像空气一样，被这个大胡子中年男子忽略了。

小唐和大胡子一左一右坐在了车辕上，我一抬腿上了车，毛驴车上胡乱铺着一张被单，上面全是土，我坐下去，腾起的细尘嗖一下钻入我的鼻腔，咸咸的，涩涩的，这个味道一路跟随着我们，很是浓郁，呼吸之间全是咸涩味。看着平展的路，只有坐在毛驴车上才觉出颠簸来，毛驴车不住地摇晃，我们三个人不约而同地在车上扭来晃去。

四下安静，驴的喷鼻声和蹄声此起彼伏，三个人都没说话，颠颠晃晃地走着走着，就有些迷糊，恍若走在雪地里。车身突然猛烈抖动一下，路却平坦了。一抬眼，已经进了村口。粗壮的大柳树下，来来往往全是驴车，有的空着，有的却摞满了麻袋，袋里全是红红的辣椒。再往前看，辣椒田横七竖八地穿插于民房之间，村落里除了房子和树，全是辣椒。

在一间土坯房外的空地上，大胡子喝住了毛驴，车停下来。土坯房坐北面南，三扇比门窄的窗户夹着两道比窗户稍高的门。房外没有院墙，是个敞院子。进得屋门，手右侧是大通铺火炕，手左侧还有一道门，没有门扇，挂着半截油污不堪的用布面袋子做成的门帘，大红色的“面”字和“粉”字，头对着头，各自裁去了下半部分，帘子后就是厨房，除了锅灶和案板以外，还有一铺能睡得下三个孩子或者两个大人的小火炕。

大胡子招呼我们将行李放在另外一间房子里，房子里陈设简单，一台布满油垢的电视机放在墙角的柜上，上面苫着一片白布，布面上刺绣着鸳鸯戏水，电视机对面是一张双人床，床单被罩旧了，倒也干净，床边上放着老式的长条凳，凳子旁是火炉，靠近火炉的墙上钉着一页木板，杯子、茶叶、枸杞、白糖一应俱全。

接下来的一个多月，我们将在这间土坯房里度过。

放下行李，我们连口水也没顾上喝，就跟着大胡子去了辣椒地。在地里，小唐一边查看辣椒的长势，一边给我恶补如何鉴别杂株，生怕我初来乍到，捅出乱子来。我担心让大胡子觉察我是新手，不便于接下来开展工作，就一边敷衍着小唐，一边躬身仔细地查看辣椒。事实上，初涉种子行业的我，就像一张白纸，崭新是因为什么也不懂，从新手变成练达的老手，需要经历。

第一次见到这么大规模的辣椒种植基地。每一株辣椒的枝尖上挑着白色的碎花，中上部的辣椒果刚从花心里探出来，像小鸟尖尖的喙，中部的辣椒果粗壮，果皮浓绿，泛着瓷一样的光，下部的果却红得像火，拨开繁茂的枝叶，下面全是咧着红红的嘴笑着的辣椒。

辣椒采摘是收购辣椒种子的第一道工序，大胡子从怀里掏出卷了边的花名册交给我，我就照着花名册上的名字收购。我们在出门的时候，带了标准的图样，照着图样收。只收购皮色红透了的，绿皮的不收，红透了的，也要果形周正的，像选美一样选一遍。以磅秤为界，大胡子过秤，他熟知这里的人，也熟知每一块辣椒地，他首当其冲要为我们把第一道关，他常年给外地的种子公司繁种，口碑极好。

火红的辣椒摊铺在白茫茫的碱滩上，摊铺开后半个月之内不翻动，这时候谁要动了辣椒，大胡子就跟谁翻脸。辣椒果经太阳一晒，就像一摊烂泥，手一抓就全都溃烂了，烂了的地方会变成黑色，种子的颜色也就变黑了，影响种子的品相。过了十五天以后，裸露在上面的果皮变干，也变硬了，这时候要一个一个地翻，翻辣椒不可性急，借助工具或者一次翻得太多，就会将辣椒弄伤，翻过的辣椒再晾晒十余天，如果天气好，早霜杀一杀、太阳晒一晒就全部干透了。其实我们每天的任务就是监督大胡子不要再往里面掺辣椒，或者将我们收购的辣椒转手卖给别人。毕竟在人家吃住着，我们也不能每天袖手闲站着看人家忙碌。天气渐渐转凉了，在冷飕飕的碱滩上站一天还不如和人家一起干干活，说说话，感觉时间会过得快一些。于是我们就和大胡子一起翻晒辣椒。

晒干的辣椒攒起大大的堆，每天都有三十多个妇女围着辣椒堆，拿着剪刀剥辣椒籽。大胡子跟在妇女身后，收拾果皮，妇女们的工钱不按剥掉的果皮或者果实支付，而是按剥下来的辣椒籽算，一斤带着芯子的辣椒籽一块五，手快的人一天能剥六十斤。女人们嘻嘻哈哈的，在一片说笑声中，辣椒堆逐天变小，大胡子总是黑着张脸，时不时从果皮里扔出一把辣椒来。他就让我把某一个妇女盯紧，妇女不敢明言，嘟囔着骂大胡子的东西不行。大胡子就站在身后回一句，你咋知道。引得所有人捧腹大笑，仿佛这一笑让所有的人舒展开了，就都闭口不言了，只听得耳边剪刀愉悦地响着，争先恐后。

人群里有一个年轻的女子，身材高挑，身形凹凸有致，最先引起我注意的是她的装束。看上去像一颗红透了的辣椒，翠绿色的包头巾，将头和脸包得严严实实，只留下深邃的眸子。不知是因为辣椒的气味呛到了她，还是因为别的，她的一双眼睛水汪汪的，她穿一身大红的运动服，连鞋子也是红色的。尽管我很想尽快了解一些她的信息，却不好直接去问，我只是每天在监督她们剥辣椒的时候，从她们相互之间的闲谈中特意搜集关于她的一切。

美好的时光总是短暂的，十几天时间，这一帮妇女就将一堆辣椒的籽全都剥出来了，剩下的事情全都是我一个人要做的。辣椒皮被大胡子转手卖给了调料加工商，偌大的碱滩上每天就剩下我和小唐守着晾晒的辣椒籽，那些妇女好像凭空消失了一样，她们四下散去，遁入村庄里，不见了。接下来的日子里，我再也没有见到过她们。

没有种子精选机，精选辣椒种子全靠人力，我凭借多年的农村生活经验，正好掌握了使用圆筛的技能。手工筛选辣椒种子时，将圆形的铁筛端在手里一下一下地筛，细尘、辣味就把人团团围住，喷嚏、咳嗽声不绝于耳。辣味刺激，眼泪、鼻涕、唾液就分泌得分外旺盛，要是感觉辣得实在受不了了，就揪些餐巾纸塞住鼻孔，然后用嘴呼吸，感觉会好受一些。但那只是感觉而已，事实上我那是塞住鼻子哄了嘴，嘴毕竟尝过酸甜苦辣，而鼻子实在是太娇嫩了。

圆筛让混杂在辣椒籽中的柴梗、果屑、秕子等杂质在种子表层旋转，向中心聚集，每筛几下，将中间聚集起来的杂质用手掠走，再筛，再掠，反反复复五六次，才算干净了，倒进编织袋。定量为一百斤的编织袋，可以装二十余筛的种子，每天我能筛选出五六袋种子来。

筛选过辣椒种子的双手，轻易不能触摸身上的任何一个部位，摸哪哪难受，越是知道不能用手摸额头、擦鼻子、揩眼睛，就越是无意中将自己的某个地方弄疼。最让人为难的是解手，不用手扶吧，容易尿在裤子或鞋上，扶一下，疼得人半天什么也干不成，尽忍了疼了。

每天筛选完辣椒种子，已是傍晚，匆匆吃过晚饭，拖着沉重的身体躺在炕上时，窗子外已经布满了星星。浑身上下哪儿也不舒服，不住地打喷嚏，然后小唐就躺在我身边数，嘴里还念念有词："一打，二骂，三念叨。"结果，我这喷嚏一打就是一串，数也数不清。打喷嚏，咳嗽，鼻涕止也止不住，擤也擤不完，每个关节都疼，人一粘上热炕，热气直往身体里钻，头挨上枕头就回到了故乡。

稻谷低沉

一进入八月，满地的稻谷不再像先前那样昂首挺立，而是渐次低垂了稻穗，显现出一副稳重老练的模样。我不知道，八月的秋风究竟对遍地的稻谷进行了怎样的一番诱导，使得这些穗子一直高高昂起的稻谷，一个个低下了脑袋，像一群猛然省事的少年，学会了低头沉思。

八月，稻谷背负起生命之重，以沉思的姿态，向大地展示着稻谷将思想之花绽放在枝头的荣耀。这份荣耀全部都是饱满的谷粒在歌颂土地母性的伟大，沉思状的形态，是对太阳、雨露、土地最为虔诚的答谢。这看似单调而又乏味的形姿，却饱含着稻谷万千思绪的灵光，这灵光是太阳之光，是雨水折射的太阳之光，是土地孕育的万千生命对土地的感恩。八月的稻田，林立的稻谷，被农人之外的歌者称为太阳之子。

是八月的秋风给稻谷灌输了关于生命的某些思想，还是稻谷不堪承负生命之重？繁衍生息的使命感日趋加重，犹若磐石一般压下来，压弯了它们的茎秆，稻穗低垂，日渐沉稳，倒将一枚枚旗叶暴露出来，像一面面迎风招展的旌旗，在微风中轻轻飘摇。

九月，去乡间看成熟后待收的稻谷，是一种非凡的享受。满地的谷穗，沉甸甸地低垂着，像一串串灰白色的铃铛，在微风里轻轻摇曳，发出细碎的轻响。空气中弥散着稻谷熟透了的清香，是熟透了的稻谷经历了往复的霜冻之后散发出来的香味，很淡，却极其醉人。闻香识色，近前去，不由得躬身下去，一种对稻谷本能的亲近感促使人伸出手，想抚摸一下那殷实的果穗。在每一个颗粒饱满的稻穗上，似乎依稀可以看到稻谷并不漫长的一生。一株株稻谷，究竟经历了多少次生命的裂变和重组，才变成了九月的稻穗。我试图用双手托起一株稻谷的穗子，将它们放在手中端详，可是我又不忍心打破稻谷在静默中享受生命最后时刻的那份沉醉，于是我改变了将之捧在手心里一看究竟的想法，就这样一动不动，凝视稻谷静默的姿态，感受一株株单薄的茎秆上托付着的生命厚重。

秋日里，一株稻谷用沉甸甸的果穗阐释了它一生的追求和使命，它在秋日里的荣耀全都聚集在果穗上，那是种性、雨露、阳光在岁月中媾和的结晶。秋日里的果穗是圣洁的，它的圣洁似乎不食人间烟火，而事实上，它本身即人间烟火。看着沉甸甸的果穗，我心生愧疚，已过而立之年的我，依然无法明确我这一生究竟要追求一种怎样的生活，我的困惑，稻谷无法给我提供可借鉴的直接经验。那么，我的一生也只是像稻谷那样传承种族繁衍生息的生命？我不甘心，可是审视我的所有劳作，都是以此为基础展开的，于是，我自认为想了、做了很多事情，其实就是为了把传承种族繁衍生息这一件事情做得更好一些，更完美一些而已。

我习惯将八月的稻田称作群居的思想者。你看，稻谷将头颅深深地低垂下去的时候，它们与在这片大地上俯首躬耕的农人的神情是何等相似。扎根于大地的稻谷，以稻谷为生的农人，他们都背负着生命的重托，向大地膜拜，根是信仰的图腾。

微笑的草

感觉好像只是被风轻轻地吹拂了一下，田野里就铺下一地浅笑的花。清风过处，细碎的野草贴着地面以花的方式微笑。

繁盛的花朵向着太阳开放，开得精神矍铄，阳光下，五颜六色的花朵，就如同形形色色的脸庞，俊俏也罢，丑陋也罢，会微笑的脸庞，总归是美的。这种美，能使人的内心顿生愉悦，这种美，具有养心的功效。

在开花期，含苞待放的花蕾，羞涩中夹带着野草初绽芬芳时的甜美，业已怒放的花冠，是奔放的野草最绚丽的容颜，羞涩的花蕾，绚丽的花朵，是细碎的野草留在大地上最明媚的微笑。

从四面八方纷至沓来的宾客，奔着野草的花季来了，无论是为它们传花授粉的蜂蝶，还是匆匆而来又匆匆而去的过客，野草都会致以最甜美的微笑。

在生命的特殊时刻，野草笑迎八方来客，敞开胸怀给予宾客所需要的东西，并致以真诚的微笑，以作答谢。一生中属于野草的花季只有一次，享受给予就是享受获得，不求给予和获得对等，只为让仅有的一次花季不要留下遗憾。

野草的微笑虽然显于花，但源发于根系在土壤里的感受，每一朵花在野草的枝端盛开，也是根系在土壤里的盛开，每一朵花向着天地万物的微笑，也是根系面对着土壤发出的微笑，这时候，所有的野草将微笑挂满了全身。

野草不仅在花季微笑，其实，野草的一生一直都在微笑，微笑是野草一生的事情，微笑是野草在大地上一成不变的表情，用微笑感动万物，是野草从生命的原发期继承下来的让种族在大地上生生不息的大智慧。

大地从来不会无端拒绝任何一枚怀揣着发芽梦想的种子，萌动后的野草种子用它的种脐对着大地微笑，感动了大地，萌动的种子就躺进大地温热的怀里发芽了，发芽之后，新生的胚根面对着土壤微微一笑，根就扎稳了，胚芽破土而出，嫩黄的芽在大地上向着太阳浅浅地一笑，大地就绿了。嫩绿的幼苗就像是恋娘的孩子，无论是风雨来袭，还是阳光普照，它们总是紧紧贴在地面上，腼腆地绿着，笑着，然后在大地上长成一株株细碎的野草。绿色是生命的颜色，也是大地上最普通、最普遍的颜色，所以野草在此时的微笑，掩映于所有绿色植物的色泽里，常常被猎奇的视线所忽略，但是野草从来没有放弃过微笑，因为微笑是野草根系感恩土壤的真实表达，野草的微笑是健康的，所以野草的微笑足以让大地上那些违心地将微笑挂在脸上的人感到汗颜。花期过后，细碎的野草枝头上挂满了繁硕的果实，形色各异的果实让野草在日渐丰腴起来的容颜里显露出憨实的微笑，这一笑，让野草在大地上一直笑到了最后。

野草也有哭的时候，人若哭，莫过于伤心，野草在躯体受到伤害的时候，也会流泪，对野草而言，流泪就等同于流血，当绿色的汁液从伤口里浸出来的时候，如果根还在土壤里扎着，茎叶仍与根系连着，野草居然可以做到伤口在哭，而生命在笑，这样的情景，足以给人疗伤。

在大地上生长，笑也一生，哭也一生，哭哭笑笑也是一生，像野草一样微笑一生，需要勇气，需要大智慧。

沙生植物

戈壁滩上狂放的风和坚硬的砂石，让众多植物望而却步，戈壁滩仿佛只容得下像沙蒿一样粗犷的植物生长，承受不了风沙的肆虐，就无法在戈壁滩上生根，没有抵御飞沙走石的能力，就根本算不得真正的沙生植物。生性温和的沙葱却偏偏就生长在戈壁滩上，偏偏还生着一副俊俏秀丽的模样，它生长在半死不活的沙蒿旁，就像是依偎着粗犷汉子的一个个模样俊俏的女子，给夏末初秋的戈壁滩增添了不少活色。

大地因为缺水而变成了戈壁滩，缺水少雨的戈壁滩，总是一副失魂落魄的样子，沙蒿是一年四季坚守着这片土地的汉子，究竟是怎样的信念使它们坚持留下来并守望着这片土地呢？

土壤肥沃、雨水充沛的土地上，人声鼎沸，草木繁盛，生物们你争我夺，拥挤不堪。杀戮和谋杀，在有利可图的土地上不断演绎和革新，荒芜的戈壁滩却依然保持着固有的模样。沙生植物因为缺少关注而显得从容且优雅，它们从扎根这片土壤开始，已经习惯了残酷的生长环境，可以自如应对恶劣气候，完成它们在戈壁滩上的繁衍生息。

沙蒿和沙葱，是戈壁滩上无边的粗犷和无限的矜持，沙蒿至刚，沙葱至柔。沙蒿有坚硬且布满鳞片的枝干，经年于沙土层里扩张的根系，足以维系它那并不铺张浪费的枝干。平铺于大地表层的砾石，是天然的保水层，尽管雨水不多，只要有一滴水渗进砾石缝隙，就会被砾石锁住，被沙蒿无处不在的根系牢牢地抓住，风再狂放，沙蒿遍体的鳞片绝不会轻易散失体内的水分。沙随风走，细沙来了又去，去了还来，反反复复中，沙蒿已经习惯了这些毫无定力的沙随风肆虐，唯有砾石既是它生命中的恩人，又是随时会将它置于死地的暴徒。沙葱生得俊俏，没有抵御风沙的本领，却有着避开风沙生长的智慧，如果将沙葱比作女子，绝对算得上是秀外慧中的奇女子。

一年中，戈壁滩上的风沙也有大致的规律可循，而沙葱的生长智慧就是认准了戈壁滩的风沙规律，才得以优雅地生长。夏末秋初，戈壁滩一改往日的乌烟瘴气，沙尘落定，天空就显得高远了，风便轻了。之后有一段时日，迟早会落下一场或几场雨，沙蒿在此时就迎来了一年中最美好的时光，碧绿的新枝破体而发，一丝丝新绿，使得昏沉沉的戈壁滩有了一丝活色。这时候，沙葱的新芽从砾石的缝隙里钻出来，与沙蒿的新枝遥相呼应，只需几日，沙葱就出落得亭亭玉立。风轻了，太阳却分外的毒，戈壁滩上热浪滚滚，这热浪，奈何不了沙蒿，也奈何不了沙葱。

沙葱仿佛知道戈壁滩上这样美好的时日不会太长，于是它总是尽力加快生命成长的进程，它的成长给毫无生气的戈壁滩带来无限的生机固然重要，但是与它传承种族的使命相比，它顾不得欣赏自己在夏日里的曼妙身姿，如果它稍有迟疑，便会给种族带来灾难，没有比加速生长更好的方式能让它顺利完成种族的繁衍，只要抽了薹，它就可以免遭挖沙葱的人的毒手。在抽薹之前，沙葱所萌发的鲜嫩叶子，被尝尽百草的人类始祖发现了，每当这时候，常常会有大批的猎食者前来采挖，也许，一株从远古流传至今的沙葱的子嗣从此要灭绝于此。

猎食者来此的目的，就是为了猎取满足猎食者食欲的沙葱，他们根本无法周详地知道，一株沙葱在戈壁滩上是通过怎样惨烈的抗争与挣扎才流传至今的，反正那么大的戈壁，那么多的沙葱，他们只是从中撷取了微不足道的一点。这正是沙葱所面临的最大的灾难，尽管沙葱的繁殖能力很强，一株沙葱一季要产出二百多粒种子，而这些种子却只有五分之二能顺利度过戈壁滩严酷的冬季和残酷的春季，其他的都夭折于沙尘和风暴之中了。没有哪个物种的繁殖速度能赶上猎食者的猎取欲望，何况是在不适宜大多数植物生长的戈壁滩上，沙葱只靠应对环境的智慧是远远不够的，还需要上天的眷顾和猎食者的慈悲之心。

不论是土壤肥沃的土地，还是贫瘠干旱的戈壁，只要有有利可图的物种存在和繁衍，就免不了掠夺和杀戮，充满血腥的杀戮与掠夺和充满草汁腥味的杀戮和掠夺，对一切生命而言本无二致。

戈壁滩上的沙蒿，因尚未被猎食者发现用处，所以它们的生长从未受到过惊扰。它们完全可以按照沙蒿生长的规律自由自在地生长，兴许是它们已然意识到了某种危险，在危及种族繁衍的猎杀来临之前，它们已经让枝干上布满棘刺。尽管这些棘刺对猎食者来说只是一点点小小的麻烦而已，至少它们已经以植物最大的能力为自已做了防御。应对环境的智慧，让沙葱成为了戈壁滩上优秀的生存者，而它却对猎食者的掠夺束手无策。这不是沙葱的错，猎物一旦被猎食者盯上，就注定要惨遭毒手，沙葱不能像鸟一样飞走，也不能像爬行的动物一样逃走，它只能在扎根的土地上听天由命……

我只好奉劝猎食者。时常经管一下自己的嘴，别让食欲控制了人类的理智，大地上可供我们吃喝的东西够多了，戈壁滩的土地已经够贫瘠了，物种匮乏到不能再匮乏了，嘴下留情吧！

风中的胡麻

五月的胡麻，从壮实的茎端分化出顶着花蕾的枝条，迎着初夏的阳光向上伸展。每一根花枝都争先恐后地伸长纤细的脖子，顶着隆起的花蕾在风中轻轻摇曳。风一吹，花蕾就张开了嘴，吐下一地的浅蓝。

一朵盛开的胡麻花，绽开五瓣，花蕊像一枚枚尖利的针，插在鹅黄色的花心上，针尖向外，刺探着夏日里的信息。带刺的蜜蜂闻讯赶来，像贪玩而笨拙的孩子，抓住一朵胡麻花就是一顿猛亲乱采。胡麻纤细的枝条支撑一朵花都显得颤颤巍巍，一只肥大的蜜蜂落在花上，且不消停地乱摇乱动，胡麻的花枝就弯成了一张弓，有节奏地颤动，随时准备将蜜蜂弹射出去，这也正中了蜜蜂的下怀，它就肆意地在花间被弹来射去。此时，蜜蜂是笨拙的，它与所有花儿亲昵的动作并没有随着经它把玩过的花儿数量增加而有所改进，动作总是显得夸张而野蛮。蜜蜂的动作笨拙，但是它绝不贪婪，它吸足了花蜜，采够了花粉，便心满意足地提着两桶花粉唱着走了，只留下满地一脸羞怯的胡麻花在风中窃喜。

胡麻的花儿渐次开放，也渐次凋落。花瓣飘落时，像雪花，飘飘洒洒；像蝴蝶，在花间翩翩起舞，落下去，贴在地面上，归于平静。风中的胡麻是一片浪花涌动的海洋，有的含苞待放，有的正在盛开，有的已经凋零，浅蓝色的胡麻花，将绿色的土地洇染成浅蓝色，而迎面吹来的一阵风却又让浅蓝色渐次退去，胡麻地里就留下了一簇簇等待着饱满的蒴果。风一吹，胡麻就摇头晃脑，不能自已。天地是一本大书，等待成熟的胡麻顶着日渐饱满的蒴果为生命吟诵。

生命的本意，不是让我去收获成熟了的胡麻，一棵胡麻的生与死，本与我毫无关系，只是我刻意在春天让它们萌发了，于是我心安理得地在秋日里采收了它的果实，并占为己有。

等待成熟的胡麻是我一年中不断在长大的希望啊。我要将收获的胡麻分为三份，榨油、缴费、补贴家用。在年底，我要囤积一些清油，滋润来年的日子，给我的儿女们各买一身新衣裳，让他们欢天喜地地过个年，剩下的钱，贴补生活。不由得，我对着一地的胡麻微笑，清风拂过我的脸颊，似乎有点发烫。我觉得自己一脸的笑极为肤浅，我的脸皮被满脸的笑意灼伤。胡麻依然在风中摇摆，我在胡麻地以外的地方张望，风声四起，却没丁点儿来自外界的消息，只有漫天的沙尘，我和我的胡麻在五月的天空下，一点一点地蒙上尘土。

连着胡麻地的小径，是我的生命通道，我通过这条路去地里劳作，也通过它将胡麻收回居所。我的躯体里，血液一样浓的清油一直在流动，用汗水浇灌的胡麻，在五月开花，给我一片湛蓝色的海洋，在七月成熟，供养了我。我无法给胡麻更深的爱，我只用发自内心的赞美和辛勤的劳作给它以尊重。

一地盛开的胡麻花，在初夏的风中浅吟，是对我为这片土地付出的辛劳最大的赞美。胡麻的花儿很美，却鲜有香味，它把所有的香味都留给了果实，果实辗转交给了我。看着胡麻花儿盛开，我的心里就有香气升腾起来。

月光下的豌豆花

月光如水的夜里，我在回家的途中路过一片开花的豌豆地。月色中的豌豆地绿得深沉，是一片被皎洁的月光照耀着的墨绿色的绒毯，平平展展地铺开。鼻端的潮湿气息很重，水汽自上而下聚集、凝结，月色浓得能拧出水来。

我在田埂上坐下，面朝豌豆地，背后的地里种植着另外一种豌豆。面前的豌豆开着白色的豆花，身后的豌豆绽放紫色的花朵。夜空中月明星稀，白色的豆花像繁星一般闪烁，紫色的豆花掩映于沉静豆田，一片墨绿。

墨绿色的豆田里，生性顽皮的蝼蛄们将自己藏匿在暗处，拍打着坚硬的翅膀，趁着夜色狂欢。蝼蛄们不知疲惫的击打声，将夜色一点一点地拖入暗黑。此起彼伏的击打声，已然不只是单调的吱吱声了，而是恰到好处的一首小夜曲。月色清亮，小夜曲婉转悠扬，时有微凉迎面递来，那不是风，是白豌豆的花蕾渐次打开了。

“吱吱——”

“白豌豆，开白花，白头，白舌，绿豆荚。”

“吱吱吱——”

“紫豌豆，开紫花，紫头，紫舌，绿把把。”

月光倾泻而下，泼入豌豆地，绿色在豌豆地里急速渲染，由近及远，绿色渐远渐深，形成一波一波的暗黑，涌向远处的林地，惊扰了在树上栖息的猫头鹰，鸟鸣嘶哑，带着烦躁不安的情绪从暗黑中传出来，将月色一下一下撕碎，它随意拍打一下翅膀，将透过叶隙的月光撒进鸟儿的梦乡。一到天黑就闭嘴的山鸡隐没在山林深处，偶尔扑腾一两下翅膀，叫一两声，然后躺进月光照不到的草窝里继续沉睡。不知疲倦的蝉，用绵密的蝉鸣拨弄着我的耳膜，夜风一波一波涌来，蝉鸣中全是豌豆花儿的清香。无风的间隙，豌豆地里一片沙沙声，像蚕虫在忘情地吞噬桑叶，又像轻风拂过白杨树叶，却不是风，而是一种像蚕虫一样的豆虫粘连在豌豆的枝蔓上咀嚼着豆叶。再有风拂过，空气里全是豆叶被嚼碎后的汁液散发出来的青涩草香。规模宏大的杀戮，在空气中弥散，声息细碎，却惊心动魄，皎洁的月光从豆虫吞噬的豆叶缺口上透过去，将饱满的豆荚一一照亮。

我一伸手拨开豌豆的枝蔓，相互纠缠的卷须发出崩裂的轻响。卷须是豌豆的手，相互搀扶着，在盛夏的月色里相携而立，白色的花儿，商量好了似的，你开，它也要开，争先恐后地开放了，铺了满满一地。

豌豆荚像一串串绿色的鱼儿，在月色中活蹦乱跳，伸手能抓一大把。颗粒饱满的豆荚，皮脆豆嫩，白花下的青豆甘甜，紫花下的青豆生涩，双手放在一起，捧在手心里的豌豆荚全是一副甜美的模样，分不出它们是哪种花儿结出的果实。

皎洁的月光下，我一转身，紫豌豆的花在夜色里像蝴蝶一样翩翩飞舞，纤细的卷须缠绕着豌豆的枝蔓，形成一道密不透风的墙。紫色的花儿错落有致地开放，豆荚躲在墨绿色的叶片底下，吮吸着甘甜的汁液，你追我赶，都要长大，稠密的豆蔓下全是悄然膨大的豌豆荚。紫色的花儿开在细长柔软的茎蔓上，枝叶俊逸的豌豆，花姿轻盈别致，每一枚色彩艳丽的花朵，就像是停在枝头的一只色彩艳丽的花蝴蝶，稍一惊动，它便会振翅高飞。

将一株豌豆提起，让它直立起来，顶上的每一朵花，是一张张色彩艳丽的脸庞，周身的分枝上卷须萦绕，叶子像鸟儿的美丽羽毛，羽状复叶更增加了它美艳的姿色。一枚枚伸长了的枝蔓似花翎一般，它顶盔掼甲，好不威武，威武中却透着娇柔，俨然是女儿身。盛花期的紫豌豆，是一个个扮相俊俏的刀马旦，立在自己的根上，用艳丽的色彩将月色照亮。

豌豆一边开花，一边结荚。结荚的豌豆在繁花底下悄然膨大，肥美的豆荚在花香中浸润着，在月光穿透不了的夜色里长成青豆，青豆用心中的甜美，将豌豆成长中的日月全部填满，月色中的豌豆花，像蝴蝶一样轻轻地飞，豆荚在夜色的遮掩下悄然长大。

月光下的豌豆花渐次开放，高于抽生的枝蔓，生出鲜嫩的花苞，等天亮以后，夜色里孕育的花苞将迎着朝霞相继打开，而在夜里盛开过的花儿会在阳光下败落，无数个小豆荚从花心里探出来，尖尖的，绿绿的，指着太阳，老而不死的太阳，一脸慈祥。

堂前屋后萱草花

北屋是母亲的居所，菜园在北屋正后方。菜园不大，母亲习惯只在园子里种几种调味的蔬菜。田垄上的葱，平畦里的韭菜、薤和蒜，围边而种的萱草，都是百合科植物，土地有限，种上百合科植物就再种不了其他蔬菜，母亲对百合科植物的钟爱，让菜园成了名副其实的百合园。

园子里的每一种植物都开花。葱、韭的花儿开得不俊，它们开花或不开花感觉差别不大，韭菜的花细碎，开着细碎的白花，葱的花头大，色泽却并不醒目，园子里基本见不到薤、蒜的花，不是它们不开花，而是根本等不到开花，母亲就收了藠头和蒜头。藠头和蒜头既是蔬菜又是种子。萱草不开花的时候，它只是一簇簇草，不像葱、韭、薤、蒜，它们的叶子也可以吃，萱草的叶子草腥味太浓，吃不成。

萱草只有在开花时才引人注目，花儿在绿叶的映衬下显得庄重、肃静。萱草才开始露花苞，母亲就已经躬身在晨曦里采摘萱草花，她说，清晨尚未打开的花苞是最好的。萱草开花时，我和母亲各有所获，母亲的收获是攥在手里的一把把黄花，而我的收获每次都有所不同，母亲从她年轻的时候就开始采摘黄花，我亲眼看着母亲在一把一把将黄花装进篮子的时光中变老了。

萱草每年都开花，也就使离开家乡的我每年都会在心中留下一些遗憾。闲来无事时坐在园子外面，掂一块白面饼子就着大葱叶大快朵颐，是幸福的，或者手里什么也不用拿，背手站在园子外看母亲采摘黄花，是幸福的，替母亲从园子里背几捆大蒜辫也是幸福的。这些幸福早被我为了追随更大的幸福而丢失在成长的路上了。时光像个窃贼，紧跟在我的身后，把它们全都捡拾去了，当我愿花大价钱把它们全都赎回来时，它却梗着脖子对我说，黄花菜都凉了，你才想起来。

每一种植物在生长过程中，免不了会遭受昆虫的侵害，如金龟子、蚜虫、鼻滴虫、红蜘蛛、根蛆、潜叶蝇、叶斑病、锈病等等，现代农业解决病虫害的一贯方式是用农药。因此，大多种植者已鲜能体验到种植的乐趣了，母亲在菜园里获得的乐趣是与这些蠹虫斗智斗勇，绝非为了图省事而用农药将它们立即杀死。

母亲对待萱草病虫害的态度是最简单的也是最原始的，有害虫时，便把散养的母鸡赶进园子，她参与其中，自得其乐。我有时候不解，平时有一两只鸡在园子里转悠，母亲会毫不客气将它们赶出来，而大方起来，会将所有的鸡全都赶进园子里，我说你不怕鸡把菜吃了？母亲说，有虫子吃，鸡哪能顾得上吃菜。

自春至秋，园子里一直郁郁葱葱，我可以无所顾忌地钻进园子里获取想要的菜蔬，母亲只是不厌其烦地在园子里忙碌着，防止萱草和葱、韭、薤、蒜得病，母亲会提前喷洒小苏打溶液，小苏打在母亲的手里是万能的，它既是烙饼子、蒸馒头时的膨松剂，又是无毒的作物防护剂。后来我通过查阅资料得知，小苏打呈弱碱性，对于一些不耐碱的害虫，如鼻涕虫，有很好的防杀作用。对植物和土壤进行喷洒，能起到很好的杀虫效果。大部分农作物病害都是由真菌、细菌引起的，正好这些菌都耐碱性不好，对农作物进行喷施可以有效预防作物由真菌、细菌引起的白粉、炭疽、霜霉等各种病害。一旦病情严重不好控制，再好的农药也都无济于事。病虫防重于治，是百合园给她的乐趣和启示。

北屋前一块小小的土地用栅栏围起来，我们称它花园。母亲却不愿只种观赏的植物，而是种上一些时令果蔬，萝卜、白菜、番茄、辣椒、香菜、茄子，应有尽有，常见母亲躬身在栅栏里，剜铲杂草，培土扶苗。番茄熟了，母亲摘下一枚熟了的番茄，在她的衣襟上擦一擦，随手递给我，我再递给女儿，母亲双膝跪在泥地里，一脸慈爱地看着孩子将番茄一口一口吃掉，才心满意足地复又埋下头去，继续忙碌。

百合园，是母亲给我最好的礼物。我称母亲是种花的人，她的双手沾满着晨露、花香和人间最初的烟火滋味。

第二辑

草木词

新麦：故乡写给我的信

正　月

一冬无雪。

大年刚过，空气中的酒香、硝烟和年的气味还未散尽，我们却要离开了。

从此，我们离别了父母亲居住了六十年、我居住了二十五年、大女儿居住了四年、小女儿居住了仅仅四十天的庄院。丢下沿庄院栽种的白杨、柳树、杏树、松树、柏树、桃树。这些树是父亲亲手一棵棵栽种下的，我知道，父亲栽种这些树的时候，一定是准备就这样在这里生活上一辈子，然后把这里的全部都留给我。

不承想，说离开就离开了。

毕竟是人老离故乡，怎奈父母心中有万般不舍，到最后，还是决定舍弃庄院和田地，跟着我远走他乡。

父亲说，只要一家人都能够在一起，就无所谓在哪里，与骨肉亲情相比，就没有什么割舍不下。

二　月

要离开了,最让父亲舍不下的是六亩还未返青的冬麦,冬干物燥,土地就那么裸露着，地皮皴裂了，像一张张因饥饿而张开的嘴巴。

我说，交给叔父吧。父亲没有应声。一声叹息，当是应允。

要离开了，把挪不动的土地，交给了叔父经管，我们只带着比我们的身体还单薄的行李。

掐指一算，离开故乡整整一个月。一直没有丁点儿关于故乡的消息。

父亲给叔父打电话。

叔父说，大雪封了山，村里人大门不出，猫冬呢。

父亲却异常高兴，他高兴的是，有了这样一场雪，冬麦就一定能长好。

我知道，冬麦长得再好，已经与我们没有了关系。可是，我看着父亲那么高兴，什么话也没有说。

父亲说，只要是故乡传来的好消息，就能让人感到高兴。

何尝不是呢？

三　月

三月，天气冷暖无常，天地浑然一色，混沌不清。空气中充斥着被风扬起来的尘土，呼吸之间全是土的腥涩。细尘弥散，目光所及不足十米，一切都被细尘笼罩着，灰头土脸。

阳光穿过尘埃，显得无精打采，泛着白光的地面上，坑坑洼洼，枯败的草叶，若即若离地粘在土皮上，任风吹拂。

有风，却绵软无力，总感觉风被什么挡着，透不过来，即便透过来了，也是软绵绵的，无法将浮在空气中的尘土吹散，反倒使尘土越聚越多。

沙尘时时来袭，仿佛带着一些幽怨，却不是为了倾诉，而是带着十足的嚣气。

我在三月里一声接着一声地咳嗽。在尘土弥散的三月里不停地咳嗽，将吸进气管里的尘土咳出来，一口啐在地上。

在三月，大地就像是一个病人，昏昏欲睡，我和父母整日在租来的土地上忙碌，在粉尘的笼罩中，咳来咳去，此时，我们都害上了同一种病，不停地咳嗽。

一年的希望，已经在这漫天的沙尘里悄然展开了，经过耙耱和碾压过的土地，平整舒展，日渐返潮的土地，开始泛起了活色，沙尘渐次归于平静，向阳的土地上，野草露出了芽尖。

四　月

冬麦开始返青了，春麦露出了芽尖。

玉米刚下种，还在土壤中。大地上少有的绿色，大都是返青的冬麦和向阳地里的冰草。

我开始关注土壤、雨水、种子、天气，多于关注自己，这是进入这个四月以后，我和以往最大的不同。

三十岁已在身后，我依然用二十岁时的信念和热情激励自己，身体的机能仿佛还证明不了我的二十岁与三十岁究竟有多少差异。然而，我并不感到茫然，通过儿女的成长和父母渐白的头发来证实自己成长的岁月，很多时候，我专注于老人和孩子多过了关注自己，兴许，这就是三十岁男人与二十岁男人的最大不同。

突然间想法多了，瞌睡少了。

夜里长久地无法入眠，而白天却站着也能睡着，这样的时日一长，感觉整个人总是处在一种混沌之中，没有明显的清醒，也没有踏实的熟睡，总是被一种雾蒙蒙的东西罩着，像霾，无法摆脱。

我心中的向往，就像是远处的山，明明一直向着那山前行，从未停歇，可是走过了一年又迎来一年，那山顶却依然还在远处，就像是自己一点也没有动。于是，烦躁、气馁和失落就成了最需要花费时间去调整的，烦躁过后，回过头来看看走过的路，发现那个一直默默跟在我身后的孩子，已经长高了十几公分，于是，我就踏实了。

没错，我向着远山也迈进了许多。

五　月

五月的天气，乍暖还寒。

我在租来的土地上，依次种上了玉米，栽上了果树，撒下了菜籽。

天气变化莫测，我常常兜里揣着玉米种子，往复行走于这片并不大的土地上。土地的墒情很好，唯一的缺憾是，刚种完了玉米，却落下了一场大雨，土地的表皮板结。

玉米出苗参差不齐，同一批播种下去的玉米种子，断垄、缺苗很严重。一些芽势强的种子已然破土，一些芽势弱的玉米顶不出土层，蜷曲在土皮下，即便是破了板结，它们已然长得半死不活；还有一些玉米种子干脆腐烂在土中，未曾萌动，便结束了生命。我和父亲每天要做的事情是，耐心地去刨开土皮，把板结的土块一一捏碎，将玉米种子放进湿土中，盖上土，然后用脚踩实。

看似细碎的劳作，劳身却并不伤神。我已经习惯了在春夏交替的日子里忘我地劳作。

气候变化莫测的五月，使我养成了关注天气预报的习惯。在五月，土地上生长着的所有青苗，全都牵动着我的心。

六　月

中耕、除草、施肥、灌水。一切都按部就班地进行。

我和父亲做完这些农活，把六月剩下的为数不多的日子就全部交给了土地和玉米。

时常听一些人对父亲说我长得很像年轻时候的父亲。

父亲就咧着嘴嘿嘿地笑。

不知不觉中，我也不由得开始喜欢从年轻人中寻找我曾经的影子。

父亲在闲来无事的时候，喜欢背着一根鱼竿去离住所很远的乡下钓鱼，我知道父亲以前根本没有这个喜好，直到有一次我去找父亲，这才知道，那个村庄里的湖早已被开发成农家乐，而父亲每次背着鱼竿去那里，不为钓鱼，仅仅是想从这个陌生的村庄里，找到故乡的影子。

七　月

一进入七月，父亲就开始不厌其烦地念叨着，故乡的冬麦应该收获了。

父亲开始关注天气预报，他只关注每天二十点十分的宁夏天气预报。即便他从报道中得知故乡会有雷阵雨，也从不会立即打电话给叔父，他只是时刻关注着七月的故乡，地里还没有收获的冬麦。

以一茬麦子为参照，我的逝去的时光，与麦子失去的时光一样，当我的年龄又加上一岁的时候，新麦替换了旧麦。我在一年中最大的收获是，一粒旧麦变成了一掬新麦或者是一颗玉米种子变成了一穗玉米。我的希望是，用这一掬新麦从土地上换来更多的麦子，在我没有其他可以给予父母的时候，就用这新麦，给父母养老。

麦子会老吗？会，老了的麦子留下了新麦。

玉米会老吗？会，老了的玉米留下了玉米。

人也会老，当我老了的时候，我从自己身上得到了什么呢？仿佛有很多,却又似撒进土里的一把麦子,需要花费一生的时间去收拢。

八　月

平日里少言寡语的父亲，只要与人谈及土地或者是庄稼，他仿佛立刻就变成了另外一个人。尽管在我们租来的土地上种植的玉米长势喜人，但是父亲每每提及土地和庄稼，就会立即陷入对他生活了六十多年的土地的回忆。关于农事，父亲最得心应手的经验，全都在故乡的那片土地上，除却那片土地，父亲基本与别人无话可说。

闲暇时，母亲会花费几个小时甚至是半天的工夫，从讲她最近一直做的一个梦开始，一直延伸到他们生活了六十年的那片土地上过往的酸甜苦辣。此时，父亲是母亲忠实的听众。

母亲说，她的梦里全都是故乡，梦境中的场景是故乡的庄院、地里的冬麦以及村庄里的乡亲。

父亲说，他的梦境也全都是与故乡有关的过往。

尽管我们必须靠租来的土地上种植的玉米来维系生活，但是父母依然热切地关注着故乡的一切。

八月,是一个多梦的季节,我也时常做一个和我的父母同样的梦。梦醒了，我却从来都不说。

我怕说出来，会让我的父母亲更加想念故乡。

九　月

日渐丰满的玉米果穗，把父母从记忆中唤回来。

当他们渐渐开始专注异乡的土地上不同于过往的农作物的时候，我看到，父母才渐渐地融入了这片土地。

灌浆期的玉米，在九月的阳光下安静、富足。一株株玉米林立于土地上，此刻，它们就是一个个细小的幸福，正在九月的安逸中构筑着我未来的幸福生活。从一个玉米日渐饱满的果穗上，我真切地感受到，幸福是可以一点一点地长大的。

父母在一起的时候，只谈论自己心里在乎的人和事。他们突然间不再对梦境津津乐道了,他们开始谈论地里的玉米、果树和西红柿、辣椒以及葱、韭的长势。

地里的玉米该灌最后一水了，等着灌水的人很多，几乎每一块玉米地的地头都站着一两个人。我的地在中间，排在前面的人还有很多，我和父亲就站在地头上等，等水上来的时候，月亮已当空，潺潺水流中，我和父亲面对面站在水口上，说话一直到天亮。

从故乡的亲人、土地、房子、牛羊、泉水、麦子、草垛，到玉米地、平房、生计、人生，再回到脚下汩汩流淌着的水。那个月色如水的九月的夜里，在异乡的土地上，我和父亲都是游子，心里思念着故土，却迫于生计而相互激励着，在异乡的土地上好好活下去，活出个样子来。

十 月

早霜一来，地里的玉米就熟了。

我们都沉浸在收获的喜悦里，这种喜悦，全都藏在心里。

掰玉米的时候，我们相互之间甚至一整天连一句话都不说，整块田里，只有人过处玉米叶片的唰唰声和玉米果穗从茎秆上撕裂的声音。这时候，这些声音混淆在一起，却无比悦耳，这是一年中，我在异乡的土地上听到的最美的声音。尽管只持续了短短的几天，但是自我带着父母和妻女离开故乡之后，第一次在异乡的土地上听到一曲完整的丰收之歌。

金灿灿的玉米果穗堆在场上，父亲从玉米堆上拾起一个果穗，拿在手上掂一掂，再数数行数、行粒数，然后若有所思地背着手离开。

每隔几天，父亲都要掂一掂玉米果穗的重量，再数数行数、行粒数。转身回去，背靠着屋墙蹲下，面对着一大堆玉米，半闭了眼，安闲地吸烟。

母亲找来稻秸，围绑了苹果树、梨树和花椒树。然后再挖坑埋葡萄苗子。

我心疼母亲，我说，土地是租来的，花费力气种上树，都是种给别人的。

母亲反诘，哪片土地是真属于我们的呢？至少，现在这片土地还是由着我们耕种的，这么好的地，闲着可惜了。

只好随了母亲。

父亲在屋檐下把烟锅磕得震天响，然后一句话也不说，转身回了屋。

我知道，父亲咽进肚子里的话是：自家的土地上种下那么多的大树都不要了，几棵小树苗却当成宝了。

十一月

深翻了土地，灌上了冬水，土地就彻底休闲了。

大群大群的田鼠被水从田地里驱赶出来，它们从四面八方向着我的玉米堆围拢过来。

这是一大群怎么也驱赶不尽的强盗，它们依靠玉米堆和洞穴，从来不把我放在眼里。这时候，一大堆玉米，名义上是属于我的，其实是属于这些田鼠的。

我在明处，它们在暗处，真拿它们没有办法。

天气渐寒，我必须在天冷之前将这一堆玉米粜了，换来煤炭、粮食、蔬菜等过冬的物资。每当想到我将这些玉米全都卖掉以后，这些田鼠将要在冰天雪地的冬日里四下寻觅吃食，我的心里一阵怔忡。

一大堆玉米，细算一下账，被化肥、种子、地租等逐一分割之后，留给我的就没有多少了，我必须赶在田鼠大肆掠夺之前将这些玉米全部卖掉，这样，我就能从田鼠的口中为自己夺回一些口粮。

我知道，在天寒地冻的冬日，将一大群田鼠赶出去，放逐于田野，是一件残忍的事情，可是，让父母和妻女跟随我背井离乡，再让他们忍受饥饿，我于心不忍。我承认，我是自私的。原谅我，指望着一堆玉米养家糊口的我，无力济世，更无法忍受缺吃少穿的生活，我必须拒绝浪费。田鼠可以寻觅别的吃食，而我只有这么一堆玉米，就让这些为生计奔波的田鼠，自寻生路吧。

腊　月

叔父托人给我们带来一口袋新麦。

掬一捧新麦在手中，就像是把整个故乡捧在了手心里，新麦带着故乡的温度、气息和色泽。父亲掬着一捧新麦久久不愿放下，就像是捧着一封家书仔细地看，脸上露出了久违的笑容，双眼里却噙着泪水。

此刻，这一捧新麦，就是父亲一腔浓得化不开的乡愁，无论怎么看也看不够。

叔父只捎来了一口袋新麦，却没有捎来只言片语的口信。

我说，也许这些新麦就是故乡的土地写给我们的最后一封信。

果不其然，叔父打来电话，说父亲留给他的六亩口粮田，被村里修路占去了大半，剩下的边角，无法耕种。

父亲迫切想知道被占了土地之后如何处理。

叔父说，占了的土地，给补偿费。

父亲就急了。

钱总有花完的时候，他坚决不要钱，他要土地。

叔父劝父亲，反正有地他也不耕种，不如拿了钱。

父亲就火了。

实在拗不过父亲，就在离村庄很远的地方重新给划拨了土地。

父亲这才安心了。

叔父却嫌地太远，不愿耕种。

父亲就挨家挨户去问。

最后，只好将土地送给老乡耕种，不收任何报酬，父亲却非常高兴。

他说，只要让土地不要荒芜了就好。

玉米：立在根上的修行

一

泰勒斯说，水是好的。

清澈的水来自土地，我唯一做过的事情是，将这土地底下的清水用自吸泵抽出来，浇灌一片正在拔节的玉米。清澈的水化成玉米绿色的茎叶，一地的翠绿，不由得让人发出同样的感慨，水是好的。

我将几粒玉米种子放在滤纸上，浇上水，然后一直观察玉米的变化。首先是籽粒吸水后膨胀，再是发出像酒精一样的清香，闻香细看，却有白嫩的芽从种脐钻出，一点一点地伸，先伸出来的芽再生出细小的芽来，将纸抓住，兴许是本能，这些细碎的根芽，一生出来就要抓住土，然后汲取水分和养分，再生出来的才是芽，芽向上，再过几小时，芽尖便会变成绿色。如果此时将发了芽的种子浅埋于土中，一两日便露出翠绿的芽尖，而细小的根却会牢牢地扎进土壤里。

水让生命尽现奇迹。

干了的玉米，体内也是藏着水的，水就藏匿于玉米干爽的种皮下，如同水藏匿于我们的身体中一样。正是这些常常被我们忽视了的水，保持着种子固有的活力。

时令还未进入秋季，旱地里的玉米叶子却齐刷刷地干枯了，一地焦黄。

我站在高处，看着一片片因早衰而先于水浇地里的玉米枯黄了的旱地玉米，心里五味杂陈。

满眼全是玉米叶子的焦黄，雄穗从顶端的叶腋处折折了，却没有完全断开，只是耷拉下来，在秋风里摇摆，空气中充斥着死亡的气息，全都是与农人的收获并无关联的生命的终结。遍地的玉米就像是我的先于衰老而逝去的亲人们，任凭在弥留之际有万般不舍，却还是活不成了。

我精心经营了一年的玉米，等熬到了秋日，迎来的却不是成熟，是死亡。而死亡一词似乎不足以陈述这一茬玉米生命的真相，我只好再赘述一句：非正常死亡。

整个秋天，我只关注着玉米。像那个孤苦伶仃的孩子在生命中的寒冬里寄全部希望于火柴那样，眼巴巴地看着干枯的玉米叶子，在瑟瑟秋风里唰唰作响，我却无能为力。

风中飘摇不定的干叶、枯萎的雄穗、干瘪的雌穗，这是玉米在秋日里的哀鸣吗？不，是控诉。是对恶劣的生存环境的控诉，是对贫瘠的土地的控诉，是对生命就这样终了的心有不甘。

我只能假寐，闭着双眼，将一地的控诉当成哀鸣。我深知在春天关于一茬玉米的所有劳作和憧憬，是我犯下的一个不可饶恕的错。

你看，这满田的玉米像是一群犯了错的孩子，一个个窘迫不已，挺着瘦小的身体站在叶不遮地的土地上无所适从。长成这般模样，绝不是玉米的错，你看，仅仅一条不足十米的大路，是旱地和水浇地的分水岭，更是生和死的分界线。

水浇地里绿油油的玉米，一副富足而慵懒的神情，而旱地里的玉米却一个个佝偻着身躯，空瘪的果穗和单薄的叶片，使它们惶恐不安。

我说，我已经在心里宽恕了它们，它们依然无所适从，依然如此局促，最终使我感到不安。

我必须对这一地的玉米深刻剖析自己的自私或者是不畏一切风险的愚昧，我的自私，是不顾一切事物的本质感受，而自以为给予它的东西就必须使它感到幸福。

在秋天里死去的玉米，是因为饥饿和干渴，生命中的困顿，在秋日里显露出来，早衰的叶片和空瘪的果穗，无不向这个世界控诉，它们穷困潦倒的境地。

一场秋雨，让水地里的玉米更显葱茏，而让旱地里的玉米彻底走向生命的尽头。一条大路，将富足与贫瘠彻底划开，高处的葱绿，绿得盛气凌人，低处的枯黄，黄得令人心生酸楚。

一株株怀揣着半截空瘪果穗的玉米，在秋风里瑟瑟发抖的情形，使我想起了那个穷苦人家的妈妈，日暮时分，她怀里抱着面黄肌瘦的孩子，不知该走向哪里，令我心疼。这一地玉米的妈妈和孩子啊，如果她们有一双腿该多好？渴了，去有水的地方喝一口，饿了，去生活优渥的地方，哪怕是吃上一口剩饭残渣，填饱了肚子，也不枉面对一场阳光和雨露。

我心疼所有的旱地上没有长好的玉米，因为贫瘠常常使它们显露出羞涩和局促，生命的顽强，也因此得到了完整的诠释。

我决定放弃收获这一茬玉米，连同土地一并放逐于自然，把玉米留给冬日里的过往的飞鸟和田鼠，把土地留给来春的草籽和草根。

二

日暮时分，飞驰的列车一路向北，齐刷刷的玉米顶着众星捧月的雄穗列队相迎，夜色便在飞奔的玉米地里渐渐地浓了，车窗外，隐于夜色的地方便是荒野，铁道两边的玉米饮着浓浓的夜色成熟。

晨霭中，玉米全都黑着脸膛立在山野里，列车飞驰，整整一夜，我在梦境里出出进进，列车掠过山野无数，却始终没有走出玉米地。

庄户人家或沿河而居，或顺路而住，庄户人各自种植的玉米连接起来，形成壮观的玉米林带。九月的天空下，放眼望去，玉米高大的植株遮挡了远处的风景，在九月，立在眼前的玉米就是人间一道别致的风景。

时刻都在奔忙，恨不得将每一块土地都种上自己供应的种子，却没有任何一块土地是我说了算的。我不止一次跟在顶头上司和种植大户的身后，看着他们大手一挥，一望无垠的玉米地使他们感慨不已。我也不禁心中喜悦，至少这一地玉米的种子也曾经过我的手。这时候，每一个脸庞上都展露着同样的笑容。

我羡慕并尊重每一个农人，农人粗糙的外衣裹着淳朴而高雅的灵魂，他们把资产都隐匿于不起眼的栅栏或者土场上，过着简约朴素的生活。我只是马不停蹄地跟在有意向跟我合作的农人的身后，为他们犁开的土地撒上一把种子。我的职责是销售玉米种子，负责将从供应商手中接过来的种子递给农人，由农人再转交给土地，从种子撒进土地开始，我们所有的人都在心里祈愿：风调雨顺，五谷丰登。

我亲历着玉米的种子从土中收来，又回到土里去的生命历程，在玉米从播种到收获的时光里，我见习着生命的始与终，见习着玉米种子的萌芽、芽尖上开成的花穗、花丝里结成的玉米，我每一年都会在玉米不同的生命形态里死去又活过来。

玉米花开两朵，各表一枝；心叶里开出的花是一簇簇带着花药的枝，叶腋里开出的花是一缕缕顺展的丝，顶花带丝的玉米在盛夏的烈日下列队而立，花枝招展。开花的玉米中有一个是年轻时候的我，才将自己展开来准备好好地活呀，花才开，叶正绿，意气风发，前途不可估量。

此刻，我正站在异乡的土地上，看那孕穗的玉米，看它们一天天长高，高过我的头顶，再在我的头顶上开出一片浅绿色的天花。花药弥散的七月，我在异乡的土地上等待一茬玉米成熟。七月的骄阳下，我站在孕穗的玉米地里，我们是一群怀揣着梦想并不断成长的孩子。玉米成熟后，都会在种子上留下种脐，这样的印痕我身上也有。人的一生可能会在身上留下许多印记，而只有肚脐与祖先的血脉相连。

晨曦中，落在玉米须上的露珠晶莹剔透，楚楚动人，晨露落在玉米须上，也落在了我的身上，七八点钟的太阳在将晨露晒干之前先将我们一同照亮。玉米须是孕穗期的玉米为传承种性而打开的生命通道，每一根玉米须都连着一颗玉米，而每一颗玉米都与我立志成为一个种子人的理想贯通。在我竭尽全力将囤在手中的种子推销出去的那一刻，我不只是一个倒买倒卖的商贩，而是胸怀着大地和众生的放生者。

玉米须它若疯长，一定是还没有受粉，玉米须在受粉前，格外显眼，玉米须的颜色因品种而色彩各异，紫色的、红色的、黄色的，色彩斑斓。打眼一看，就能感觉到一株株玉米对生命满怀期许，高处的花药簌簌落下，落在花丝上，花丝像突然感受到了生命的恩宠而猛然蜷曲，一粒粒玉米种子在悸动的花丝的另一端着床长大。

玉米须向里连着玉米籽粒，向外蜷曲成团，任由尘埃落定。成熟期的玉米像我已然来临的中年，生活千头万绪，乱作一团，却还要咬着牙，将内心里酝酿着的希望孵化。你看，一团团玉米须上落满了遮掩生命真相的尘埃，灰土般沉寂的花丝下面，生命暗潮涌动，它们是一些被农人称为希望的精灵，温婉如玉。

三

我反复地经历着一茬又一茬玉米的生与死，准确地说，我只是反复地经历着一茬又一茬玉米的播种与收获。我无意去考证原产地拉丁美洲那些没有经过人工培育的玉米是如何矮小的一株草，我只是将经过人工培育后具有高产品性的玉米反复地种植在土地上，并从反复的劳作中获得一些好处。

四月播种，九月成熟，便是一粒玉米种子在土地上的一生。我将玉米的一生，称为立在根上的修行。玉米一生中，最核心的修行就是成长，而成长却是一个宽泛的概念。成长中的玉米，就像是一个会变魔法的人，不断地从自己的躯体里抽出新的绿色，然后躯体跟随着绿色不断变高，到最后，从身体里抽出一朵花，再抽出一朵花，高处的花粉飘洒下来，落在低处的花丝上，玉米的成长就开始变得隐秘起来。

我习惯了在三月末整地。整地之前，地面上除了撒施农家肥和化肥之外，还要撒施农药，用来预防地下害虫和封杀田间双子叶杂草。这些用于防治地下害虫和封闭除草的农药，全部都是化学制剂，使用农药有两大好处，省事省力，效果极好。所以，操作者们已经习惯了以农药的这些优势抵消它对土地、作物以及人的伤害，明明知道农药的毒副作用，但是为了图省事，常常将毒副作用忽略不计。三月，田埂上农药未及的地方草尖都绿了，泛着淡淡的绿色，就像是有人刻意在田地的边上画了一道圈，把土地圈进绿色的圈里，绿色的圈里面的土地寸草未生，一片土色。

进入四月，太阳就像是被谁装上了调节器，感觉它不是一下子热起来，而是将温度一点一点地升起来，季节之手紧握着这个调节器，却从不让人看出来。土地经过十几天的休闲，表面结了一层厚厚的壳，像一块光洁的铁板，无法播种，我手中所持的简易点播器，无法连贯地在土地上扎开洞，然后把种子播入土壤。这时候，旋耕是第一道工序，把土壤表皮一层壳打碎了，翻入深层，而将湿土翻出来，刮平了。

当我每次怀中抱着一捆木楔，背起一团团线绳的时候，我觉得自己就是一个匠人，所有参加耕作的人都听我发号施令，按照我的意图将一团团线绳井然有序地排布在平整的土地上。

玉米种子落入土壤，它一生的修行便就此展开，吸水、萌发、扎根、出苗，一切都得靠玉米种子自身的条件，冲破土皮的，就获得了新生，而冲破不了的，生命便戛然而止。土地在此时，是温情的，同时也是严酷的，它只允许有能力立在自己的根系上的玉米获得新生。

烈日下，与一地的玉米站在一起，才深切地感受到拔节时的玉米的生命力是多么地强大，它们似乎为烈日之狂热而欢呼雀跃，而我站在它们中间，显得卑微，且局促不安。我尽力让自己保持安静，尽力与身边的玉米保持同样的站姿，可是只要我抬头看一眼天，烈日炎炎，再低头看看地，玉米的气生根像金属质地的爪牙一样，牢牢抓住地皮，我舔舔干裂的嘴唇，不得不抬起麻木的双腿，赶快离开，找个凉快的地方待着。

田边来了一个观摩团，来的人各怀心思，我与一地的玉米站在田里，接受所有人的观摩。这些人都是来观摩套袋玉米的，穿着工作服的我站在田里，并不妨碍他们观摩，他们在看玉米长势的同时，也在观看我是如何将一个个硫酸纸袋套在玉米的雌穗上的。玉米的盛花期，朝天打开的扇形雄穗缀满碎花，像缀了一穗穗的银质小坠。人群中，仰起头欣赏雄穗的，是具有诗人气质的客商，他们给每一种形状的玉米雄穗都起了充满诗意的名字，众星捧月、一主二仆、一枝独秀等等。而只盯着玉米雌穗的那些人，是一些和我有着同样称谓的农民，他们只关注果穗大的玉米，以满足玉米在他们心目中期望的产量。他们却不知道，玉米的产量有时候与玉米棒子的大小并不成正比，有的玉米果穗大，芯子也粗，硕大的一个玉米穗，却出不了多少玉米。

玉米的花开得细碎，不易察觉，不似木槿的花，张扬奔放。玉米的花季总是悄然而来，默然而去，一不留神，就错过了。

玉米的花期并不显眼，花药却格外充足，盛花期，花药落下来，仅有三四百粒落在玉米的花丝上，而成千上亿的花药大都落在了玉米的叶片和土地上，于是，玉米的叶片上就落下一层浅绿色的花药。

在七月，不要轻易去靠近或者碰触一株开花的玉米，一点轻微的抖动，花粉就像米黄色的薄雾一样弥散开来，玉米的花粉带着甜甜的味道，落在皮肤上，痒痒的，似有无数只细小的虫子在爬，这时候，你会确信玉米的花粉是活着的，像细碎的虫子一样，会爬。如果花粉错过了授粉期，花粉就会死掉，死亡了的花粉落在皮肤上，像灰尘，轻轻一抖，就掉了。

玉米花药营养丰富，极容易腐败变质，最后在叶片上形成一层黑色的粉末，像炭黑。这些粉末别无用处，仿佛专门留给秋收的农人，将他们的脸面、鼻子、嘴唇、衣服全部都涂黑，飘浮的粉末，钻进人的鼻孔里，痒痒的，干涩难忍。

花药落在玉米的花丝上，却大不一样，到了秋日，金黄的玉米，让每一个黑着脸面的农人笑得合不拢嘴，牙齿在黄色的玉米、绿色的秸秆、黑色的脸膛的映衬下，白得像一块块耀眼的瓷。

玉米的果穗成熟后，叶片渐次枯黄，每一个果穗的成熟，都是叶片的成熟，叶片尽其一生，把所有从根系里得到的营养全部都给了果穗，到最后，一株高大的玉米变得瘦小单薄，干枯的叶片，只要轻轻一碰就碎了。在九月，随手打开任意一株玉米的苞叶，几百粒新生的玉米，齐刷刷地站在一起，像一群孩子，向倾其一生的母亲行最后一次注目礼，算是送终，这是一年中，新老玉米交替时，最后的，也是最初的修行。

植物：名词之外的阐释

那些散落于植物间的时光，在植物的春荣秋枯里消失殆尽。除却和我的童年相伴、与植物朝夕相处的记忆之外，关于植物，就只剩下一个干巴巴的名词。

土地上，一种濒临灭绝的植物，会从我们的生活中带走一些记忆，而只留下一个并不常用的名词，比如麦子。

一地的麦子，长得那么好，却容不得再由我经管了。我只好坐在田埂上，面向麦田抽上一支烟，然后起身拍一拍身上的土，悻悻离开。与这片麦田的关系变得简单起来。我从此就只是这片麦地的过客，心里却五味杂陈。一狠心舍弃了，却依然放不下，忍不住一遍又一遍地想。我曾在烈日高悬的七月，执意将自己当作麦田的一部分，我以为就这样一辈子以麦田为生了。

我熟悉麦子，对麦子的认知，仅源于生活。当麦子开始从我们所耕种的土地上大片大片地消失，人人都显得手足无措。从父辈们那里获知的关于麦子的点滴，只供我们认识麦子，却无法保护它们。一度，麦子关乎着我的生存和成长，麦子曾经是我生活的全部。小麦是我成长岁月中的主粮，生活中可以没有肉，没有油，但是不能没有面粉，哪怕只是白开水煮一碗面条，生活就能够继续。为了这一简单的生活之需，我曾经跟在父亲身后，仔细地去琢磨小麦，看它是如何从一粒麦子变成一穗麦子的。那是我有生以来做过的最用心的事情。总感觉麦子在土地上的命运与我的命运紧密相连，播种、出苗、拔节、孕穗、开花、成熟。每一年，四季都融入小麦的成长中。

似乎不曾过渡，麦子就被另外一种作物——玉米所代替了。

人通过征服玉米，体现出了人的智慧，杂交玉米种子的出现，的确为以土地为生的农人带来了可观的收入。

相比之下，玉米更能带来可观的经济效益，而且，玉米是一种让人省心的作物，把种子播入土壤，就完全交给了土地。年轻的人去城市里打工，一直等到秋天，才会回来收获玉米。玉米顺应了人拼命往前奔的本意，于是，玉米就成了土地上最受欢迎的植物之一。

小麦时代就这样被玉米轻而易举地替代了。土地不再只是口粮田，似乎成了一个赚钱的工具，产值不及玉米的小麦灰溜溜地退却了，把土地拱手让给了玉米。

泥土、露水、阳光、兽虫、旷野，这些与植物紧密相连的事物都被时光洗刷一新。在我们赖以生存的土地上，混凝土这枚棋子，不知道是经谁之手，挪过来，不容分说地压在植物之上，人与植物就形成了隔膜。时间一久，习惯了另外一种生活方式的人，感觉植物就像是点缀于生活中的一个专用名词，一些不常见的植物名称，变得生涩难懂。

土地的经济潜质，在人不断征服植物的过程中逐渐被挖掘出来，我似乎觉察到了耕地上的玉米时代并不会持续太久，我曾经天真地幻想着，如果有一天麦子的果穗可以长得像玉米那样，兴许麦子就可以重新回到土地上。我万万没有想到的是，替代玉米种植时代的不是另一种更具增产潜力的植物，而是冷冰冰的钢筋混凝土的森林。

于是，小麦被遗忘了，玉米被遗忘了。事实上，土地一直没有遗忘它们，遗忘了的只是人。

当人人争先恐后地给了子女一个混凝土的大地和混凝土上的童年时光以后，却又花费更大的心血和时间再告诉她们关于植物的、自然的、大地的本真。

我庆幸自己有一个拥有整个大地的童年，自幼在黄土地上滚打摸爬，泥土、草茎、花朵或者是一只粗心大意的蜂蝶、田鼠，都是大地赐予我们最好的伙伴。父母给我们的，是整个土地。现在，我依然能够准确地认出每一种植物，并顺口叫出它们的名字。

无论是清晨还是黄昏，无论是背着书包的孩子，还是手握着手机的大人，每一个人都行色匆匆，似乎前面不远处有更为精彩的生活。

孩子的学习任务那么繁重，父母们的工作又那么繁忙，基本没有时间去给孩子补上人与植物这一课。我真担心，有一天我们的孩子无法将餐桌上的面包与小麦对上号，而把初春的麦苗误以为是杂草。麦子与冰草的名称，在人的认识中含混不清，自幼在混凝土之上双语兼修的孩子，没有条件在麦子的语境里体味汉语的美轮美奂，而只是如记住拉丁文名称、英文名称那样记住了这个叫“麦子”的名词。孩子啊，你所记住的“麦子”早已无法精准地指引你在自己的故土上找到那种叫作“麦子”的植物。植物对我们的意义，非要简单到只记住它们的名字吗？

不。

植物是我们的朋友，亦可以视作最值得信赖的人。植物最为浅层的意义，就是让人感知到生命的生机勃发，每一种植物的盎然生机，都会给人以暗示和鼓励。

植物除了是一个专用名词而外，它还是人类的朋友，它们关乎着我们的命运。当植物在我们的日常生活中被简化成一个名词时，我们必须警醒，无论你身处何处，无论你正在做一件多么重要的事情，都必须立即停下来，交出土地，让植物生根发芽。

与植物和平共处，不是将植物从别的地方搬来，让它们围绕着我们，而是给予植物以足够扎根的土壤，然后，我们试着把自己安置于植物中，这样，才是我们想要的生活。

为什么我们把自己高高地放置于楼宇之上，却要跑到大地上抱一盆中意的植物回家呢？这不只是闲情逸致，人对植物和大自然，总有一种本能的亲近感。只是有人不愿意承认而已。

我所熟悉的植物，在我的记忆里扎根，它们在我的过去的生活中茂密生长，那些一直与我的生活密切相关的植物，像亲人一样常伴我左右。生长着的时候，争争抢抢，其实都是从这个世界里借支了自己所需要的，一旦失去了生命，一切重又归还给了这个世界，就连它自己也是属于这个世界的。

人常常容易说错的话是，这个是我的，那个也是我的，其实什么也不是我们的。在我们名下的，只不过是在自然界的事物上用我们自己的思维方式贴上了一个与我们的名字一致的标签，作用只是警示他人，不要轻易去碰触它们，仅仅是人约定俗成的一个规则而已。

就连我们都是这个自然界的，还有什么是我们的呢？

麦子和玉米留在大地上的意义永远都毋庸置疑，而当有一天我们手中所持有的货币无法买回一些麦子或玉米的时候，人总要反思曾经与一种植物谋地是犯下多么大的一个错误。在我们的土地上，应该让植物们安逸且恣意地去生长，而不是非要将自己与大地、植物隔离开来，以记住植物的名字的方式，去纪念它们。

离开麦田，提起麦子我就心疼。我不该在最应该仔细观察麦子的那些年，故意不去看麦子如何抽穗。我曾经听到过女人难产时的嘶喊，我听到过母羊咀嚼胎衣时候的粘连。一切新生命的诞生都伴着母性的疼痛，提及诞生这个词我也心疼，而且疼得要命。

南湾：植物改变的事物

一

我在散文中多次写到的南湾，其实只是北方荒寒山村里一个普普通通的山塆。山塆不大，却收纳了我整整二十年的成长史。成长中最大的愿望就是期待着南湾的土地能为我多产出一些粮食，让我能吃饱。花费了大力气播种的麦子，越是寄托了我的殷切希望，它们就越是长得弱不禁风，半死不活。而我费尽心思要根除的杂草，总会伺机钻出裸露的地皮，密密麻麻地立在土地上，低矮的麦子被野草夹裹着，杂草丰茂，麦子却长得稀稀拉拉。进入七月，看着绿茵茵的麦田我就心急如焚，青绿的草压住了熟了的麦子，根本无法下镰，我就赤手空拳一根一根地拔。从荒草中挑着拔麦子的日子里，感觉天气越来越溽热，心境却越来越冰凉。

二十岁后，我的脾气渐渐大了，野草高过了麦子的七月，胸中的气早淹过了心；好端端的土地只长草，不长庄稼，恨得人牙痒痒，朝高高的田埂上踢一脚，踢得地埂上的土冒哩，土地上依然杂草旺盛，麦子依然羸弱不堪，只有我抱了自己的脚，疼得龇牙咧嘴。我决定把贫瘠的土地留给荒芜，任凭杂草恣意生长，我再也不回头看了，让土地在荒草的生息轮回里自行修复。我心甘情愿做南湾的土地上一棵经命运之手嫁接移植的植物。

一气之下，离开了南湾。真离开了，却发现自己根本忘不了，也不能忘。无论走到哪里，睁眼全是新奇与陌生，而梦境里全是南湾，总也走不出去，也不愿走出去。离开的日子越久，就越是对它迷恋。回不去了，我是一个被南湾除了名的人。

我唯一能做到的，就是隔一段时间回到南湾的土地上走一走，看一看。先前耕种过并以此为生的土地，被杂草覆盖着，我在南湾的过往只残存于老一辈乡亲的记忆里，南湾的土地上已找不到我生活过的任何踪迹。满地跑的娃娃，面庞陌生，怯生生的眼神里全是对一个外人的警觉和好奇。

总有那么一天，我会像忘记这个世界一样忘记南湾，我迫切需要用文字记录下它，哪怕是只记述一下植物改变过的事物，也算是对故土最虔诚的回望。南湾从此就一直在我的身后，给予我贫瘠中的巨大富足。无论我走得多远，只要一转身，就能回到南湾。无论什么时候，只要我回到南湾，植物的芬芳，令我不禁随口喊出它们的名字。

也许是念及自己的过往，我开始疯狂地热衷于追究南湾的过往。据老人说，南湾的形成缘于一次毁灭性的地震或者说是地震让它受到了毁灭性的重创。至今依然可以清晰地看到，自南而北的一道山梁依然屹立，从东西两侧垮塌的山体，形成虚土，被乡亲们形象地称为“鸡码梁”，山如刀脊，又似被剔除了肉的鸡胸骨。

地震过后，南湾的土地似乎被施了某种魔咒，寸草不生。地皮就像是从山体内翻出来的半截肠子，白花花地晾了几十年。南湾的前世断然成了一个谜。东山距离西山正好三里地，全是虚土，虚土与被掩埋了的生灵，构成了塬，经年的山洪从塬中间切开，形成山洪沟，沟壑纵深。

南湾的山梁锋刃朝天，受了伤的却依然是山，能看得见的伤痕，被一茬又一茬的植物覆盖着，你若不去细看究竟，它的伤就在哪里，你却不知道。

山洪沟就像一把钥匙，横在塬上，南湾就是一把插着钥匙的锁，在时光中日渐生出斑斑锈迹。

二

时光刻意淡化的事情，被山洪沟全部呈现出来。

自沟口而入，两边的崖壁自沟口由低向高缓缓延伸，随着一步步深入，我的身影便隐没在了陡然林立起来的崖壁下。站在沟底看崖壁，那崖壁像是被谁一刀切下去的千层饼的两个断面，似有相似，却迥然不同，暗褐色的土皮上野草丰茂，土皮底下是浅褐色腐殖质，腐殖质底下是半尺高的红土层，红土层下黑一道，白一道，是轮回的时光在昼夜之间留下的印痕。我有一种恍然深入到了村庄内部的错觉，眼前的一切陌生而又无比新奇。深埋于村庄底下的秘密在此刻全都暴露在我的眼前，断面上不只是一层层色泽不一的土，间或有点点白骨，或镶嵌，或突兀，我不知道这里曾经究竟发生过一些什么事情，惨白的骨殖，密密麻麻地挂在悬崖之上，立在我的面前，就像是谁事先知道我会来此，特意将一本天书打开。而此刻，我全然是一个目不识丁的孩子，茫然不知所措，我无法读懂书页上的任何一个文字，也就根本无法从展开的书页中获知村庄里的任何秘密。霎时间，从沟口突然钻出一阵凉风，顿时觉得后背发凉，浑身发紧。

继续向前走，沟底是松软的水淤土，泛着淡淡的白光。水淤土松散、酥软，却寸草不生，上面密布着细碎的足纹，看上去像是一些规则而且漂亮的印花，由此望去，是陈铺在沟底的一匹素色的碎花布。我从来都没有像此刻这样仔细地观察过鸟虫留在土地上的足纹，可爱极了。俯下身去，几只蚂蚁在上面跑跑停停，仿佛很忙，忙得连跟我打个招呼的时间都没有，蚂蚁的身体实在是太轻了，无数只蚂蚁过处，了无痕迹。

人在沟底，隔着高高的崖壁，耳畔顿时安静下来，村庄里所有的声音，一下子全都远了，飘起来，悬停在高空，沟底一片寂静。没有风，有极轻的沙沙声，像细雨洒在了屋顶上，又像是细沙从高处滑落，却被什么挡住了，悬浮在空中。在水淤土与本土相接的地方，狗尿苔茂盛，叶片像刀刃一样立着，每一枚叶子都绿得精神抖擞。

老榆树攀壁而生，半倾着粗壮且笨拙的树身立在高处的壁上，树冠太大，显得很沉，仿佛随时都会连根拔起，一头栽下来。裸露在崖壁上的树根有碗口那么粗，粗细不一的侧根密布，所有侧根都伸进了龟裂的土层，紧紧地嵌入土中。我还是小心翼翼地从老榆树底下走过，生怕它坚持挺立多年，而就在我路过的那一瞬间恰巧倒下来。

走过狭长的浅沟，眼前豁然开朗，崖壁拔地而起，挡住了我的去路。大大小小的榆树、柳树挂满崖壁，错落有致，仿佛挂了一墙的盆景，我已抵达山洪沟的尽头，这是一片椭圆形的空地，空地上，除了几簇憨态可掬的狗尿苔之外，鲜有其他植物生长，常年不见阳光的角落里，长满了绿茵茵的苔藓。

除了变故，除了荒芜，我的南湾依然像一位满脸沧桑的母亲那样，始终坚守在荒寒的山村里，欣然接受儿女们的一切好奇、叛逆以及热爱。

三

十年后回到南湾。六月的南湾，草木葳蕤。我在南湾的树林里仰望高处的杨树时，脚下的小草也张开叶片注视着我，杨树婆娑，草叶微颤，它们都正在热火朝天地长高，而我却是一个闲人，高处瞅瞅，低处望望，欣赏我的南湾呈献出来的不属于我的丰稔和安逸。

午后的阳光明亮、温暖，稻草人的阴影里，蜷缩着一个瘦小的女孩，头枕着爷爷的外衣，身上盖着奶奶的外套熟睡。衣服盖在她的身上显得那么宽大，衣服里的她看上去那么的瘦小。爷爷和奶奶就在一转身能看见她的地方收麦子，她酣睡的样子是那样甜美，稻草人的影子投在她的身上，她睡在影子的怀里，嘴角带着微笑，眼角的泪痕干涸了，一道道白。她一定是在睡着之前哭过，哭着哭着就入睡了，忘了擦去眼角的泪水。而此时的微笑，一定是在梦里见到了妈妈，她睡在影子里就像睡在妈妈的怀里一样，她的微笑，令人心疼。

向阳的苜蓿地里又添了两座新坟。四四方方的坟院，居于苜蓿地中央，留在坟院里的凌乱脚印依稀可见。远远地看，坟院只是在青绿的苜蓿地的中央将一块绿色抠掉，裸露出一片白花花的土，青绿色的苜蓿和白生生的虚土，构成一个崭新的“回”字。打坟坑时挖出的新土，回填下去总会高出地面而成了堆，这堆土就是人把土替换出来，让土替人在世间抵挡风吹日晒雨淋。

路过新坟，一拐弯就是通往村庄的小路，路面极窄，不知道是走得人太少了,还是人都不常走这条路的原因,原本一米五六的路面，只有中间能容下脚的地方的地皮露出来，两边野草萋萋，牵牛花扯着脖子将碎花儿撒下一地，零零散散的灯盏花沿路亮着。不知道谁家的牲口脱圈了，迎面走来。临近了，目测它那挂在匀称的四肢间的硕大肚囊，几乎占据了整个路面，我若侧了身站在路边，就有可能被它的肚囊推下两米多高的大田埂，所幸我离主道不远，我站在主道上目送它趾高气扬地从我面前走过，它周身的毛发闪着油光，四肢和肚囊在行走中一颤一颤的，仿佛是在弹簧上走，模样甚至有些迷人。远处有人喊，我立即转身去追它，只一两步，我立即停下了。一头犟驴，拦都不一定能拦住，怎么能追得上呢？

一转身，被绊了一下，扭头看是一坨大蓟，不怀好意地揸着一身的棘刺，它一定是看我的面庞陌生，以为是城里人，看不懂它。它想在我进村之前给我一个下马威。我看了它一眼，便转身离开，继续往村里走。我从小就不喜欢长刺的植物，大蓟尤甚。在我看来，大蓟是田野里一株格格不入的植物，花儿开得妖艳，叶子和茎秆除了棘刺，算不得特别。不光我不喜欢它，就连以青草为生的羊也不喜欢它，赶着羊群从草地上走过，大蓟被羊群踩踏得东倒西歪，模样有些凄惨，而它们也有收获，洁白的羊毛像白色的丝线一样挂在棘刺上，白花花一片。整个过程它们谁也没有发出疼的声息，而这种较量就犹若两伙起了事端的孩子，你踩我一脚，我拔你一撮毛，然后俩人都疼着，心里也都获得了平衡。

在草丛中发现大蓟的时候，我大都是在放羊，等着羊吃饱肚子，是一段漫长而且无聊的时光。大蓟浑身是刺，显得极不友好，我就故意站得远远的，等着它开花。大蓟的花很美，花丝就像是紫色的丝线，极其柔软。我就专门把它的花丝揪下来。我不是一下子全部揪掉，下手太猛会被花萼周围的棘刺扎着。反正我有大把的时间，就一下一下，把那花丝全都揪下来，整整齐齐地捏在手中。等把一朵花的花丝全都揪下来，却于我无用，便丢弃在一边，我只想看看一贯高高在上的大蓟被揪掉花丝后的落魄和窘态。

不觉已到村口，大柳树依然守在那里，像送我离开时那样面无表情地迎接着我回来。只是，树顶的叶子显得稀稀拉拉，像一个即将歇顶的老头，立在村口，无所事事，却煞有介事地等待着什么。我突然想从大柳树上取下枝杈，栽在这片土地上，即便是我再也不会回到南湾了，或者老柳树死去了，至少还有一棵经由我亲手栽种的树，替我们守住南湾。

四

在深秋，我又一次抵达南湾深处的一片蒿草丛生的荒地。

齐肩高的白蒿淹没了没有来得及长高的杏树苗，氤氲的雾气中，全是初霜掠过植物后散发出来的阵阵浓郁的香气。白蒿高过了树苗，这里的白蒿壮得像树苗，而树苗却孱弱得像杂生的草。

看得出这是一片有人专门种植了树苗却又遗弃了的土地，才使得树苗被疯长的白蒿淹没了，纤细发黄的树苗像是受了极大委屈的孩子，瘪着嘴，委屈到了极点，却没有足够的勇气哭出声来，而白蒿根本不屑顾及树苗的感受，恣意生长，长得好不惬意。

这番情景，极像儿时惯玩的一种游戏，年龄稍大一些的孩子以伤害、取笑年龄尚小的孩子为乐，让年幼的孩子受到了莫大的委屈，却又不敢声张，还得服服帖帖地顺从。大孩子以此为乐，这是诱人的游戏规则。规则往往是在力气和年龄上占绝对优势的孩子们制定的。在这片土地上，制定规则的显然是身躯高大的白蒿，要立足这片土地，所有的植物都得遵守这个规则。

目光所及，便是抵达。我绝不会贸然走进这片密集的白蒿，我只是个旁观者，以我的秉性，完全可以拔掉这些盛气凌人的蒿草，而让杏树顺势生长起来，将白蒿永远地压在身下，但又何必呢？植物的事一旦掺和了人的思维和行为，就失去了原本的公平和公正。

在人迹罕至的荒原上，白蒿林立，高过众草，与远处的大树遥相呼应。它们是大地上距离太阳最近的植物，在高的树和仅次于树的白蒿之间，我与半截惨白的石碑相对，碑文模糊，我无法猜想石碑下究竟是一段怎样的人生的终结，这个亡人生前身后事，我一无所知。

所有矮生的野草被沉甸甸的果穗压弯了茎秆，而白蒿却挺直健壮的茎秆，孤傲不羁。空气中弥漫着可以让人即刻安静下来的蒿草的香味，那陌生而又亲切的气味，就像是一直隐藏于我心中的一个熟悉的故事中的一些零散的画面，忽隐忽现，无法捕捉。白蒿分明是荒芜的大地此刻隐忍的一种疼痛，白蒿的白色里泛着冷冷的青光，透着一种淡淡的哀伤，在此刻，白蒿是一种隐忍的疼痛，它那突兀于百草之上的身躯，是荒芜的土地上一种可以长高的孤独，而且孤独成林。

方圆几十里，荒无人烟，却偏偏在这片荒芜的土地上处处都留下人的种种痕迹。株行距均匀的杏树苗，半截石碑，突兀的坟冢，草木掩盖了坟茔通往外面的路，是亡者的后人为他（她）烧完年纸再疏于照管了呢，还是他（她）压根就是一个被遗弃了的亡灵？我不可以长久地站在一个安息的亡人的上方，要绕过这片蒿草林，需要花费一些时间，我好不容易来到亡人的落脚地，这样，我可以离坟茔更近一些。坟院里长满了冰草，枯败的冰草铺下厚厚的一层，新的冰草从里面钻出来，遮住了枯败的草叶，我没有看到一星半点的纸屑和枝条被焚烧过的痕迹，我尽最大的努力试图找到一点焚烧过纸钱的痕迹，可是我没有找到。我无从猜测入土为安的亡人与这片被遗弃的土地究竟有着怎样的联系，是杏树苗先于亡人被人栽植在这里的呢？还是亡人先于杏树苗被埋葬在这里？

这些都已经不再重要，在我转身准备离开的时候，我顺着荒地看到远方几处破败的村庄，残垣断壁间还没有完全塌陷的地方，依稀可以辨认出烟囱、山墙、屋脊和洞开的窑门，我依稀还能感觉到日近黄昏时那一抹人间烟火残存的滋味。

人都走了，走远了。

白蒿和所有野草的种子，像是这片大地上最后一群富有心计的精灵，伺机冒出来，占领了所有被人遗弃的土地。只有无欲无求的亡人归隐大地，被自生自灭的植物日复一日年复一年地覆盖着。

五

半人高的一截子柳树桩上，长满了树舌。像谁刻意在树桩上挂了一串串干饺子却又忘记了取下来，又似一朵一朵浅白色的花儿，开在树桩上。树桩的断面毫无规则，到处都是撕裂过的痕迹，露出尖利的木刺。木质中空，经年的雨水冲刷下，使得树桩中间形成一个碗口大的洞，深不见底，踮脚探头一看，成群的蚂蚁趴在上面，或匆匆进洞去了暗处，或从暗处爬上来，一撅屁股就低头沿着树桩向下，途经树舌到地面上去。这壮观的一幕吸引了我，不由得在树桩旁坐下来，看熙熙攘攘的蚁群，蚂蚁浩浩荡荡，在龟裂的树皮上穿行，对身形细小的蚂蚁而言，饺子大的树舌，一排排横在那里，就如同一座座大山。有的蚂蚁翻过山去了远处，有的蚂蚁翻过山从远处归来，回到洞里。

这棵柳树长高并分叉的时候，我就在南湾生活，这些事我都知道。柳树长到一人高分了叉，就像是一截子路，走着走着，突然分了叉。两枝树杈同时长，长到胳膊粗的时候，一边的树杈遭雷击了，齐生生地断了。看惯了柳树伸着两根树丫规整地生长，突然少了半边，总感觉那棵树会因失重而倒下来，每次路过这棵树，我会满怀同情地在半截树桩上坐一会儿，然后头也不回地离开。

南湾那么多树，多少年来，遭了雷劈的只有这一棵柳树，关于雷击了这棵柳树的猜测有多种，有人说是这棵柳树长得太高，有人说是柳树的枝杈被虫子蛀空了。我不关心柳树究竟为什么被雷击了，我只是隐隐担心，在众树之中，雷电偏偏击中了柳树。于是，在柳树发生了雷击事件之后的很长一段日子里，我每做一件事情，每说一句话，都要反反复复在心里想清楚了，格外谨慎。凡是心里犯嘀咕的事情，心里没有想明白的话，我都会将它们扼杀在心里。我不想正准备放开手脚活人时，突遭不测。

改变人的看法的只有时间，时间长了，再看那棵柳树的时候，就觉得它偏着树冠生长也自有一种优雅的姿态。几年不见，它尽管失去了头并丧了命，却也生出了周身的树舌。半截子木桩已无生机，依然立在自己的根上，树舌如麻，蚂蚁如织，一身的生机勃勃，它却是死了。乍一见，我心里有些难受，感觉是一位故人，再相见时，除了老地方，其他都已面目全非。我知道它在我离开村庄的这些年受了极大的委屈，那一身的舌头，每一个舌头都是过往，却又对过往只字不提。南湾那么多树，因为其他的树都长得和树一样，所以我从没有多看过其他的树一眼。

一棵树上不会无缘无故地生出树舌，树生长出树舌需要时间。长满树舌的树桩，已无生命，它立在那里，像被我们遗弃的土地那样，长着一些适合生长的植物，树舌是柳树桩生命的延续，树舌在捍卫着柳树的尊严的同时，消耗着它在这个世上的最后的时光。蚁群只是从苍茫大地流落至此，借着树的躯壳为它们遮风挡雨，对它们而言，一截子柳树桩和土地没什么两样，劳碌的一生中，树桩是它们活在世上的其中一条路而已。

关于柳树的身世，依然是个谜。我问它，它浑身长满着嘴却闭口不语。它们的沉默，迫使我睁大眼睛去看，敞开心扉去感触。伸手触摸树桩顶端的伤，年轮溃烂，无证可考。这是一棵用伤掩盖了身世的柳树，树皮粗糙，裂纹里盛满不为人知的时光。最初的柳树擦亮我打量世界的目光。最后的柳树，即将从土地上消失，一棵柳树承载着的时光，就此结束。留给我的，全是记忆。

树舌始终静默不语，目光所及即是最后的告别。

山野：遁入草叶的时光

我沉浸在花的世界里
无法自拔

小小的害虫
悄然把卵产在了花的子房

我傻傻地守着
一个不断长大的谎言度日

一

从山脚伸向麦田的土地，是一片杂草丛生、乱石林立的荒草滩；山峦通过它向平原过渡，它连山带塬，夹在远山与耕地中间，大块大块的石头掩映于稀疏的绿草间，是散落于草间觅食的羊群。

傍晚时分，我从山上下来，四下静谧，一群被山野放牧的石头把嘴扎进乱草间，一动不动。静态的、肥硕的羊的躯体，掩映于荒草间，晚风徐徐袭来，向我传递着土地肥美、野草丰腴的讯息。

突然感觉脚底被什么蜇了一下，急忙躬身查看，尖利的棘刺穿透了胶鞋底，扎进了脚心，脱下鞋子，棘刺已被拔出，白色的袜底渗透着一抹鲜红的血迹。伸手拔下扎进胶鞋底上棘刺的一瞬，我瞥见沙砾间的软沙上镶嵌着一只落满了灰尘，却针凿精美的绣花鞋，黑褐色的绒布面上，彩色丝线以花的方式开放，它和它们静静地躺在夕阳里，闪烁着光。

被雨水冲刷过的岩石表面光滑，石苔花刻在上面，五彩斑斓。夏季干燥，石苔花与石面浑然一体，色彩交织着，印染着，粘连着。此刻，我距一块石头是那么的近，而一幅画却又离我那么的远，每一块石面上的石苔花，都可以在站立高处俯瞰大地时找到对应。石苔花绚丽多彩，分明是在端详，却感觉是在远眺，那色彩斑斓的世界与我心中的某些地方一一对应，或许是我此生的梦境，或许是故乡留在我心中的容颜。

绿色的田埂，金色的麦田，麦田向山峦延伸的浅草滩，浅草里散落的羊群，还有沐浴在夕阳中一只被遗失的绣花鞋。我无意去猜想是谁在怎样的心境中，丢下一只鞋子而匆匆离去，离去时又是怎样依靠一只穿着鞋子的脚护佑着另一只赤裸的脚走出棘刺丛生的乱草滩。那只绣花鞋嵌进细沙中，我躬身看着鞋子的时候，一只棕色的小蚂蚁在软沙上立起身，注视着我。我认识这种惯于在沙滩中生活的蚂蚁，它却不认识我，它把我当作了竖立在前行路上的障碍物吗？我很想知道在它的心里我与一块竖立的石头有什么两样，它挥动触角，停留片刻之后，嘴里叼着一粒白色的东西，绕过我的双脚昂首阔步地走了，决绝地走了，走远了。

浅草中散布的羊群，是被山野放牧着的一群石头。身前的远山，面前的石头群，身后细密的脚印，在生活的细微之处，给予了我内心的博大。

以麦田为生的日子里，我曾不止一次帮衬一个以租地为生的孤寡老人安度晚年，直到他弥留之际，我的义举，他也只字未提，他卷走了他留在世上的所有秘密，却执意为我留下了一仓陈年的粮食。

他不说，没人知道是我一直在帮助他，而真相大白于我已经不再重要。我连续做着一个关于石苔花的梦，梦境里我曾听见石苔花说："石苔花，石苔花，你没有胸怀怎么能装得下它。"

闲暇时，我常去爬山，登顶反观我的麦田，山野尽收眼底，我决定从胸膛里把自己打开……

二

麦田外是一片被果农遗弃的苹果园，偌大的一个园子里散布着十几棵半死不活的果树，枝干粗壮，树皮粗糙，树冠四围枝叶繁茂，该开花时也开花，该结果时也结果，只是全都秃了顶，枯死的枝丫朝天，四季只有一个呆滞的表情。地面上全是野生的草，野草丰茂，盖住了土地，园子里没有路。

靠东边的篱笆墙上搭着一个简易的草棚，每一根席草和木头都沉积着岁月。草棚年久失修，摇摇欲坠，我不落忍，索性推它一把，让它在瑟瑟秋风里结束颤抖。坍塌的草棚，哗啦一声倒下去，所有的席草和木料全都落在地上，是一堆干透了的柴火，这些柴火支应了我大半年的燃料。

一直担心果农会突然回来。我只在麦田薅草的间隙，斜靠在田埂上，看一树一树的苹果树开花，头顶上常有蜂蝶来回飞舞，麦田里的小麦正在拔节，我沉浸在花的世界里无法自拔，在苹果的花期里一再彳亍，小小的害虫悄然把卵产在了花的子房里，我傻傻地守着一个不断长大的谎言度日。

尽管果树上无人采摘的苹果只是我在一年中的额外收成，当我在秋天发现成色和口感好的果子全被虫子蛀上了虫眼，我便带着失落的情绪将那些口感和外观都不好的苹果全部采摘下来，装进编织袋，码放在粮房的空地上，却不愿意吃。闲暇时，我会挑出一些看上去色泽诱人，口感却极为酸涩的果子去城市里卖掉，然后将已经腐烂的果子全都掺进粪肥里堆沤。

深秋时节，树叶褪尽了，只剩下枝丫，一场秋风过后，会有枯枝落入枯黄的草叶中，我忍不住拾起镰刀，将枯草和枯枝一并收集起来，扎成捆，堆垛在房屋后面。

连日的搜刮，园子里露出了地皮，黑褐色的果树仿佛一下子高大了起来，放眼望去，十八棵果树分列三排，伸着枝丫，站在灰蒙蒙的日子里。灰暗的天空下，三五只麻雀立在果树的枝丫上，在风中一颤一颤地荡漾。离鸟群不远处，几只风干的果子挂在枝条上，飘荡不定。

园子里的草被我搜刮干净了，没有了遮掩，野兔子从园子里穿过，就少了些许从容，没有了草的遮掩，它再经过果园时，耳朵耷拉下来苫住了半张脸，皮毛毫无光泽，脚步忙乱。我故意大喝一声，它就四下乱窜，穿过篱笆时，棘刺挂上了兔毛，拽下了一片带血的皮，一丝丝血，让我感觉它那急促中的纵身一跃，一定很疼。

深秋的果园和麦田全都赋闲，我每天立在屋檐下远眺果园时，无所事事的果树立在园子里，十八棵树在同一个园子里，但是每一棵果树就如同我此时站在屋檐下一般孤苦伶仃。

尽管这一年没指望果树会带给我多少收成，我的希望全部在麦田里，然而，当我清点了卖掉果子的钱，还是大有惊喜的。麦子每年的收成相差无几，而十八棵果树带给我的收成远远超出了十几亩麦子。

我按捺不住心中的激动，欲找人来修剪一下果树，再施上肥，让来年有更好的收成，然而排水沟里散发着阵阵恶臭的西红柿，令我不寒而栗。好的收成不一定会有好的收益，这一次正好碰上了苹果歉收，价格昂贵。在这片土地上，丰产不一定丰收，还是粮食作物可靠，没有大赚的可能，也不至于让人血本无归，面朝果园，背靠麦地，退一步，守住耕地和粮食，我要做一个本本分分的农民，只种麦子。

三

戈壁滩距离麦田不远，初冬时节我得到了一份在戈壁滩的工地上看门的差事，这份差事最吸引我的是可以用整个冬天与自己独处。工地临时歇工了，一条开往戈壁滩腹地的公路修了一半，土冻了，留下一些笨重的机械、杂乱的工具和庞大的房车，需要人来照看，于是我欣然接受了这份差事。

戈壁滩一望无垠，细沙或被风吹走，或透过砾石的缝隙沉积下去，一地风化的砾石突兀出来，干净、平展。戈壁上没有路，人走向哪边，哪边就是路。当你向着戈壁滩走去的时候，感觉不是你向它走去，而是它向你扑来，瞬间被一种宏大的气场包围。视野被无限放大，却又总是被天际的光芒弹回来，落在脚下的砾石上，干枯的沙蒿在冷风中瑟瑟发抖，毫无表情的细沙在风中疾驰，耳边的风声浩大，我背风而立，风裹着我，我裹紧衣襟，继续向戈壁滩腹地走去。

戈壁滩上的夜晚阴晴不定，狂风骤停，月明星稀，四下出奇地安静。明净的月光打在平展的戈壁滩上，泛着幽暗的光，周身冰凉，黑压压的云飞驰而来，吞下月光，冷风骤起。在漆黑中，我身上缠裹着被子，躺在房车内的床上，我一遍一遍地想念远方的街市，灯红酒绿的街区，门牌号在闪烁的霓虹灯影里明明暗暗，我深爱的人，就住在那里，此刻，小窗里一定亮着橘红色的光。

暮霭中散步，戈壁滩上被我反复走过的小路越走越长，夜色越走越深。戈壁滩在十月的萧瑟里窃窃私语，我将收获的麦子放入粮仓，把妻女安顿在城市里生活。感谢命运，让我在为生计奔波的间隙里，独享一片苍茫天地。身前的戈壁，落在黑影里的脚印，在细微之处，给我指引。

从临时住所里出来，总有一条路会指明了方向，日常惯去的地方，就在路的某个拐点上，我常常忙得没时间将一条路完整地走完。我在村庄里生活的那些年，每天走过的路，就是麦田与家门之间的路，早出，路指向麦田，晚归，路又反过来指向家门。很多时候，我只忙于赶路，急于去麦田或者匆匆回家，我熟悉每一条路，却没有仔细地查看过任何一条路。

我离开村庄的时候，以为只是出了一趟远门，路过麦田，路指向了未知，从此疏于回来，我走过的路就全都荒芜了，从门庭的第一株蒿草开始延展，荒芜漫过了我的心房。

枯败的草叶在风中凌乱，我在野外散步，偶有小鸟一闪一闪地飞过，匆匆而去，它是否也跟我一样，守着硕大的粮仓在日子里奔忙呢？

冬天给予我的仿佛只有寒冷，我抗拒着，挖空心思地用温暖抗拒寒冷，在戈壁滩上燃起一堆火，面向火堆的时候，寒冷从背上袭来，当我背对火堆的时候，寒冷扑面，在我不停地转动身体烤火的冬天，冷暖自知。

在戈壁滩上独居，最大的麻烦是夜晚的照明问题，汽油发电机太闹腾，我喜欢安静，蜡烛却无法让我在某一种沉思中持续下去，烛火动不动就跳，它一跳，我的思绪就断了。我只好顺应了日出而作，日落而息的作息，在白天看书写作，捎带看守工地，一到夜里我便倒头就睡，接着前一夜的梦境，继续梦游，半夜醒来，在漆黑中点一支烟，披着被子坐在床上，思念妻女。有时候，我想，如果天亮以后就发工资，不等日出就离开这里，步行回到麦田，回到那间装满了麦子的房子。

山洪沟：净土之上草木葳蕤

一

村庄总是不乏幽静之处，比如山洪沟。

母亲不止一次告诫我，在村庄里，凡是人迹罕至的地方最好不要单独去，至于为什么不能单独去，母亲没有细说。一直以来，这些被母亲认为不适宜一个人独去的地方，就像是带着某种魔力，总是怂恿着我去一探究竟，使我满怀期待。

在我决定独自一个人走进那条将村庄一分为二的山洪沟之前，这条沟里先后出入过两个读书人，第一个功成名就了，另外一个却疯了。

东山和西山之间，是一道狭长的山洪沟，山洪沟离我家不远，或者说我家就住在山洪沟边上，在我之前走进过山洪沟的那两个年轻人，正像我那时一样血气方刚，唯一的出路就是通过每年七月的中考体面地走出大山。

村庄虽僻静，大多数地方却不适合去安静地读书和学习。即便是所有人都尽量不去打扰你，可是学习毕竟是需要氛围的，有时候还需要朗读，在静谧的村庄里，一个人的朗读声，总会引来一些人的复杂的注视和引起某些动物的警觉。

不知道是我的到来惊动了崖洞里的乌鸦，还是正好赶上了乌鸦出动，环形的崖壁高处，散布着许许多多黝黑的洞口，倾巢而出的乌鸦，就像从密集的枪膛里射出来的子弹，在我的头顶上嗖嗖乱窜，鸟粪就像倾泻而下的雨点，任我左躲右闪，还是始防不及，有几点污浊的鸟粪滴在我的衣服上、头发上。十几秒钟的喧闹之后，复又安静下来。而正当我准备仔细看看壁上的一些符号的时候，突然一只乌鸦拍打着翅膀飞出来，引开了我的视线，它却不见了踪影。

沟底随处可见半尺多高的土墩，土墩上沉积着厚厚的鸟粪，我随手抹去就近的一个土墩上的一层土，坐下来，才翻开书，又一只乌鸦拍打着翅膀飞走了，于是我合上书，盯着黝黑的洞口等着最后的乌鸦飞走，左等右等，却再没有乌鸦从洞里出来。

坐下来，却无心读书，崖壁上的那些符号仿佛带着某种魔力，迫使我再次站起来，逐一去阅读和辨认，我突然有一种猎取别人内心的秘密时的那种冲动和兴奋，我几乎花费了将近一个早晨的时间将这些符号读完。虽然字迹模糊了，但是这些全都是关乎着我们中考命运的符号，并无任何秘密可言。

二

山洪沟并不像母亲说的那样阴森吓人，倒像是专门为一心想通过中考改变命运的青年准备好了一切。沟底平展，干土墩在四下里散布，站着看书累了，就可以随时坐在其中一个土墩上；笔直平展的崖壁上，可以随意涂鸦，任我写下自己所要表达的文字和符号，这里没有人管着我，监视着我，反而有一种无形的力量促使我一定要用心去阅读和思考。

初来乍到，还对这里生活着的所有动物和植物不甚了解，我需要花费一些时间去观察，高处洞穴里的乌鸦在清晨倾巢出动，在短暂的吵闹和喧嚣之后，就把一整天的安静留给了我。如果没有风，所有的树木，不会毫无来由地乱动，它们仿佛懂得我只身来到这片幽静之地的良苦用心，所以，它们相互之间的任何一种交流尽量不发出干扰到我的声响，它们就像是事先商量好了似的。间或有几只过路的麻雀落在树上，叽叽喳喳叫几声，就又飞到别处去了，低处的洞穴里时有黄鼠探出圆圆的脑袋四处张望，起先只是张望一下，然后将脑袋缩回去，一整天不见踪影。只要我在某一处坐着，尽量不发出声音，它们也会三三两两跑出来，在离洞穴不远的地方嬉戏或者觅食，每当这时，我也尽量不发出声音，以免使它们受到惊扰。

坐在低处的土墩上，在阅读之前，我必须要做的事情是拔一簇冰草，拧成草绳，将裤脚扎起来，免得到处乱爬的虫蚁趁我不注意时钻进衣服里叮咬我。这里的虫蚁身形极小，毒性却极大，要是被叮咬一口，虽不至于致命，但是肌肤的疼痛让人难以忍受。此外，天气若阴沉，我是断然不会钻进山洪沟里去读书的，毕竟山洪沟就是泄洪的地方，这便是我自来到山洪沟唯一意识到的潜存的危险。

除了来此学习像前一个读书的青年人那样通过中考改变命运之外，我还想探寻后来的青年人疯了的原因。有关于他的记忆，全都是在他疯了之后的事情，起初，大人们都说他疯了，我不相信，因为他除了嘴里总是念念有词而外，根本没有任何不妥的举止显示他的确是疯子。

当时我还在村小读书，每天放学之后，他总是穿戴一新，在我们放学后必经的路上等待着我们，然后，从我们其中一个人的书包里摸出一本书，像我们的语文老师一样，面对着我们站立，诵读，讲解，并不厌其烦地为我们答疑解惑，除了偶尔遇上阴雨天，我们都不愿意在雨水中淋湿之外，他却风雨无阻。后来，大人们会在我们放学的时候在半路上将自己的孩子接走，大人们似乎都不愿意让孩子们听他乱讲，而年幼的我总是喜欢他夸张的声音和那一本正经的神情，他总是一脸的真诚和严肃。那些日子里，我的确通过他的讲解学习到了可以享用一生的知识。尽管那时候大人们都一致认为他疯了，但是我和村里几个孩子坚持听他讲了大半年的课，直到他那一身衣服脏得不能再脏，破得露皮绽肉，我才不得不相信大人们的话，他的确是疯了。

孩子毕竟是孩子，在与他相处了大半年的时间之后，他开始变得口齿不清，蓬头垢面，衣衫褴褛，远远就能闻到一股令人难以接受的臭味，我们决意避开他，在没有孩子愿意听他讲课之后，他还坚持每天在那个地方反复地宣讲，全神贯注。直到一些调皮捣蛋的孩子向他投掷石块，打疼了他，疼得实在忍不住了，才落荒而逃，从此音信全无。

我每天在山洪沟里读完书，喜欢盯着对面崖壁上幽深的洞穴看，感觉这些洞穴就像是千百只眼睛一样也盯着我看，它们仿佛什么都知道，却一点信息也不透露。我百思不得其解，为什么一个那么有才华的青年怀揣着人生的美好愿景从这条沟里走进去，再出来的时候就疯了呢?

我往返这条山洪沟几百次，一直没有在其中找到可以解开我心中疑虑的答案。这条山水沟，因为别人不常去，所以显得幽静，而幽静本身根本不是导致那个青年疯癫的原因，答案不在沟中，那么，答案应该在村庄里。

我几乎和村庄里所有人了解过关于那个青年的事情，唯一能够说服我的理由是，连续考了十年，每年都因2—3分的总分之差而复读，第十年他因差0.5分再次落榜，心里一急，就昏厥了过去，不吃不喝大睡了三天三夜，最后醒过来，就成了疯子。我不忍心说他的内心不够强大，不是所有人的心气可以连续承受十年的十次重击，一个偏僻村庄的知识青年，他的抗压能力也够强大了，可是，他还是没有承受住最后的那致命一击，彻底崩溃了。

这个答案令我不寒而栗。

毋庸置疑，我只身进入山水沟的意图就是想像前者那样，通过中考走出大山。那时候，通过中考，是农村青年体面地走向社会的唯一捷径。

我是幸运的，我不知道是因为那条被我称为净土的山洪沟使我接了地气，还是疯青年的前车之鉴让我避开了命运中的不利因素，总之，我顺利通过了中考。

三

立春了，大地上厚重的冰雪开始变得轻巧起来。

沉寂了整整一个冬天的村庄，在某个春寒肆意穿行的清晨，被立在村口那棵枝梢抽出了新芽的老柳树从梦里叫醒。整个村庄在瞬息里出落得像一粒等待萌发的种子，红润的光泽眨眼间就染红了精致的芽眼。

父亲隔着窗户上糊的那层薄薄的纸，把我从黎明的热炕上喊醒，随手递给我一口袋刚出锅的干粮和一支被他用手掌打磨得溜光的榆木鞭杆。

提着鞭杆，掮上犁，趁着墒情把地耕了。往后这种事情就得自己操心。父亲递给我一个眼神，我心领神会。

接过父亲手中的鞭杆和干粮，说不清是激动还是担心，只觉得身体和心脏在狂烈地颤抖，一时间，干粮热气腾腾的麦香和榆木鞭杆淡淡的木香混杂在一起，朝着我袭来。

我的鼻腔陡然泛起一阵绵长的酸楚。

父亲就这样把他握在手里大半辈子的鞭杆交给了我吗？

小时候，我听父亲讲过，当年爷爷就是在这样的一个黎明把鞭杆交给他的。一直以来，我和村庄里的所有男孩子一样，知道这一天迟早会到来。所以，我一直在心里惦记着这件事情。上小学的时候，村里出了第一个中专生，他毕业后，被分配到县城工作，后来，在他父亲苦不动了的时候，就把鞭杆交给了他的弟弟。这件事情，对我的启发很大。同时，我也担心过，如果我也考上了学，父亲的这支鞭杆交给谁呢？我上无兄，下无弟。这种担忧一直伴我考上了中专，而之后的几年里，我似乎将这件事情淡忘了。

父亲冷不丁把一根鞭杆塞到我的手里，我没有一点儿思想准备。在这个黎明前的夜里，我和往常一样，看书到很晚才睡觉。不承想，这个黎明却让一根鞭杆把我从梦里惊醒。

这根鞭杆，其实就是一截长不过二尺的榆树枝条，被父亲用半辈子的心血打磨得光滑圆润。父亲交在我手里的时候，手感好极了，任凭我挖空心思，也无法将它和每年春天会抽新的榆树枝条联系在一起。

如果我就这么紧握着这一根鞭杆甘愿平淡地过一生，我的一生会不会就和这一根鞭杆一样，被日子和歉收的庄稼把所有属于我的思想和希望全都打磨掉，只给我剩下一口气，让我和鞭杆一样违背着自己的思想而活着呢？

我不敢再往长远想了，没有人比我更了解我自己，我是一个感情细腻的男人，如果再继续想下去，我怕我会在父亲面前失态。而在人生的抉择中，我必须坚强，不能像父亲说的，乱七八糟的书看得多了，男人就会感情脆弱得不如女人。

我不知道能不能用一辈子的虔诚去继承父亲从爷爷那里传承下来的一个男人在农村的家庭里的权威。但是在这个时候，我至少必须让自己严肃得如同此时的父亲。

天还没有亮，父亲帮我套上犁，就转身进了屋。屋门关上了，灯也熄了。五指之外，一片漆黑，身边没有任何一点声响，突然从身后钻出来一股贼风，拉响了老柳树刚刚萌动的枝条。

这一刻，整个村庄就像睡熟了的男人，只翻了一下身，又接着睡了，唯独握着鞭杆的我和把套绳架在脖子上的驴醒着。

东山顶上微微泛起淡淡的光亮，像奶奶的裹脚布一样修长的光亮，它是村庄此刻唯一看得见的一线光明。奶奶给我讲过，驴是用夜眼睛在黑暗中行走的，只要主人把笼头套到它们的脖子上，它们就知道要去哪里，这些畜生，是有灵性的。一户人家，就只有那么几块地，每当这个时候，要去哪儿，驴应该比我更清楚。

驴凭着记忆在前面引路,我紧握住在路面上滑行的犁,跟在后面,心里一纸空白。

从老柳树底下走过，惊动了昨夜在树上栖息的一群麻雀，受了惊的麻雀像露珠一样跌落，像梭子一样飞窜，唧喳声此起彼伏，可惜我听不懂这些鸟雀的语言，但我能感觉到，它们肯定在用它们自己的语言相互传递着一种诅咒般的怨气。

奶奶没有骗我，父亲喂养的这两头毛驴真的比我更熟悉从家去往地头的路，把我领到地头上，就不约而同地停了下来。然后，打一个脆脆的响鼻，静静地等待着我向它们发号施令。

天亮了。

村庄被一层薄纱罩着，通往村头学校的小路上，三三两两背着书包的孩子，从老柳树底下经过，惊飞了几只准备睡懒觉的鸟雀。

在村口南边的山脚下，是一所自我记事起一直没有改变过模样的学校，我就是从那所学校里第一次走出大山的。

我至今还清晰地记得走进学校之前的一些事情。有一回，父亲犁了半晌地，累了，就在地头上回过犁，把鞭杆往新翻的泥土里一插，坐在田埂上歇息。我蹲在父亲的身边，父亲从口袋里取出干粮，分给我一少半。我吃着母亲准备的干粮，在心里盘算着，如果父亲在这个时候能让我学着犁一会儿地，我宁可把这块散发着麦香的干粮让给父亲吃，想要学着犁地的那种冲动实在是太强烈了，我总觉得自己一定能像父亲一样把地犁得松软、平整。一直等到父亲重又扬起手中的鞭杆，我才彻底地收起了所有遐想。

还有一回，我已经上小学了。初春的一个清晨，是星期天，父亲一大早就出去了，我醒来之后，就往地里跑，父亲在地头上把我喊住。

他让我回家写作业，我看见父亲黑着脸膛生气的样子有些吓人。

一晃，十年过去了，父亲从来没有让我犁过地，后来我才发现，父亲在心里好像一直在避讳着什么，有时候，就连我触摸一下立在墙根下的鞭杆他都会大发雷霆。

初三寒假的一天，父亲从外面喝了酒回到家，拉着我的手对我说，男娃要么就好好读书，要么就踏踏实实犁地种庄稼。末了，父亲问我选择哪个。

我说，我好好读书。

父亲笑了。我第一次看见父亲笑得竟然像个孩子。

中专毕业后，我一直闲待在家里，父亲得知我毕业后不包分配的事，他一句话也没有说，每天只是闷着头干活。我刚从学校里出来，一时间不知道自己该干什么，每天睡到很晚才起来，起来吃饱喝足了，就看看闲书，累了，就睡。清闲的日子让我无所适从，我说我出去帮父亲干点农活，父亲说什么也不让。

百无聊赖时，父亲突然把一根鞭杆交到了我的手里。

在地里，我像一只被戏耍的玩猴，偶尔有熟人从田埂上走过，或立着，或走着，看我在地里折腾。

围观的人走远了，撂下一句，二十几岁的人了，书没读成，连地也犁不了。

我多么想纠正一下他们对我的误解，我不是没有读好书，而是读好了书，却一时间找不到可用的地方。父亲从此时时刻刻把我带在身边，手把手地教我犁地、翻粪、散粪、种庄稼。

每天都是早出晚归，每个夜晚，从田里收工回家，我就像抽掉了骨头似的，头一挨着枕头就睡着了。炕头上堆放的书籍，我已经好长时间没有翻动过了，上面落下了一层厚厚的灰。看着我当宝贝一样的书籍灰头灰脑的样子，我突然有一种想哭的感觉。

母亲看到我疲惫的样子，心疼我，背着父亲塞给我两百块钱，让我抽空给自己买一件像样的衣服。

接过母亲手里的钱，我突然萌生了一个大胆的想法，我要离家出走。

那是一个没有风的夜晚，我早早地关了灯，黑暗中，我屏住呼吸，聆听着窗外的动静……

树上的麻雀睡了，圈里的畜生睡了，隔壁的父亲和母亲也睡了，整个村庄都睡了，天上的星星稠了，我轻轻拉开虚掩着的门，门外的空气中弥散着甜甜的清香，出了村口，绕过村口的老柳树，沿着村口的土路我一直往前跑，我知道的，这条土路的尽头连着通往县城的柏油路。我跑了大半夜，天色渐亮，不远处，依稀亮着几盏灯。

我回过头，村庄离我很远，村口两边的山坡上，一片连着一片的荞麦地，粉嘟嘟的花开得正艳，村庄就在花的中央，看上去像是在对着我笑。迎面扑来一阵清凉的风，风中弥散着荞麦花淡淡的香甜。

我长长地舒了一口气。这个村庄在我现在的这个角度上看起来，实在是太美了，站在高处看洪水沟，它的形状就像是一枚摆在村庄中心的钥匙。

我难掩心里的愉悦，轻轻地说了声：再见了，飘香的村庄……

转过身，父亲和母亲不知道是什么时候来到了路口，父亲的怀里还抱着一个很大的包裹，他把包裹递到我的手里，笑着对我说，你妈非要来送送你。

接过父亲递来的包裹，我看见他们脸上的笑容就像村口盛开的荞麦花一样。

四

离开村庄的时候，因为村庄里的一切太沉寂，沉寂得让年轻的心根本无法承受，我是奔着外面的热闹和繁华去的，我是那么迫切地想融入那车水马龙的城市生活。

相隔十年之后，再从外面回来，令我震惊的是，外面的世界都已经发生了天翻地覆的变化，而我的村庄，我的山洪沟依然保持着旧时的模样。

村庄依然寂静，山洪沟依然像一枚被弃之不用的钥匙，静静地躺在村庄中央，栖息在崖壁洞穴里的乌鸦依然早出晚归，歪脖子榆树依旧挂在壁上生长，沟底的狗尿苔还是像刀刃一样锋芒毕露，蚂蚁还是像撒了一地黑色的阿拉伯数字，或许，只有这些在时光里不断变幻的数字组合，才足以证明山洪沟时刻都在发生着变化。

多少代人在村庄里繁衍生息，到了我们这一代，终于厌烦了就这样一成不变地在村庄里生活，我们摈弃所有的反对和阻挠，决定离开村庄。

我们在离开村庄的时候，只是带走了对自己有用的东西，而把自己弃之不用的东西全部留给了村庄。只有在离开故土的时候，人的自私才凸显出来，曾经要在这里生活的时候，恨不能在每一寸土地上都写上自己的名字，而离开的时候，却只留给村庄一地伤痕和垃圾。

我在成年后离开村庄，那时离开村庄，不仅没有一丝恋念，反而令我欣喜若狂。在外面的日子久了，开始厌倦了无休止的奔波之后，真想回去了，准备像父母那样在村庄里经营几亩田地，养上两头牲口，再豢养上一些鸡鸭，把自己埋进无休止的农活和家务之中……

年轻的户籍警却告诉我，我已经不再是这个村庄里的村民，我的户口落在了离村庄千里之外的县城，人带着户口迁出去了，就再也回不去了。

当我再一次回到日思夜想的村庄时，面前一字儿排开的年轻且陌生的面孔，打量我良久，然后对自家的人说，村里来客人了。我说我是客人吗？他们一脸认真地说是。我说老柳树知道我就是这个村庄里的人，老柳树却面无表情，它纹丝不动。等人都散去了，我依着老柳树粗壮的树身坐下，我装着满腹的话，却一个字也说不出来，索性一句话也不说，就这样坐在树下。我突然感觉自己又回到了年少时，每受了委屈，便在老柳树下赌气而坐，那时候心里多踏实呀，我知道，迟早母亲会赶来说上一大堆贴心的话，将我哄回家。而此刻，我知道自己也只是坐坐，坐在树下回味一下以前温馨的事，然后悄然离开。

我在离那棵老柳树不远处，找到了一棵曾经被我用刀子刻上了名字的杨树，杨树已然长成了参天大树，因为疏于修剪树枝，杨树模样有些邋遢。树桩上刻着的乳名已长成了两个大字，笔触稚嫩，笔画间却全是沧桑。盯着这两个熟悉而又陌生的字出神，耳畔似乎传来了一个熟悉的声音在呼唤我的名字。杨树静立，高高的树上蝉鸣浩大，我脱口而出应了一声，脚底却蹿出一只斑点狗，兴高采烈地奔村庄而去，它脚步欢快，极像年幼时的我。

五

我不知道的事情，村庄都知道，被村庄遗忘了的，树都为它记着。

村庄里，没有什么可以高过一棵百年的老树。有人起先在村庄里盖起了一栋楼房，站在楼房上，谁都可以俯视村庄里的一切，然而，经年之后，它还是高不过一棵树，长高的树，就是一个村庄的新高度。

树叶发于春而落于秋，其间发生于村庄里的一些事情，该记住的，都铭刻进了树的年轮里，而不该记住的，全都随树叶飘落了，落入土壤，归于泥土。

怀旧的人，离开村庄时，都会栽下一棵树，让树替他在村庄里活着。我无意于追溯村庄的历史，我只是不赞成轻易让一棵树失去生命，我怕它们寄托了某个人的希望或梦想。

树是村庄的真诚记录者，树知道村庄的秘密，它记录了先祖的事迹，我们的事迹正在被它写入年轮。树的年轮里有许多关于村庄的秘密，我绝不会轻易将它们打开。

我在年少时犯下的错误，只有村口的那棵老柳树知道。我曾不止一次在同一棵树下等待着桃子去河里挑水，只是远远地看着她挑着空桶出去，然后再等待她挑着满满的两桶水回家去。我们相互一句话都不说，她的身影消失了的时候，我总是眼巴巴地等着她再一次出现，而真当她出现在我的视线里的时候，我却假装用指甲抠树皮。桃子始终都没有和我说一句话，而那棵柳树上被我抠掉树皮的地方，显现出来的却是“桃子”二字。

我一直坚信没有人看穿我的心思，就连桃子也没有丝毫的觉察。直到那一年秋天树叶落下的时候，我才知道，树叶的每一处纹路上都印满千万只眼睛，它们在秋风里把看到的我的所有行踪撒播得到处都是。

我曾经和村口的那棵老柳树一样，都是村庄里的一员，我在低处，它在高处，我总希望有一天能趴在树上，看看我的村庄，我羡慕长在老柳树最高处的那一片叶子，它总是先于我知道村里最新发生的事情。

仰望树，树枝上那只经年的鸟巢，已经被灰喜鹊遗弃，在它老死之后，它的子嗣不知所终，其实我的老房子和灰喜鹊的巢算得上是真正的邻居，只是我在第一层，他在最高层，以树桩为单元，我们是到老都不相往来的邻居。

村庄里人来人往，间歇中，热闹和平静相互交替，但最后还是让村庄落于沉寂，人大都去了别处。只有树依然守着村庄，只要它立在那里，就继续记录着村庄里的所有事情，即使是躺在村庄的土地上，它也会在时间里将自己与亡人一起化为村庄里的一抹尘埃。

树与村庄长相厮守，树知道村庄的所有秘密，只是它轻易不说出来，正因为它不说，村庄才把所有的秘密展示给树，于是村庄依然按照自己的方式维持着整个村庄的秩序。

柳树老了，中心腐朽了，烂了个洞，雨水钻进去，木头就成了一层一层褐色的木片，看上去就像是一本薄薄的册页，字迹模糊，纸质泛黄，只能看看，却不能碰触，一碰就永远地碎了，那些容易碎的册页里，记载着最初的村庄是谁的故乡，而不断新生的年轮裹在外面，就像是丧失记忆的老者，只记得童年时期和眼前的一些事情。

我坚信自己在山洪沟的那段岁月里，对着崖壁上的树木说过很多话，与自己无用、与树木也无用的话，那些话像空气中的粉尘，沉积于树叶的表面，或被风吹散了，或被雨水冲刷去了。事实上我也记不清我在那里说过多少话，说过什么话。

时间不止一次冲刷着我的记忆，唯有一个人的山洪沟，模样依然，时光静好。

第三辑

草木人间

思乡帖

一

九月的天空高远，云白天蓝。大雁纷纷南飞，一会儿排成个“一”字，一会儿排成个“人”字。蓝色的天幕巨大，雁阵贴在上面，形单影只，湛蓝是漫无边际的孤独。空旷的田野上，我与雁阵遥遥相望，“一”和“人”的孤独在天上，一个人的孤独在地上。

为旷野里一株无名草写下文字的时候，我离人类很远。我曾把自己的今生当作一株野草的来世，我甘愿像今夜这样，在荒寒的山野里，在一滩草上席地而坐，感受人间深秋之夜的薄凉，与野草一起在漆黑的夜幕下迎着寒风战栗。时令已至深秋，我的双眼湿润，被晨霜打过的草叶，像我的可以预见的暮年那样低垂着，生命不再饱满，竭尽全力却再也无法将这最后的空瘪的皮囊填满。苍老是上天的旨意，我在见证着草木的春荣秋枯的岁月里渐渐长大并开始老去，低垂的草叶让我对苍老产生了强烈的恐惧，我惧怕自己在暮年时只复制了父亲的颜面，而无法像父亲那样豁达地活着，因此我常对一切生命的苍老满怀悲悯，而从不好奇。草叶低垂的秋夜，我离人类很远，却离大地很近。我可以听到相依的两粒尘埃在低声浅吟，吟唱生命的悲歌，它们的前世或许是两株禾本科植物高高举起的旗叶。

野草将一米长的成长史留在黄土里，半尺高的草叶正好没过我的脚踝，前茬草叶的生命体征已经在岁月的轮回里消失殆尽，酥软的枯叶是野草逝去的、无需言说的风华。草根上三尺厚的黄土，是绝种的野草留在尘世的遗言，或被风吹散，或渗入泥土，它们只是换了一种方式爱着所有野草的根。

我在秋风中逐渐瘦下去的田野里张望，枯萎的冰草与被收获的玉米是同一个科的植物，收获的意义只是对我而言，也许是玉米不忍心让我劳碌了一年而两手空空。对玉米和冰草而言，枯萎即是死亡。它们在深秋里以成熟的名义相继死去，一个孑然一身，一个将种子留给了我，我满怀诚意收下了玉米的馈赠，而玉米在临终时从我眼睛里所感受到的虔诚，只是我在秋日里一贯的伪装，这也正是以土地为生的人最真诚的狡黠。我习惯了在完成所有收获之后，背着双手，面带着微笑在田野里走走，在此时，我是一个内心谦和的人。

我常沉醉于蒲公英的种子一到秋天就趁风游荡的洒脱。蒲公英的种子随风飞，飞到哪片土地上，就在哪片土地上生根发芽。我多么希望自己就是蒲公英那带着羽翼的种子，或立在自己的芽尖上守望乡土，或在秋风里随风游荡。停在树叶上迎接朝霞，期望清晨的第一缕阳光，像照亮露珠一样，也将我照亮。

晨曦中的毛毛虫，楚楚动人，我就做毛毛虫临时的邻居，把所有新鲜的树叶交给树或者虫们，让它们各自的美好延续，我们一同享受季节的变迁，我只想守住心里的那份奢华的安静，去仔细观察呕心沥血的虫，看它作茧自缚或化蝶重生。

我会选择在一棵百年老树下裸露的土地上生根发芽，然后让儿女们在长大成人后从我脚下的这片土地出发，各自奔赴前程，而我就坚守在儿女们的故乡里，度过余生。

二

父亲闲暇的时候，总喜欢翻开旧照片，看夏日的南湾。每看一次都会忍不住要感慨一番，那沉浸其中由心而发的念叨，正是父亲至今仍然对南湾的依依不舍。形似簸箕的南湾，大多数时候是一地的昏黄，只有到了夏日才会显得草木葳蕤，青葱诱人。

诱人的景色，全都来自高处的树和低处的草，庄稼却掩映在草里半死不活。不知何时才能落下的雨水，只能让土地上的草和树在夏日里绿着，要是人和那皮实的羊一样，伸伸脖子啃一肚子草就能长得体肥膘壮，过得兴高采烈，兴许我就不会四处流浪，而是守着南湾放一辈子羊，像羊那样奸馋而又善良地度过一生。

三月的乏羊，在栅栏里歇斯底里地叫喊，它们头朝天，互相供述着对我的不满，这些不满包括：我从一捆麦子上截留了麦粒，而且每天都是傍晚抱一捆麦秸进圈，早晨再从圈里抱出来，摊开晒在场上，傍晚的时候再添一些新的麦秸进去，复又抱给它们，我只管抱出抱进，吃与不吃，我从不管，那是羊的事。我喜欢安静，我不喜欢动不动就把嘴伸出栅栏嘶喊的羊。只要有羊把嘴伸出栅栏叫喊，我就忍不住指着它们的鼻子破口大骂，所有的羊就齐刷刷抬起脑袋，面无表情，甚至有几只羔羊把嘴巴从栅栏里挤出来，它们仿佛既听不懂我骂羊的话，又看不懂我生气的表情，它们只想从我伸出的手上得到一颗煮熟的洋芋，或者是半个干馒头。真拿这些羊没有办法，只好作罢。

我与羊之间的矛盾总是在初春的时候变得越发尖锐，它们一天四门不出，却早已知道向阳处的草已经露出了芽尖，嘶喊声不绝于耳。羊一吵闹，我就心烦。我一日三餐故意端个大老碗，背靠着屋墙，面朝栅栏，尽管面条也是清汤寡水，面汤上没有一星半点的油花，但是我依然像是要给羊们做个榜样一样，将面条吸溜得介天响。我以为，羊看见我吃饭会着急，而出乎我意料的是，它们却异常平静。事实上它们一个个都饥肠辘辘，我的行为却不足以将它们彻底激怒，这些心地善良的羊，隔着栅栏看看我，便转身离开，叫喊声渐次平息，只有那几只对外面的声音有些好奇的羊羔，一脸无辜地瞪着圆圆的眼睛看看我，偶尔朝着我的大老碗叫喊几声，见我无动于衷，它们也会安静下来，回到大羊身边，卧在麦秸上反刍，大羊们或反刍，或停下嘴巴回味羊的事情。

卧在麦秸上的羊，背如刀脊，肚子却大得离谱，我每天雷打不动地吃三老碗面条，却依然瘦得连件衣服也撑不起来。

我在心情大好的时候也喜欢与啃着草皮的羊儿交流。我会俯下身去，用手的抚摸传递我内心的善意。在羊的心里，它一定能够感知我的善意，同时，它的鼻息里也会暴露出它内心的不安和恐惧。因为我的双手在前一刻钟才放下屠刀，手上沾染的血迹已被清水反复冲洗干净了，而我的双手依然沾染着羊血的腥味。

羊儿明净的眼里，从不沾染人世间的荤腥，杀戮常在羊的眼前发生，使它们恐慌不安。它们依然只保持对青草的依恋，性情温和，杀戮和血腥并没有使它们变得凶残，吃草的羊，是绝不会干出杀戮的事情来。

三

田埂以外，是一片芜杂的野草滩。从春至秋，总有各色的小花儿开放，分不清是同一种植物在不同的季节里开着不同的花儿，还是不同的植物在不同的季节里开着不同的花儿。每一次出工，都能看到有蜂蝶在草间忙碌着。我在闲暇的时候，就盯着一朵盛开的花儿看，无关是什么花，只要有蜜蜂来往，我就喜欢。忙的间隙里，我也不忘抬起头，看它们在草丛里翩翩起舞。

我斜倚在田埂上歇息的时候，有一只负重的工蜂落在我的腿上，准确地说，它是从空中掉下来，砸在了我的腿上。一只体型瘦小的工蜂，腰里像是系了一根细线，快要将腰勒断了。纤细的后肢裹着两截粗粗的蜂蜡，蜂蜡金黄，它浑身是黄色的蜡粉，像是刚刚从蜡粉堆里爬出来一样。它面无表情地对着我，耷拉的触角和翕动的腹部，表明它已经筋疲力尽了。我尽量不挪动身体，几乎屏住呼吸，只为让它在我的腿上多歇息一会儿，它一定还要赶很远很远的路才能回去，我有幸在这个早晨成为它信赖的驿站，若是换成一只红头苍蝇，我会毫不客气地一巴掌将它扇远。

硕大的复眼里看不到我的影子，却极其明亮，似乎时刻在注意着我的一举一动。这个表情是令人动容的，它已经疲惫不堪了，依然没有放松警惕，仿佛它的处境里危险无处不在。我突然有一个大胆的想法，如果我能说话算数，一定要说服蜂王，让这只勤劳的工蜂，在年底升为蜂巢长。我要尽力让它在我的腿上多歇一会儿，使它恢复体力，圆满完成任务，而不是死在奔忙的路上。唯有这样，我的建议才显得弥足珍贵，它若累死在了奔忙中，就算是给它封个蜂王又有何用呢？

这样想的时候，我觉得自己也很幸福。

如果把面朝黄土地的劳作看作一种美，这个世上，就没有什么可以阻挡我的幸福。在我用土地上打下的粮食将孩子们喂养着健康长大的前提下，不妨在某个深夜，开启音乐，喝上几杯干红，脸颊绯红地贴着耳根重温一下十几年前说过的那种令人心跳耳红而又心情愉悦的话，然后酣然睡去。在黎明前，我还是依照惯常的生活，先起床，为她拉一拉被角，然后在电热炉上给她熬煮一杯苦茶，我们面对面席地而坐，正儿八经地谋划一天的活计。出门时，将昨夜腾空的干红酒瓶放置于墙角的一堆空瓶中，而且小心翼翼，尽量不要发出声响。

为了迎接幸福生活的来临，我在一月的农闲里精选种子，黑褐色的荞麦种子将在七月里盛开一朵朵荞麦花；我在二月整地平田，我要让八月的庄稼站在平展的土地上列队等待收获，我喜欢站在平展的土地上，看欢腾的麦浪；我在三月悉心播种，我把九月播撒在湿润的土层里，我要它们在九月变成我对日子的期待；我在四月呵护所有庄稼的青苗，我要将人间的温暖通过庄稼延续到寒冷的十月；我在五月浇灌土地，准备在十一月将幸福全部收进怀里；我在六月的热浪里穿行，只为在腊月好好地待在家里，将我们持续了十年的感情，重温一番，带着好心情，准备好好地过个年。

我要在野菊花盛开的时候，把最肥美的花摘下，送给我的那个唠叨起来喋喋不休、脸色开始泛黄的女人。如果她有一个好心情，她会在接下来的日子里，为我好好做几顿丰盛的晚餐，我也会在好长的时间里，获得安宁。我们一起在荞麦花儿盛开的季节，去地里收割胡麻,我会刻意对她说上一句,我们也曾像荞麦花儿一样怒放过。

有时候，我们之间和颜悦色的交流，需要争争吵吵多少年才能达成，现在，递给她一个神色，她就知道你心里的疼。

四

我出生于南湾。而此刻，我正站在异乡的土地上，看那孕穗的玉米，看它们一天天长高，高过我的头顶，再在我的头顶上开出一片浅绿色的天花。花药弥散的七月，我在异乡的土地上等待一茬玉米成熟。

我心中的故乡依然是南湾。故乡不只是出生地，出生地却一定是故乡。故乡还是我长大并出发的地方，回望故乡，是一次内心的感恩。每一个人的心里都装着自己的故乡，虽然故乡留在每一个人心中的影像不同，但是故乡留给人的记忆是温暖的，它可以激起人内心中的感恩。

我出生以后，母亲说让我留在村庄的阳坡地里，像父亲那样守着麦田长大成人，娶妻生子，延续香火。母亲让穷苦的日子过怕了，我的出生正好为这个缺吃少穿的家庭带来了三亩口粮田，守着这些土地，就可以过上衣食无忧的日子。父亲却执意要供我念书，然后走出大山。父亲也让入不敷出的苦日子苦怕了，出生地山高地陡，爬山溜洼地劳作，只能勉强糊口。他心里是不愿意让我再重复他的活法的。于是，我的童年依着母亲的意愿，守望麦田，从第一茬麦子开始我的农村生活。长大后，我顺遂了父亲的意愿，离开了村庄和麦田，背负着母亲的失意和父亲的希望，背井离乡，从此，南湾就在我的身后。

我出生时父亲移栽在门前的那棵杨树，已经长成了檩。我也是在自以为成才的那一年，决然离开了村庄，一棵杨树在乡村哲学里就是为了长成椽或者檩，离开故乡的时候，我深以为然。

落叶是植物对根的回望。我在外奔波的时候还很年轻，执意远行，固执地认为，年轻就应该离故乡远远地闯出一番天地。然而，与人的并不长的一生相比，这种冲动稍纵即逝，总会有一天，当我突然不再乐于奔波的时候，才发现自己的模样越来越像我那老去的父亲，我不禁花费一些时间回味过往，回味那我曾经不以为然的童年，这一回味，便上了瘾。

渴望成才，同时我也深深地恋念着我的童年。故乡有我的童年，我把我的童年时光留给了那片土地，颠沛流离的生命历程中，刻骨铭心的记忆，全部停留在童年的故乡里。我的故乡只有我的童年，没有我的未来，我把人生的未来交给了异乡，在异乡的土地上回望童年，就是回望乡下的祖辈和父母，就是回望故乡。

我是养子，养父母是我唯一的亲人。感恩父母，他们给予我的，正是因为这个世上有一对正在变老的夫妻，需要我的赡养，并为他们养老送终。

我在城市里的收入不高，生活压力巨大，我的房子不大，但是这些都不足以成为我不报答养育恩情的理由。在我的心里，双亲就是在世的活佛。一家人在一起，就是最大的幸福。在一起，每一天回到家，可以叫一声爸妈。我觉得，这是人生极致的幸福，我觉得我是幸运的。三十岁前，总以为所有的事都是加法，可是三十岁后，才幡然明白，那些先前认为的加法，大多成了减法。三十岁后，回到家，有父母在家，一家人在一起吃饭，是多么令人羡慕的事情，三十岁后，叫一声父母，就会少一次。

我不想等父亲走了以后，才带着愧疚地回想孩童时与父亲的种种，所以，我想尽一切办法，将父母亲从老家接到城市里，一家人在一起过。

我们深爱着自己的父母，如果我不选择留在老家，就把父母带在身边，一起走天涯；如果我不选择留在城市，我一定会在老家修葺房子，然后与父母一起生活。我不想让父母留给我的记忆只停留在儿时，那样是自私的，我们只记住了父母为我们的付出，而没有老年时与他们在一起的记忆，父母留给我的最深的记忆怎能缺少他们老年生活的场景呢。

我有一间城市里的房子，住得下父母，养得起孩子，这才是家。父母在哪，家就在哪，父母的身上背负着儿女的故乡。

我的故乡在等待中寂寞了、萧败了，它在等待中老去。我若不回，它就这样一直老下去。人迹罕至的土地上，荒芜的野草，荣枯中掩盖了我的羊群、麦田和童年。故乡离我很远，记忆却离我很近，我常常会在梦中，出没于童年时的故乡的某个角落，日子留给梦的印痕，童年最深,我铭记着的,就是反复在梦境里出现的浓得化不开的乡愁。乡愁是不能与人分享的那再也回不去，却不能忘，又无法言说且不能言说的个人记忆。一个人的故乡，同时也是一些人的故乡，故乡留给我的记忆是独特的，我只回味，不分享。

我的故乡，就是被抛家舍业的年轻人口口相传、念念不忘却又不愿回去的那个荒寒的小村庄。我也不愿意再回到那里重新开始生活，却不影响我想念它，我把童年留在了那里，我无法忘记自己的童年。故乡就在身后，故乡一直站在那里等着我们回去，在外面奔波累了，只要愿意，一转身，故乡依然在那里，等着你。只要愿意，故乡依然可以接受每一个将大半生抛洒在外的人的余生。

我的故乡无比宽容。

我最大的愿望是找一个人烟稀少而草木葳蕤的地方种地。一年有一茬好的收成我就感到幸福。修身养性，远离喧嚣和雾霾，自己挖土凿井，喝山泉水，吃自己种的粮食，做一个热爱生活的人。把遗弃多年的旧书捧在手中，安享读书写字的快乐。

让生活的节奏回到本来的样子，慢下来，不是所有的事情非得第一时间弄明白，我只需知道自己的身世，只需知道我在干什么即可。人生需要积淀，享受慢时光与生命的步伐同奏的和声，享受天籁，适当地过一过苦苦菜就着玉米面窝头的艰苦日子，消解我腹腔沉积的脂肪，让我的身体停止肥胖。让我重新产生与人交流的欲望，我会和一个远道而来的人促膝而谈，抛开利益，设身处地帮一个需要帮助的人。

务农笔记

一

一场春雨过后，田土变得湿润松软，就连空气中也全都是被雨水浸透了的田土散发出来的芬芳，这时候，正是下种的好时机。对种子而言，播种是我在春天里将种子交给土壤时为其举行的一个仪式，在整个仪式里，我怀着复杂的私念，将种子交给土地，同时期望着在不久的将来，从土地那里得到更多的收获。

我只是一个播种者，我所做的事情就是躬耕、耙耱、施肥、除草、收割。于是在我耕种过的土地上就长出了千姿百态的植物。我只需要做好在土地上必须做好的事情之后，土地就会顺从我的意愿，生长出我想要的那种植物，并结出我想要的那种果实。地遂人愿，便是我的小生活中的大事。

此刻，种子就是我的全部信仰，这个信仰，是我对脚下这片土地从未有过质疑的信赖，土地不会无端拒绝任何一枚以发芽和传承种族繁衍生息为己任的种子。

向阳的坡地上，野草受到了阳光的激励，露出淡淡的绿，冻土在一点点消退，新绿就像宣纸上的一滴墨，追撵着退守的寒冰，向大地传递出野草知春的信息。

以大地为界，野草的根系向下延伸，芽就获得了力量拱出地面。我在雨过天晴的晌午抵达一片耕地，凡是阳光持久地照耀过的地面，就有芽尖显露出来，嫩嫩的芽踩着深深的根系，在大地上站起来，向着阳光轻舞。这般清新的苗，用肢体的娇嫩表达着它们对默默无闻的根的赞美。

播种者，专注、认真、仔细，一丝不苟，却不同于任何一个猎人，播种者的眼光远比猎人更长远。面对墒情正好的土地，别无他念，虔诚如信徒一般。播种就是人通过种子与土壤连接起来的一个动词，是播种者对土地的一次顶礼膜拜，躬身俯首，屈膝跪地，在初春的大地上，播种者左手握着种子，右手连着土地，播种者通过左手将种子交给右手，再通过右手将种子交给土地，成人之美，便是播种者在春天最高的境界。

我不擅长用猎枪或者是钝器去猎杀那些身体里流着和我的身体里一样鲜红的血液的动物，我惧怕冲出身体流于土地上的血迹。我并不热衷于杀戮，而是想要可以填饱肚子的食物，于是，我从父亲的手中接过一把锋利的铁锹，我只想通过植物，从大地上猎取供养我的身体的食物，我依然是猎者，怯于血迹而渴望食物的温和的猎者。

肥沃的土地都是播种者用汗水浇灌的，播种者心中的幸福感，来自于一生都可以脚踏实地嗅着土地的芬芳，人勤劳，地肥沃，日子就美了。土地没有直接把它的芬芳给予人，而是通过植物，就像父亲，总是通过母亲向我们传达着他对我们的关心和爱护。

土地是有气味的，这种气味是可以让植物的种子安于落土生根发芽的，可以让播种者感到踏实满足的。人也是有气味的，而播种者身上的气味除了人情味外，还带着土地的、种子的、植物的气味，同时，经过他手的种子、土地、植物也具有了播种者的气味。

土地上获得了粮食的丰收，但我从来不以为全是自己的功劳。我以为，这是我给了种子和土地同等的机会，同时大地也通过植物给了我应有的回报，而不是我征服了土地。土地是不会被驯服的，因为土地在那里的时候，还没有我，而当我因为一些事情走了的时候，它依然还在那里，保持着土性。

多年的农耕生活，让我习惯了将春种秋收的轮回，当成了判断岁月变迁的唯一标准。上一茬作物的风尘旧事，总是牵连着我对下一茬作物的希望，俯下身去，齐腰高的麦子，就是我一年中的全部喜悦。我从不仰望那高不可攀的事物，我只关注身边这些与我的生活息息相关的植物。因为植物，我的四季若大地般鲜明，当万物蛰伏的严冬来临时，种子就是活在我心中的唯一的绿色。

但凡有一技之长的人都离开了可供耕作的土地。我常常在想，为什么播种者对这片土地如此热爱，是因为他没有其他过人之处，再没有比种地更好的选择，只好热爱从不对他挑三拣四的土地，播种者无处示爱，只能深深地爱上这片可供耕作的土地，人培肥了土地，土地滋养了植物，植物又喂养了人。离不开土地的人，是离不开根，他对脚下的这片土地爱得太深太深。

二

我不止一次在稿纸上写下油菜花，就像我不止一次在土地上种上油菜一样，而每一次都有意想不到的欣喜和收获。农事使我学会了作物的轮作倒茬，写作使我在不厌其烦的农事描述中学会了反复的叙述。

绿茵茵的油菜地，绿得发亮，就这样绿着绿着，猛然泛起了一层淡淡的鹅黄色。从油菜出苗到开花，大地经历的颜色渐变，我用文字记录下来了，读之，感觉就像是谁拖着鼠标从大地上轻轻划过，大地就在绿色上叠加了一层鹅黄。

油菜花儿，首先是色泽的花儿，其次才是味觉的花儿。由色及味的变化，于我而言，就是感官与味觉的双重享受，就像是我所憧憬的自然景象，渐次融入我的文字，令人欣喜。

生机勃勃的一片油菜地，黄绿相间，它就是绿色的草的海洋，就是黄色的花的海洋。在地里劳作的农人，或者是在花田中谈情说爱的青年，或者仅仅是只为目睹油菜花的游人，他们就像是远海中一叶叶帆船，向着各自的远方行进，是由心而发的一次旅行。花间蜂蝶往复，采走了花蜜，油菜花在盛花期受孕，落单的蝴蝶，在花海里四处飞舞，只要遇见另一只蝴蝶，它们可以在一朵油菜花上安静地停上整整一个下午。青虫热衷于一滴露水或者是油菜花鲜嫩的花蕾，惯于狩猎的蚂蚁，把瘦小的身躯躲藏在油菜肥嫩的叶片下，默不作声。

日常生活中，我与一片油菜地之间，仅仅隔着出租屋的那一扇门，在门里，我读书写作；在门外，我依靠耕种土地为生。我的写作是由生活上升到艺术，而种地，是通过艺术我又进入了生活，往复中，我喜欢上了不厌其烦的劳作，也喜欢上了不厌其烦的叙述。

对一片油菜地仅有的遗憾，是我常常目不转睛地盯着一片油菜花，却从来没有真正看到一朵油菜花如何从花蕾中绽开，也不曾目睹一朵盛开的油菜花如何萧败并凋零。

我习惯在油菜花盛开的时候，做一些具有纪念意义的事情，比如以花田为背景，照一张留影，和心仪的女子谈一次轰轰烈烈的恋爱，在花田的掩映下做一些不便让更多的人知道的事情。金灿灿的油菜花，青涩的花香，有助于我记住一些事情，也有助于我回忆过往。

事实上，我总是热衷于一茬油菜的收获，而常常将油菜花的花事遗忘。我的农人身份总是遮蔽着我是一个作家的情怀，收获一茬油菜和写下一篇与油菜相关的文章，都能使我满足。

我常常将土地上的耕作和我在稿纸上的创作混为一体，不厌其烦地耕作使我获得了不尽相同的收获，不厌其烦地叙述，使我不止一次写下油菜、花田以及我的收获，并一直期待着大自然的面貌会在我反复叙述的文字里呈现。

油菜生于四月，收于八月，唯有六月，才是油菜的花季。花季短暂，却是油菜一生中最美的一段生命历程，在六月，大地上再没有比一朵油菜花更经得起被反复叙述。

三

西北大地上的春天总是姗姗来迟，时令的春天是二月上旬，而体感的春天却是三月中旬。感觉春天总是拖着一条冗长、拖沓的尾巴姗姗而来，我却是个急性子，习惯把向阳的土地上草芽的萌动和路边的垂柳的新绿称为春天。

乍暖还寒，街上的行人依照个人的体质胡乱着装，有的人将身体包裹得严严实实，生怕被冻着；有的人却恨不得立即将四肢裸露出来。把自己包裹严实的人，不是有意在拒绝春天，穿着单薄的人，也不是刻意去迎接春天，这些都不足以细表。我不愿将时间花费在如何穿戴上，在春天，对于我这样从事农作物种子生产和销售的人来说，没有什么比为自己心仪的种子寻觅一片可以扎根的土地更重要的事情了。

我已经习惯了在每一个初春带着种子在大地上奔走，并不厌其烦地向种植户讲解我所熟知的品种特性和栽培要点。只要有人愿意听我讲解，哪怕是挨家挨户逐一讲解，我都会热情满满，每一次讲解毫无新意可言，我只是不厌其烦地把一个结交多年的老朋友介绍给内心里充满期待的农户。我把与我朝夕相处的老朋友的喜好和厌恶全都毫无保留地告诉农户，常常会博得他们的认可和赞同。我在春天的成就感，不是我引育了多少新品种，而是得到农户的赞同和认可。

种子是商品，却完全不同于饼干、奶酪，或者是衣服鞋帽，好与不好，合适或不合适，无法立即就能得到结论，必须得把种子播种到土壤里，经过一个作物栽培的周期，种性才能得以鉴别。在春天，唯有耐着性子把种子交给农民，交给土地，等到收获时，种性如何，一目了然。新品种的引育和推广，唯一的捷径是认准品种，引进试种筛选，参加预备试验、区域试验、生产试验，一个漫长的引育过程，少则三年，多则五年。我与之朝夕相处的每一个新品种，就像是我的一个个朋友，它们各自的秉性、品行，我太熟悉了，我知道哪个品种的抗性和丰产性优于相对老旧的参照品种。

在春天，随便进入一个农作物种子的集散地，种子的包装五花八门，让人应接不暇，种植户本来是奔着某个老旧的品种而去的，可是只要在种子市场里转悠一圈，心里就没有了主意，这时候，面对一个心里没有了主张的农民，就只能凭种子销售者的人品、良知了。

在初春，我愿意带着心仪的种子在大地上奔走，我和种子互为伴侣，面对一个个面朝黄土背朝天的农民，所到之处，理应为他们一年的收成而出谋划策。我一直都铭记着，在我成为一名种子生产和销售者之前，我也是一个靠种地为生的农民，对农民而言，土地就是他们一年中最大的希望，我是协助他们造梦的人。我的理解是，种子的推广和销售，凭的就是人的品格，以良心、种性为由，在大地上广结善缘。种子的推广和销售，更是一项良心工程，或者是以良心、种性为由，在大地上积德行善。

我无意在春天去欣赏萌动的花花草草，也无意于关心人的衣着变化，我只专注一件事情，那就是乐此不疲地在农村的大街小巷和田间地头穿行，将我最称心的种子交给农民，交给土地，并将这种反复单调的行程当成一次次旅行。

四

让一粒种子找到它要扎根的土壤，并在大地上完成它以种族繁衍为己任的梦想，是人类应该给予植物的最起码的尊重。我倡导给予植物以人性化、亲人般的关照，对人类而言是举手之劳，对植物来说却显得弥足珍贵。

我们完全可以像对待自己的亲人一样对待与我们同呼吸共命运的植物，亲人牵着我们的心，植物连着我们的肺，失却一株植物和失去一位亲人一样，都会让人感觉到牵肠挂肚。

我们常常将自己置于以创造出高楼大厦和修筑钢筋混凝土艺术品而获得的功成名就之中，疲惫并欣慰着，却时不时总有一种冲出被这些现代艺术围困的冲动，哪怕是不带任何行装，去深山老林里躲避一些时日，呼吸一下新鲜的空气，感受一下泥土的腥味，或者只是赤裸着身体，淋淋雨，晒晒太阳。

在没有比钢筋混凝土筑造的房屋更好的居住条件出现以前，我咬牙切齿地痛恨着这种无情而又冷漠的事物，却又想方设法弄来一套房子，并准备以此安身立命。

总感觉在钢筋混凝土构筑的环境里生活久了，人也会变得冷漠了、自私了，习惯于热烈地奔波，心中却毫无热情。一些细小的幸福或者感动，根本撼动不了人逐渐坚硬起来的内心，人人个性张扬，却毫无个性地按照既定的程式活着，人人乐此不疲地把自己掏空，再用激素、脂肪、毒药、烟酒，还有不怀好意的赞美，将自己填满，事不关己地活着。总觉得值得自己仰视的东西越来越少，即便抬起头来，仅仅是因为正处在一片洼地里，却又极想看看头顶上的那一片蓝天和飘动的白云。

为了打造一座城池，我们不惜毁坏一片原始林地，或者大片湖泊，先将动物、植物们从这片土地上驱逐出去，然后又想方设法在自我的设计中置入微型的绿地、湖水，并臆想着人与自然和谐相处，直白地说，我们不仅想用钢筋混凝土囚住自己，而且想把大自然囚在自己的身边。

在大自然那里，人类最好不要提及创造，我们力图创新，却自始至终重复着某种臆想之中的事情，而只有我们深入自然中，面对大片大片绿意盎然的植物，我们却对它们的习性和功用一无所知的时候，才会觉出自己学识的粗浅和大自然的深邃。

我们在亲近自然的过程中犯下的最大错误是，用人类第一世界的思维去界定大自然第二世界的事物，人总会一厢情愿地试图打破大自然的某些规律，时间证明，是人错了。我们曾经为了得到更多的耕地，不管不顾，从山脚开垦荒地到山顶，结果一场大雨，全部毁坏了，到头来，荒芜却从山顶一直蔓延到人类生活过的土地上，而人类却早已放弃了那片土地。大自然的自我修复，让大地呈现出了大片大片的绿洲，而我们仅仅因为一己私利过度开发，使绿洲逐步沙化，最终让风沙把我们从这里驱逐出去。并非所有的地方都适合留下人类文明的符号，让大自然中的植物、动物、菌类，按照它们自身的规律繁衍生息，而不是为了突出某种被人可利用的器官而使得种族濒临灭绝。

我们所处的生态环境每况愈下，我们在试图创造生活环境的同时，也制造出了遗弃物，生活垃圾、工业废渣、废水、病菌等等，垃圾填埋场无情地吞噬着我们的耕地、草原、绿洲。原本清冽的河渠，突然有一天变得污水横流、腥臭不堪，填埋过垃圾的土地，寸草不生，被污水浸染过的土地，植物们痛不欲生，目光所及，满目疮痍，内心油然而生的恐惧远远超过了创造所带来的快感。

我无力去治理那些被垃圾污染的土地，只能是以我微薄的力量，力所能及地去拯救那些濒临灭绝的植物。所有的生命都会经历生老病死，世间没有一个生命体可以达到永恒，但是人类有思想，有智慧，我们懂得如何让我们所经营的能量增值，哪怕是我们用闲暇的时光去呵护一株植物也是极有意义的事情。在我们无暇为植物们做点什么好事的时候，争取不去破坏它们生活的环境，也算得上是大慈大悲。

我们居住的房子更大了，更宽敞明亮了，更舒适了，内心中的恐惧感反而增加了。人类仅仅为了居住而修建的房子在不断地丧失着房子本来的功用，拔地而起的楼盘一座一座、一爿一爿地涌现、汇集，像一躯贪婪无度的庞然大物吞噬并占据着植物的生存地，钢筋混凝土筑造的楼盘在进攻，植物们在退守，风沙时时来袭，遮天蔽日，恐慌和焦躁让我们心中的安全感在不断丧失，真担心有一天，一觉醒来，沙尘会将我们的身体掩埋。我们心中的恐惧感是来自于对死亡的恐惧，是对明知道会遭报应而报应却不知何时到来的恐惧，如果能用我们所有的财产换得生活的安宁和环境的安逸，谁都愿意。可是，没有人愿意听我不要为开发一栋楼盘而毁掉一片树林的忠告。

给予植物以亲人般的关照，并不是让我们一味地宠着它们，所有生命在本质上都有惰性，凡是经过人工驯化的植物，应对自然条件的能力会明显下降，我们对植物最大的关怀就是不要轻易去惊扰它们的生长。

诗意栖居，不仅仅是让人类觉得舒心、惬意就够了，我们还要顾及天地万物的感受，譬如，植物的根系在土壤中的感受，植物的枝叶在空气中的感受等等。诗意栖居，给予人类最真切的感受是绵延的甜美中夹带着淡淡的疼痛，诗意栖居，是享受，更是责任，因了对一切生命的敬畏，使我们的生活显得多姿多彩。

五

在世人的眼里，我不仅是一个种子的销售者，而且还是一个地地道道的农民。在春天，我常常以种子的销售者和播种者的双重身份出现在田间地头，在备耕的春天，我是种子的销售者；在春播时节，我又是播种者，可供我耕作的土地，为我提供了学习农业知识和积累种地经验的绝好机会。

我始终以为，一个没有任何种地经验的人去销售种子是一件可耻的事情，这种可耻不亚于那些硬将书本上的资料用双引号植入自己的文章中的写作者。

习惯了身体力行，我不在乎身份在时间中的转化，就无所谓被人称为种子销售员、农民或者作家。我只想在可供耕作的土地和可供我书写的稿纸之间找到一条可以往返通行的路。事实上，多年的劳作和写作，并没有使我如愿以偿，却并非一无所获，若是非要说获得了一些经验的话，那么，我觉得一年中最适合我亲身躬耕、俯首思索的时间便是四月。

四月的与众不同，首先表现在昼夜之间，仿佛一双无形的手将白昼一再拉长，而让黑夜一再变短，瞌睡就像藏匿于人的身体里的一些蠹虫，使人感到疲惫不堪。整日忙于耕种的农人，一个个脸似地窖里生了新芽的土豆，被抹去芽尖，显得皱皱巴巴、灰头土脸，毫无精神。

每天午时，风便无端地刮起来，并愈刮愈烈。失水的尘土，像一群疯孩子，跟着风四处疯跑，风卷着土，土携着沙，直刮得天昏地暗，眯人的眼睛，无法出门，即使坐在屋里，也要紧闭门窗，否则沙飞灰扬，让人无法安宁。直到晚上，风才会渐渐停息，空气中的粉尘也会渐渐沉降下来，像一杯污浊的水一样，开始分层沉淀，并变得清澈。

西北引(扬)黄灌区春玉米种植，最好的下种时机是四月中上旬，而每天用来播种的时间也只有上午，必须在天亮后立即旋耕土地，中午之前做完点播、碾压，否则，过了午时，大风会将旋耕后的虚土层吹干并卷走。

再干涸的土地，经过一夜的养息也会在清晨出现返潮。土层被旋耕机锋利的旋耕刀切开之后，土地温润的气息就立即在空气中弥散开来，我喜欢嗅着土地散发出来的温润的土腥味。看着堆放在田埂上的玉米种子和肥料，令人愉悦，土地特有的气味，让人感到踏实。这是我多年来在土地上劳作，与土地所建立起来的一种信任，令人鼓舞。在干旱的四月，返潮的土地和籽粒饱满的玉米种子，在我心里就是夏日的青苗和秋天的果穗。

旋耕之后的土地平整、湿润、细软，人走在上面，留下一个个深深的脚印，这是在干旱的四月，唯一可以看到大地上有一大片湿土的绝好时机，太阳一出来，土地表面的土壤会立即失水干涸，与周边干涸的土地浑然一色。

传统耕作模式的开沟播种，极不利于保持土壤墒情，玉米种子体型较大，在土壤中萌发，必须要有充足的水分使玉米种子吸水膨胀，才能确保发芽，如果干土层太厚，播种太浅，就容易断垄、缺苗。我选用了最耗费体力但最保持土壤墒情的点播法播种，在没有大型的精量点播器的情况下，我就用手提的单头点播器播种玉米，在这个干旱的四月，我没有多余的钱去租用现代化的机械，只好以自己壮实的身体来完成玉米的春播。

午时的日头照在干燥的土地上，反扑上来的热气腾得人脸发烫，远处的布谷鸟有一声没一声地叫着，叫得人心里烦乱。水蒸气在烈日下歪歪扭扭地散发，土壤中的持水量原本不多，每天还要大量蒸发，令人心里发慌。却只好眼巴巴地看着，任凭水分蒸发，却没有一点儿办法，要是我有一张足够大的篷布那该多好。

事实证明，我的担心显然是多余的，种子的生命力远远超出了我的想象，我的思维所能及的只是按照人的感受而为种子担忧。在春天，只要播种的时候让玉米种子落进湿土层里，压实后，假以时日，就能萌发，与玉米种子的活力相比，我的思想远远不及。

一个又一个四月绝尘而去，我在不断地劳作中积累的经验，足以使我成为一个优秀的种子销售员，仅此而已。一本本真实记录了作物从播种到收获的物候记录和观察心得，是我在每年的劳作中得到的最好的文本，我会时不时地试着将它们重新润色，试图让其更完美，我却发现，任何一次尝试都是徒劳，只好任其保持原状我所做的最大的改动，就是把这些零散的记录拼凑起来，并冠以我以为很诗意的名称——务农笔记。

草木人间

一

有的土地，本是农田，多年来，一直保持着农田的模样。大片的土地被横七竖八的田埂隔开，隔成一小块一小块的耕地。春夏秋三季，地皮都被庄稼覆盖着，到了冬天，地皮才会裸露出来，只有田埂上还生长着各种各样的草，于是，田埂显得分外清晰，就像是一片土地上的骨骼，大片的土地附着在骨骼上，被我称为大地。

我心中的大地，就是这样一直保持着先前的模样可供人类耕种。而事实却是，土地上突然涌现一批闯入者，他们的出现，从此打破了土地的沉寂。耕地向来都是除了农人视为至宝之外，再无别人问津，可是这批闯入者，就像是土地上突然萌生出来的一些新生事物，让原本沉寂的土地变得热闹非凡，沉寂的土地一旦变得热闹起来，就面临着要改头换面。果不其然，这些人大手一挥，砖瓦匠人就从四面涌来，顷刻间将一大片土地用砖墙圈起来，然后放置三五年，土地就变成了现在的样子，无人经管，杂草丛生，藏污纳垢。

杂乱的草地上到处散落着白生生的泡沫板、印刷了文字和图案的灯箱布、五颜六色的塑料袋，以及那些被人随手遗弃，被风刮来的花花绿绿的包装纸，或挂在干枯的草木茎秆上，或藏匿于凌乱的草叶中，将土地深埋在底下，远远看去，五彩缤纷，近前去，一地垃圾，肮脏不堪。

我也是后来的闯入者，被夹裹于背井离乡的人群之中，事不关己地在围墙之外的工地上抱砖接瓦，围墙内的土地不再生长庄稼，已无法引起我的关注，在这里，我只关心在离地八丈高的楼阁框架里抱一天砖头，能获得一家人多少天的口粮。

我习惯了在夜幕降临时，在低矮的临时板房里，仰望那拔地而起的高楼上的灯火，那灯光近在咫尺，离我只有乘坐一分钟电梯的距离，而看上去却又是那么的遥远，离星星只有一步之遥。灯火明明灭灭，常常使我恍若置身于同一片大地上的两个世界之中。

我每天在劳作之余的暗夜时光，都是在临时板房里用砖头垫起的门板上度过的。在搭起门板之前，地面上一汪脏水，浑浊不堪，看不清色泽的土地和花花绿绿的各种产品包装盒，都浸泡在褐色的污水中，散发出阵阵恶臭，间或有一些倔强的野草混杂其中，满身泥污。

我和我的工友们花了大半天的工夫将这些垃圾清理出去，倾倒在围墙内的土地上。为了使我们居住的环境显得更干净一些，去除恶臭的最好办法就是我们轮流拿着铁锹在地上深挖，把上面被污水玷污了散发着恶臭气味的土清理出去，翻出新土，一直挖到能闻见泥土本身的那种味道为止，复又把那些散发着恶臭的土填进去，盖上干净的新土，夯实了，垒砌砖头，搭上床板，算是安下身来。

抱砖的那些日月里，每天都是三点一线的生活，在那枯燥而又伤筋动骨的劳作里，动作是机械的，思维也是机械的，一切都是按照既定的模式，伤筋动骨，却丝毫不伤脑筋，整日都在机械的劳作和适应了机械劳作的思路之中度过。自从来到工地，感觉生活就是把自己活埋进时间里，往复着一些简单而又难辛的事情，唯有浑身的疼痛，时时刻刻提醒自己还活在当下。

按说，在工地上累了一天，应该一头扎在平板床上猛睡一夜，我却睡不着。夜里睡不着的时候，感觉空气分外溽热，翻过来，覆过去，睁着双眼躺在黑夜里，是一件极其无聊又令人痛苦的事情。我开始怀疑，不是所有的黑夜都是用来睡觉的，比如此刻，躺在床上，却无法入睡。索性坐起身，悄悄出门，站在外面的空地上，隔着一片被砖墙圈起来的土地，望着对面高楼上的灯。黑夜在一眨一眨的星星和明明灭灭的灯火里显得安静了，一些细微的声音，在此时显露出来，近处夏虫的轻吟，汉子们的鼾声，远处醉汉们吆五喝六的猜拳声，白炽灯下的婴儿哭得撕心裂肺……

一切都了无情趣，扭身再回到平板床上，微弱的光线里，睡梦中的汉子们摆出千姿百态的姿势，陈列于一张张挨在一起的床板上。这些和我一样对生活怀着美好愿望的汉子们，相互之间毫无血缘，却像兄弟一样睡在大通铺上，你的胳膊搭在他的身上，他的腿架在你的胯上，他们多像一奶同胞的兄弟，怀揣着各自的梦，你呼出的空气，被他吸进去，彼此呼吸着板房里那一缕带着霉味的空气。

我轻轻挪开左边汉子的手臂，又挪开右边汉子的腿脚，腾出一个缝隙，把自己硬插进去，他们似乎感觉到了疼，一转身，就又给我挪开了一张床板的位置。躺下身，一直等到最后一盏灯火灭了，外面彻底陷入一片漆黑，我才会索然无味地睡去。

一根冰草悄然沿着砖垒砌起来的柱子爬上来，透过床板的缝隙，探出嫩绿的芽，像锥尖一样立在我的枕边。就那么一点儿新绿，却是它攀着砖向上生长的茎，因长久不见日光，它通体白嫩，只一夜之间，就从门板的缝隙里戳出来，将我在凌晨五点扎醒。这是让我始料不及的，生长植物，仿佛就是土地的天性，我们在挖坑和往坑里回填土的时候，谁都没有发现土中还有草籽或者是草根。发现一棵草，对我而言，绝对算得上是一个莫大的惊喜，工地上的生活令人百无聊赖，想看书，白天没时间，晚上有时间，却没有光，累得骨头都散架了，却不愿意先于高处的灯火入睡。那高楼上的每一个窗户里都透着光亮，而每一束光亮都散发出许许多多令人浮想联翩的画面，撩拨得人无法平静，就无法先于那些灯火睡去。

这草芽如果生长在我曾经生活过的大山里，它实在是太不起眼了，说实话，在大山里，我根本不会稀罕一棵草，因为大山里到处都是草，一片连着一片。而在我的寝室里，在我悉心打扫得干干净净的土地上，它独自探头探脑发出新芽，似乎在对我说，我们都在低处，却同样对外面的世界充满好奇。

从此，在这间空气浑浊、潮湿的板房里，生出的一点点绿，除我而外，没有人注意到它的存在。因为枕边的这棵草，使我的黑夜不再显得百无聊赖，我习惯了在临睡之前摸摸它，然后闭上眼睛，不觉就睡到天亮。

工地都是临时的，我和那棵草相处的时间并不长，就又随着工程队去了别处，拔掉板房，抬走了床板，我看见，每一张床板下都生长着密密麻麻的草，我们都走了，他们依然用绿色将我们在时的模样在土地上刻画出来。每一张床板上都有一个抱砖的兄弟，每一张床板下面都生长着无数棵形状各异却有着一个共同名字的草，它们叫植物。

临走时再瞥一眼那围墙，业已破旧不堪，围墙内，大型机械的声音不绝于耳，震得人的耳膜生疼，而远处的那些新生的草，依然向着太阳，绿得精神矍铄。

在我们离开的时候，身后的工程车装载着砼，掩盖了我们走时的脚印，掩盖了绿油油的草，当我们爬上柏油路再回首看时，除了我们用几个月时间抱的砖头垒起了高高的楼阁之外，我们连个脚印也没有留下，满眼尽是混凝土的灰白。

我仅仅是为了每天赚得养家糊口的工钱，而跟着第一批闯入者，用我所抱的砖头，在土地上垒起楼阁，然后又万分伤感地离开一片土地，跟着他们在另外一片荒芜的土地上抱砖，然后再用混凝土掩盖了我们来时和走时的脚印，掩盖了和我曾经同枕共眠的植物。

与一株草同枕共眠，是我人生道路上的一次特殊的经历，当我自愿倾尽所有把自己置身于钢筋混凝土构造的房子之中时，才猛然觉得与一棵草同枕共眠是一件多么奢侈的事情。

二

我至今仍算不得真正意义上的城里人，我只是一个有着农村户口却又不甘心在农村里度过一生，而甘愿多年借居在城市里的乡下人。

在与城里的人十余年的交流中，我发现城里人所向往的田园牧歌式的生活，正是被他们以为是愚昧的、落后的、野蛮的甚至总是一副脏兮兮模样的农牧人所缔造的。城市人内心的矛盾，正好暴露了人性中的自私面，他们一边鄙视着所向往的生活的主人，却一边臆想着过上自由自在的田园生活。

向往着亲人们在一起和和美美地过日子，却漠视左邻右舍，大多时候，其实连自己也不清楚，究竟想要怎样的生活，那么向往与大自然结为一体，却不愿意放下混凝土中那一点囚禁起来的安逸。那么喜欢阳光雨露，却挖空心思地制造出遮阳伞和雨具，生怕被太阳晒黑或者被雨水淋湿，只是习惯，无关娇贵。

宁愿将名贵的植物囚于花盆之中，却不愿意将自己置于一片树林，你说是害怕孤独吗？也不尽然，你看，在熙熙攘攘的人群里，习惯了谋生的人们，目光里闪烁着金子一样的光芒，那光芒亮得直晃人的眼。习惯了城市生活的人，只关心现世的繁荣，把后世的幸福与和平的责任推给执政者。

人对收获的膜拜，至今依然只存在于农耕生活的民众里。秋收时，从收获的粮食堆里掬起一捧新麦，低头嗅一嗅新麦的清香，也是对丰收的一种祭仪。兴许是对举头三尺之外的神灵的感怀，轻易就能赚得真金白银的城市人，一直处于被私欲无限放大的焦躁和恐慌中，一波高于一波的利益驱动，压得人根本来不及停下来总结或者是做一次虔诚的祭仪。

普利什文自信地说，青鸟飞过，原野上会留下一地青色的羽毛。我亲眼所见的却是黄龙腾空后，留在地面上的是沙漠。站在务工十年之后的老街上，我无比伤感地对自己说，我满怀向往地来到城市，用了十年的时间，却只是帮着一些别有用心的人，用混凝土把养人的土地掩盖了，然后居无定所地漂流。

尽管我知道绿洲不是青鸟飞过之后落在地上的羽毛，沙漠也不是黄龙腾空之后留下的滚滚沙尘，绿洲是生机，沙漠是死亡。我们是在绿洲的边缘上，被亲手喂养的沙漠追赶着的一群孩子，人人心中装着养人的土地，装着生机勃发的绿洲，期盼着泰勒斯关于一滴水富有诗意的猜想，能给干渴的一切生命一丝向绿洲靠近的勇气。

我的砌砖墙和打混凝土的技艺，只是一种谋生手段，与我在土地上耕作的技艺一般无二，绝对称不上是创造，我们只是在地球的肌肤上不断地切开一些口子，然后自以为是地填充上一些本不属于地壳的东西而已。

我是被迫的，因生活所迫，一边向往着绿洲，一边用钢筋混凝土将自己和大地隔开，让草无法透过坚硬的地壳的补丁。

三

今夜，我要像祭奠亡人那样祭奠这些草，还有草下的这片土地。唯有今夜，月中月圆，没有比今夜更适合与过去做一个了断了。

天亮之后，我和我的工友们就此而别，各奔东西。我们都要离开已经习惯了的生活，离开这里的每一棵活着的草和树，从此不再相见。

我的祭奠，不只是为了即将永远失去生命的草、树，还有在这片土地上与工友们一起摸爬滚打的岁月，天亮以后，这里就会彻底地变成一片废墟，关于过往的种种生活痕迹和生命迹象全部会被红色的砖和青灰色的水泥所掩埋。

草和树因为没有扎根的土壤而失去生命，连同那些被遗弃了的旧衣服、破鞋、烂袜子，还有散落在地上的折了腿的桌椅、残缺了油漆的床，一并掩埋。经年之后，能消融的化成了土，无法消融的依然在土中，即便是有机会重见天日，也成了废物。

天亮之后，这里唯一能够离开的只有我和工友们，带着一身的疲惫和简单的行李离开。此时此刻，我才深深觉得，应该感谢父母在我们来到这个世上的时候，给了我们健全的体格，我们会在所有预知的危险来临之前，选择随时离开，给生命以希望。然而，我却丝毫感觉不到庆幸，在月色底下，面对那些对未来毫不知情的草和绿化树，我又有什么可庆幸的呢！

我在心里祭奠着它们，却不悲伤，就当它们只是先一步离开阳光和雨露。失却生命，它们将不再需要阳光和雨露，而是与大地结为一体。

当我再回来的时候，路过这片土地，这里将有另外一种繁茂，和我经历过的或者即将经历的那些地方一样，一种无需扎根土壤却又能让大地焕发生机的事物，将凌驾于我在今夜祭奠的所有事物之上，我们将隔着厚厚一层毫无表情的混凝土，永世不能再相见。

我多么想在我离开的时候，带一株草，将它根植于千里之外的荒野，可是我的双手挖下去的时候，才觉得是多么的困难，一株草的根是那么的深，我的耐心本无法将一棵草完整地从土中挖出来，尽管我小心翼翼，却还是弄断了它的根。

我既然可以挪一个地方重新开始生活，那么，就让我面对月光最后一次跪在这片土地上，为即将被埋葬的草和树，以及曾经被我们视为生活必需品却又被抛弃的物件，行最后一次大礼，算是辞行。

在世俗的眼里，一个大男人去祭奠一棵小草，似乎显得矫情了，其实，在天地之间，三尺高的人和三寸长的草，同样显得渺小，一个人或者是一棵草，都无关日月星辰的运行。只是，我们之所以谓之人，就是在任何一个生命遭遇不测的时候，应该有最起码的悲悯，只是我，抑制不住生离死别的忧伤，才会显得如此伤心、悲切。

在横七竖八的绿化树的残枝败叶中，依然有两棵槐树相互依偎，我满怀同情地靠着其中一棵树坐下，清亮的月光泼下来，大地一片苍白，我们就像是各怀着心事的三个兄弟，守候在倒下去的兄弟的身边，任月光如水一样流淌着，我们一句话都不说。

不知道起先是流浪猫抢夺了流浪狗在废墟里发现的吃食，还是流浪狗霸占了流浪猫的食物，反正此时，它们相互对峙，狗龇牙咧嘴，猫也不甘示弱，嘴里不断发出噗噗的喘息声，我突然觉得这样的一个小小的争执，在今夜显得多么惊心动魄。它们是这一大片废墟上活着的另外的两个生命，在它们对峙的那一瞬间，我看见流浪狗缺了一条前腿，流浪猫缺了一条后腿。我冲它们喊，都活成这样了，还争什么啊？它们继续对峙，对我的咆哮根本无动于衷。

都到什么时候了，还在这里争来夺去的，我近前去，石缝里夹着一片发了霉的面包。我的出现，使它们感到意外，借着月亮的光，我看见流浪狗不仅少了一条前腿，而且还少了一只眼睛和一只耳朵，转身欲走却又不甘心的流浪猫，回过头来，令我心头一怔，满脸就两个黑幽幽的眼洞，没有眼仁。在我拾起那片粘在石头上的面包时，我从流浪狗的那一只眼睛里看出了它的无奈和失望，我掰开面包，分给它们，流浪狗一口就吞进了肚子，而流浪猫在地上嗅来嗅去，最后嗅够了，才开始细嚼慢咽地吃起来。流浪狗再没有去争流浪猫的吃食，而是斜着脑袋，一瘸一拐地跟着我。我知道，它多么想让我再给它一些吃食，它斜着脑袋是为了更好地用另外一只好的眼睛向我乞讨，它已经习惯了用这样的姿势打量世间的一切，无论是敌视还是祈求。

如果我不能让它在今夜吃饱了肚子，它一定会一直跟着我，我打开行李，取出仅有的几片面包。在取面包的时候，我瞥见，流浪狗因为用力摇摆尾巴，而使它的整个身体都在摇摆，仰头看一眼我的脸，低头再看一眼行李，它显然因为猜透了我即将施舍给它食物而激动万分，它急不可耐地几口吞下面包，然后趴在地上，斜着脑袋看我，时不时舔舔嘴唇和鼻子。我向它挥挥手，它舔舔嘴，斜着脑袋看我，却不走。它越是斜着脑袋看我，我就越感到心里难受，看它是那么的无助，如果这是我在乡下的那片土地，我就随手为它搭建一个狗窝，将它收养下，用我吃不完的口粮喂养它一直到它吃不动了。可是现在不行，我把我的早餐全都给了它，天亮之后，连自己要去哪里讨生活都不知道，我怎么带着它呢？

心一横，就从废墟上捡起石头作势把它赶开。我的突如其来的一个惊吓，委实吓到了它，它立即夹着尾巴一瘸一拐地跑了，嘴里还发出一阵令人揪心的嚎叫，在这个寂静的夜里，显得格外刺耳。

流浪猫已经不知了去向，而那只流浪狗虽然拖着三条腿跑了，但是我确信它没有跑远，在远处的废墟上，始终有一个绿莹莹的亮点在闪动，我知道，那是它的那一双对我仍然充满着期待的眼睛。

我的行李中，就只剩下我的工友临走时留给我的半瓶老白酒了，我突然强烈地想美美地喝上一口酒，然后在这片只有我、两棵树、一片野草，还有不远处的那一只流浪狗的土地上，美美地睡上一觉，天亮之后，我便离开。

我每一次都会把工地的生活当成了生活的全部，我是那么珍惜与工友若兄弟般的情谊，却又亲手将我们在一起的岁月封存起来，最终我们亲手埋葬了过往的日月，埋葬了和我们朝夕相处的每一个老物件，还有那些鲜活的草，然后无比伤感地离开。

真的，我说不清楚这都是为了什么，仅仅是为了挣得那些血汗钱，而让我们从此居无定所地在这座城市里漂流吗？

我用一个夜晚祭奠了一片熟悉的土地上的所有生命，可是我得用一生中的多少时间才能停止流浪？停下我根本谈不上创造的劳碌呢？

四

一抬头，发现马路边的杨树泛起了活色，方才觉得自己闷着头走得实在太久。突然闪现的一抹新绿，让人眼前一亮，一闪而过的欣喜拂过心头的那种感觉，就是这样在路上走着走着，一抬头，看见树已经绿了。

仰起头，对着发了新芽的杨树会心一笑，感觉就像在陌途上忽然与我失散多年的兄弟相遇，什么话也不用说，过往的细细碎碎，全都涌上心头。你看，它多像在我出生的时候，被父亲特意种在院子外面的那一棵杨树。

每一次仰起头看抽青的杨树，就会看到天空，蔚蓝色的天空。蓝在高处，高得可望而不可即，绿在中间，只要一伸手就能触摸得到，脚下的土地以及与土浑然一色的我在低处。在视觉的落差之间，那一抹与绿相融合的蓝，会让人怦然心动，心中油然而生的感动，就是那一抹与绿相融合的蓝。

每回想起那一棵和我同年同月同日落在同一片土地上的杨树，心里就感到暖暖的，我视它为亲人，我们看着彼此长大。它是在我注视的目光中一点点长高的，从俯视到平视再到仰视，我们都在各自长高。成长中因为对一棵树的关注，使我习惯了仰起头看着它不断长高，从而获得一种仰起头欣赏事物的能力。

从记事起，我就天天盼望着那棵小树能快些长高，我用对比自己幼嫩的一切生命的怜悯和关注，注视着它的每一个细微的变化，我时常站在树苗前，将它幼嫩的枝头摁在我的身体上比画高低。当它长到和我一般高的时候，我恨不能让全世界的人都知道我内心中的那一份欣喜，我四下里奔走，把我心中的快乐传递给所有人，大人们却都报以木讷的眼神和不屑的神态，同龄人给我的也是冷嘲热讽，我热心抛出去的欢乐，就像皮球一样被反弹回来，最后还是我一个人的快乐。

事实上，我内心的欣喜并没有持续多久，当杨树的枝头冒过了我的脑袋，并一发而不可收地长高的时候，内心中陡然而生的嫉妒和失落，竟让我自己也大吃一惊，我甚至萌生了将它连根拔起的念头。

每当我长时间地站在某处，仰着头一言不发地盯着杨树看时，爷爷会悄然来到我的身边，一声不响地陪着我，杨树已经和爷爷一般高了，他总是一副笑眯眯的样子，眼睛看着杨树，而手却情不自禁地抚摸着我的头，一脸慈祥。

杨树随即又高过了爷爷的头顶，越过了院墙，超出了房檐，却依然没有停止生长，我偷来爷爷的修脚刀，在树干上狠狠地刻下一道深深的刀痕，那是我九岁时的身高，此后，我隔三差五偷来刀子在树干上刻下我的身高。

杨树的高度打消了我与它一比高低的念头，我开始习惯于仰着头去关注杨树，却从不敢正眼看一下被我刻在树干上的一道道刀痕。成长中的事情，总是富有戏剧性的变化，在我因气馁而低下头的时候，我猛然发现年近七旬的爷爷、中年时期的父亲，还有那些来来往往于我的视线中的成年人，他们的个头都并不是很高。这一发现，很快就转移了我的视线，我常常有意识地站在父亲身边，比画自己的身高，爷爷每每都是抿着嘴，翘起嘴角看着我，满脸慈爱。

爷爷开始不再喜欢挺直身板走路，他的脚步也开始变得笨拙、蹒跚，我急忙把这一新的发现告诉爷爷。爷爷听后，却笑着对我说，人老了，身体就单薄了，显得比先前瘦小了。爷爷的话提醒了我，是的，爷爷的身体日渐单薄、瘦弱，看上去在日渐缩小。

我真担心有一天爷爷的身体缩没了，爷爷果真就去世了。听到爷爷去世的消息，我第一反应是，再没有人愿意陪着我去看杨树了，我再也看不到爷爷那慈祥的脸庞。我最后看到爷爷的时候，爷爷的身体并没有像我想象的那样缩没了，他反而挺直了身板，躺在草铺上，紧闭双眼，一脸安详，这是我第一次，也是最后一次看见爷爷在一个地方安静地熟睡。

其实，我根本没有来得及弄清楚爷爷去世究竟是怎样的一件事情，在我看来，爷爷实在是太累了，昨夜睡下，忘了在今晨睁开眼睛。于是，我就躲在昏暗的粮房里，抻着脖子仔细观察在院子里出出进进忙碌的大人们，他们忙着伐树、换木、划板、抛光、造型，然后制作出一个大大的木箱，刷上大红漆，最后，大人们将爷爷抬进这个大木箱里，在外面挖了一个大大的坑埋了。其间，父亲、叔叔、姑姑、哥哥姐姐们，披麻戴孝，每从外面来一拨人，他们就一把鼻涕一把泪地哭上一回。姑姑一把把我从粮房里揪出来，也给我穿戴了孝衫。我虽然和他们一样穿戴了孝衫，但是自始至终我一声都没有哭，因为我坚信爷爷一定会在来年的春天像树苗一样从土里长出来，我就有一个新的爷爷了。爷爷下葬当日，父亲在坟院外挖下一个坑，栽下一棵杨树。父亲栽树的举动，让我更坚定了自己的想法，同时，父亲栽树的情景，使我产生了一个小小的疑虑，为什么不能像栽树那样将爷爷竖着埋进土壤里呢？

尽管心存疑惑，我还是宁愿相信这只是栽树和栽人在形式上最大的不同。我还是耐不住心中的激动，趁着送别爷爷的亲朋们聚在一起的时候，说出了我的想法，不料却惹得大人们一个个流下了伤心的眼泪，大我几岁的堂哥，当场指着我的鼻子骂我，他骂我是疯子。

坟院外的杨树已经开始长高，而坟院里除了长起了一些冰草、谷莠子、车前草等野草外，再毫无动静，我这才真正意识到，爷爷是永远离开了我，爷爷与树不同，埋进土里，他就永远停止了生长。

失去了爷爷的疼爱，当我迫切需要土地再生出来一个新的爷爷继续疼爱我的梦想破灭之后，我只好再一次回到那棵和我同年同月同日生的杨树下，这时候的杨树，已经高不可攀，可是它却比先前令人觉得更为亲切了，看到它，我就觉得心里踏实，仿佛又回到了我只关注那棵树，而爷爷只关注我的那些美好的时光。

爸爸和妈妈总是很忙，无暇顾及我，他们只知道给我穿暖吃饱就行了，把我当成了随手栽进土壤里的一棵树那样养着，根本不容我向他们倾诉，他们一致认为，小孩子哪有那么多的话说。

事实上，我真的有许多话要说，大人们不屑听我的诉说，而同龄人故意躲避着我，就像是躲避胡言乱语的疯子一样躲避着我。除了爷爷，没有人能懂我、疼我。失去了爷爷之后，心里有话要说，就对着我的杨树说，它不会躲避，不会嫌弃我，它像我的亲人一般陪伴着我，任凭我说多久，它都默默地听着，然后全都装进它的年轮里，替我保守秘密。

我的心中常有一些奇异的想法，我却只能对着杨树诉说。父母逢人便说我是一个性格孤僻的孩子，不善言辞。我不屑父母对我的评价，因为他们从来都没有试着了解过我，他们只关注土地上的小麦、豌豆、谷子和土豆，依照他们自己成长的经验，没有比丰富的吃食更有利于一个孩子的成长。可是我不能怪我的父母，他们伸出双手也画不了个“八”字，除了给予我这片土地上最好的吃食之外，他们委实再拿不出更好的东西给我了。他们忙于生计，根本没有时间像爷爷那样停下来，听听我与一棵树是如何交流的。其实我能说得很，对着那棵杨树，我有说不完的话。

我也常常会去爷爷坟院旁的那棵老杨树下坐坐，吸烟，想一些无关紧要的事情，感觉那棵树就是爷爷，背靠在树干上，我就不愿意离开。

当我在高出九岁时划的刀痕四十厘米的地方刻下最后一道刀痕之后，我突然不再热衷于这种在树干上留下刀痕的做法。而是每每看到密密麻麻刻在我九岁和二十岁之间的那些刀痕，我突然感到了一种羞愧和不安。

伤痕累累的树干，就是一面镜子，它所呈现出来的镜像是我如何自私而又跛扈地从九岁长到了二十岁，旧的刀痕粗若戒尺，而新近的刀痕还浸着杨树的汁液，无色，却散发着苦涩味，那种苦涩味就像我心中隐匿十几年的一些苦闷，在那一刻全都充斥在空气中。

二十岁那年，我把我成长中的事，原原本本告诉给我懵懂中以为初恋的女子，那是我生平第一次将隐匿于内心的感受告诉第二个人，我当时真实的想法是，我是真的喜欢她，我得对她说出真心话，我要让她在喜欢上我之前知道我的过往，我不能在她喜欢上了我之后，才发现我就像小时候被同龄人说的那样，是个疯子。

第一次看到她流泪，却是因为心疼我，她说她会一辈子都成为我的忠实听众。我答应带她去看那棵伴我长大的杨树，却又怕那一道道刀痕会让她转身离开我。

她提议在我们结婚的那一天，在那棵树上刻下最后一道刀痕。

我没有答应她，她也没有再坚持。而是默默地在我们结婚之后，又从别处移来一棵杨树，栽在那棵树旁边。

多年来与一棵杨树悉心交流，我把杨树当成了我的亲人。我从不会轻易去砍伐任何一棵树木，我怕它除了是一棵树外，还承载着某个人或某一些人的念想，就像和我同年同月同日在同一片土地上出生的杨树，以及结婚时被妻子栽在那棵杨树旁边的树，它们的年轮里不只有一棵树的生命历程，还有我的不便告诉人们的一些秘密。我总是无法控制心中要表达的欲望，而我又不想因此而遭受白眼和嘲讽，只好对着那棵杨树说出来，连同成长中的细细碎碎，婚姻中的磕磕绊绊，甜蜜或者疼痛，被我不小心遗忘了的生活细节，全都铭刻在树的年轮里。当一个人去世后，后人栽在坟院外的杨树，树的年轮记载着逝者离开人世之后，发生在大地上的一切。包括日出日落，风霜雨雪，草木的春荣秋枯以及后世家族的兴衰存亡。

树一直在原处，而生活迫使我们一生必须都走在路上，闷着头走得久了，一抬头，看到树木葱郁，不禁感到心胸豁然开朗。

本想着，等我长大后，我会尽力从繁杂的工作中挣脱出来，倾我所有地关爱父母和妻儿，我不想让我的双亲在苍老后无人照管，不想让我的孩子在幼年缺失关爱。事实上，我也分身乏术，整日奔忙于城市的大街小巷，常常因为心中装着太多的事情，只想着向前走，而忽视了一抬头就能看到的景色、一眨眼就能重温的感动。大多数时候，大地春意已浓，却浑然不觉，只有不经意一抬头看到路边的树绿了，才恍然知晓又一个春天来临。

草木为邻

一

旧的生活片段，全都尘封在记忆里，往事是记忆里生出来的闪闪发光的鳞片，密密匝匝。我就成了一尾游弋于岁月里的鱼，记忆是生长在我身上的鳞，便于我在时光里穿梭，却不能触摸，一摸就疼。

记忆里的所有景象，只适合闭上眼睛去回味，土地赋予我的味觉四季，植物给予我的春华秋实。

值得庆幸的是，始终没有离开以耕种为生的生活，让我的与土地有关的一些记忆，一直在我的生活里延续。如今的生活，只不过是换了一个地方，在同一片天空下的另外一方水土上将我的记忆拉长。我依然在忙碌而单调的生活里重复着做一些事情。早春，我把几十万粒玉米种子一粒一粒地播入土壤，然后在深秋再一穗一穗收回来，每一年都是这样毫无新意地过去，而我却必须耐心地做好每一件事情，这些琐碎的事情，被庄稼的一生穿在一起，像穿在一根线上的珠子，缺一不可。仔细一想，人生大体就是这样，在反复而忙碌的劳作中度过。

我每次从外面归来，女儿会凑过来，一脸严肃地告诉我，她知道我这一天不是在办公室里坐着，而是在地里干活儿。我问她为什么会猜得这么准，女儿就皱起小眉头，一本正经地告诉我：“你一进门就把土地的味道全带回家里来了。”

我就故意逗她：“土地的味道是一种什么样的味道呢？”女儿会极其认真地告诉我：“就是爸爸身上的油汗味儿、花草味儿，还有土腥味儿……”

女儿的话令我动容，甚至百感交集，我不禁想起在土地上劳作了大半辈子的父亲。小时候，总觉得父亲的身上带着土地的气味，父亲所劳作的土地也有着他身上的气味，有时候，土地的气息，就是父亲的气息，以土地为生的人，身上特有的那种气息，与大地混为一体。

没有任何一种告慰，可以抵得上善待足下的这片土地。肥沃的土地，无不是用勤劳的汗水浇灌起来的，人的汗水浇灌了土地，土地生养了植物，植物又颐养了人的身体，土地的气味通过植物，植物又通过人，化为人间的烟火。

我离开故乡的时候，炕上一卷单薄的被褥和灶膛里的一块焦土，是我的全部行装。我的被褥上沾满炕上的细尘，带着经年来烟熏火燎的烟火气和着细尘落在粗布上，然后沉寂于棉絮中的味道，这单薄的被褥和浓烈的家乡的味道，一直陪伴着我。我从熟悉的土地上辗转来到陌生的土地上，开始租地为生，每一次搬迁，我都会刻意带上一块焦土。殊不知，每一次带走的焦土，已然不再是我从故乡带出来的那一块了，我最初从故乡带来的那一块焦土已在辗转中不知所终，我这算不算是在固执地抓住无法忘却的忘却呢？

故乡的土地上，我和父亲栽种下的树木，依然像我在的时候一样生机盎然地生长着。我和父亲谁也没有想到有一天会突然离开这片土地。回头再看那些树，仿佛是多年以前我们有意把一些树栽种在这片土地上，等我们离开了，让这些树继续替我们在那片土地上活着。

我突然间不再热衷迪斯科，不再喜欢奔跑，不再幻想着从一个领域迅速崛起。我想，我是成熟了或者是开始变老。我开始专注于每一行玉米，耐心地给每一株玉米套袋、授粉。习惯了用一个下午的时间坐在草地上，看一只在花间忙碌的蜜蜂，并目送它满负花粉欢快地飞走。我开始热衷于翻动积压在书架上的书籍，并惊喜地发现，那些书籍不再晦涩难懂，我迷恋上了那些可以让人安静下来细细品咂的古诗词的意味。这些从旧时光里沉积下来的经典，是舒缓的，是适合仔细去品味的，而且历久弥新。

先前那些嘈杂的事务，飞絮一般，一转眼，就再也找不见踪迹，我开始大量地遗忘那些年唱过的歌曲、那些年看过的电影，而却牢牢地记住了这些从旧时光里遗留下来的经典。我不止一次写下与植物有关的文字，同时也不止一次被人怀疑我写下这些文字以及亲近植物的动机。在这个动不动就会猜疑别人的用心和动机的时代，我一时间找不出更为有力的证词来证明我的全部动机，我只能自以为是地将这些文字以及我与草木为邻的动机归咎于寻觅一方净土，安放灵魂。

在土地上安放灵魂的最好的方法，就应该像一棵老树那样，稳稳当当地站在自己的根上，昂头挺胸，向着太阳，不停地生长，迎风接雨，春荣秋枯，有时候还要承受南来北往的鸟雀们的聒噪。世界再嘈杂，与树的生长无关，只要树与根不要身首异处，这个世界真拿一棵立在根上正在长高的树没有办法。

我只想有一片可以供我耕种的土地，却不全是为了在秋日里收获比种子多出几百倍的粮食，粮食于我，够维系生活便可。事实上，只要我肯在土地上辛勤劳作，养家糊口是轻而易举的事情。在我们的土地上，从一茬庄稼到另外一茬庄稼，相隔一年，而记忆中的父辈们却在那片土地上整整等待了一辈子，他们心无旁骛地等待着，毫无怨言地等待着，等待成了他们人生的一种常态，等待一辈子，最后收进粮仓的那一茬庄稼，与最初的那一茬庄稼并无二致。只有人，在等待中老去，等待让他们的人生一再简化，到最后，回首一看，他们的一生在对庄稼的等待里被简化成了劳作、吃睡，然后等待。然而，他们却比我更容易感到生活中的幸福，在二十岁之后，三十岁之前，我口口声声嚷着要实现理想，刻意不去种地，刻意不让自己与土地和农事扯上关系，十年的青春已然荒废，我却还是没有为自己挣下一个比前辈们更好的未来。我只好试着在可供耕种的土地上安放下自己的灵魂。把所有的土地都种上庄稼，我要通过热爱每一茬作物，安放自己的灵魂。

二

父亲从露水还未散尽的豌豆蔓上摘下一个颗粒饱满的豆角，剥开皮，递给我。这是自我记事起，接触到的第一种植物的果实，剥开皮的豆角，像一张亲人的微笑的嘴，于是，在那豆角微启的笑意里，人生的第一课便就此展开，父亲是我的启蒙老师。豆粒儿软糯甘甜，咬一口，甘甜爽口，豆角的壳内侧贴着硬硬的“角质层”，嚼几下嚼不烂，就一口啐在地上。父亲会立即又往我的手里塞一个豆角，然后弯腰将我啐在地上的沾满了细土的壳儿捡起来，用手指捋一捋，再在衣角上擦一下土，小心翼翼地将“角质层”从豆角壳上剥离，父亲的神情是那么地专注，以致豆角上还沾着不少的细土，他却全然不顾地放进嘴里，嚼得脆响，只听那脆生生的咀嚼声，就知道父亲吃的是那么香甜。我就立即停下吃豆粒，嚷着让父亲也给我剥豆角壳，而放在嘴里嚼一嚼，才知道豆角的壳根本不及豆粒儿好吃，可是为什么父亲就能吃得那么香甜呢？

与所有的农村孩子一样，我也是从父母的日常交谈中不断地获取并加强着自己的口语表达能力。对乡村世界的理解，是在我不断地聆听和在父亲以及乡亲们不断地讲说中，渐入语境。

在走进村小的课堂之前，我的幼年生活是在田野里度过的。跟着母亲上山挖过秦艽，铲过茵陈，捋过柠条荚，折过桃花枝，拔过草根，摘过野果。先于课堂，我认识了目所能及的植物的根、茎、叶、花和果实。跟着大一些的孩子挖草根，看着他们吃，我也跟着吃，结果不是辣哭了，就是吃多了闹心，然后哇的一声全都吐在地上，踢上两脚土，埋了。拿袖子抹一下嘴，跟着大孩子们继续挖，继续吃。那时候，我们只贪图在土地上寻找能填饱肚子的食物，忙忙碌碌就为一张嘴。肚子里没有油水，口寡得很，就分外嘴馋，总喜欢弄些植物的根、茎叶或者是果实，狠命地咀嚼，咀嚼仿佛可以成瘾，却不仅仅是因为饥饿，而是那让人抓狂的嘴馋。

几乎尝遍了百草，却因记性太差，当时记住的，现在却大都已经记不住了。倒不是真忘记了，只是经年之后，这些东西仿佛全都一下子潜藏了起来，要想让它们一一在我的记忆里重现，我需要重新回到那片土地上，记忆不只是声色的记忆，还有味觉。土地那熟悉的气息会帮助我恢复对这些植物的记忆，并且能够随口就说出它们的名字。

每日与植物厮混，土地上所有的植物名称和性状我了然于胸。四季对植物的影响是极其鲜明的，同时让孩子们手中的玩具也不断变幻新的花样。冥冥之中，四季的变迁正好顺应了孩子对新玩具的期盼。在那个玩具奇缺的年代，草木遍地，为此，我花费大心思用木头制作过玩具，用草茎编制过鞋帽和饰品，就连秋日里的树叶，也能满足孩子贪玩的本性。每当树叶纷纷飘落，我们就在树叶里穿行，三五个人凑在一起，小小的手里攥一把叶柄，迫不及待地用我的叶柄套住他的叶柄，然后使劲拉，比试谁拿的叶柄最具柔韧性，到最后，谁手里的叶柄过关斩将而不折，谁就能得到一群孩子的羡慕，他手中的叶柄就被所有的孩子认定为最好的叶柄。其实，都是白杨树凋零的叶子，叶柄也大都一样，这个游戏，不过是智者斗心思，愚者斗叶柄而已。诸如此类的游戏，从我们这一茬孩子蹲下去，在土地上写下第一个字母或者是方块字开始，每一个人心中就已经展开了较量。

在宽阔的土地上摸爬滚打，最大的收获是，我发现土地是有芳香气息的。土地的气味随着季节的变化而不断地变化着。在初春，土地散发着植物遗体在土壤中发酵后形成腐殖质的气味，或者是粪肥堆沤之后的浓烈气味，这是一种让植物的种子安于土壤中扎根发芽的味道。土地越是肥沃，气味就越浓厚，土地的气味之于植物，就像是母亲递给年幼孩子的一个支持的、欣赏的眼神，或者是一个鼓励的微笑，会让唯唯诺诺的孩子立即坚定信心，放开手脚。到了夏日，土地的气味一再下沉，植物们却都在争先恐后地长高，土地的气味沉下去，通过植物的根系传送到枝枝蔓蔓上，植物就将清香在枝头弥散开来，招蜂引蝶，令人着迷。土地的气味沉于地下，却全都在植物的枝头绽放，大地也因此迎来了一场味觉的盛宴，供大地上所有的生灵享用，其丰盛程度堪比我们童年时期的年。儿时的年是丰盛的，无论家里多么穷困，所有的母亲都会竭尽所能将家底和盘托出，以满足孩子对年的期待，哪怕只是三五颗糖果，或者是同一种面食不同于平常的做法，都会令孩子们欣喜不已。年的丰盛不在年，而在孩子们心里，正如大地的丰盛不在大地，而在植物。秋日是植物成熟的季节，土地的气味趋于淡薄，却并没有凭空消散，而是被植物的果实收纳其中，秋日里田野的味道，就是土地的味道，每一种植物的收获，也是土地的收获。每一个母亲，在孩子出生以后，对孩子所倾注的感情远远超过了对自己，随着孩子一天天长大，母亲会将希望全都寄托在儿女身上，儿女们出人头地的日子，也是母亲一生中最为自豪和幸福的日子，如此的付出，每个母亲都有，而如此的幸福，却不是每一个母亲都能等到。到了冬天，万物萧条，土地的气味也被冰封起来，不会轻易释放，万物冬眠，唯独土地醒着，和我的母亲一样，怀抱着沉睡的婴孩，彻夜醒着，在冬日，土地是我们唯一醒着的母亲。

我至今难以忘怀的情景，就是站在东山顶上看村庄。过去，村庄的变化是迟缓的，似乎除了四季，村庄经年不变。村庄里，最具规模的建筑是村小学的校园，其次是戏台和与戏台门对门的庙宇，再其次是打谷场，最小的建筑是庄院，而小小的庄院连在一起，也是一片规模宏大的建筑，所有的建筑相连着，被我们称为村庄。村庄里凡是聚人气的地方，占地面积就大，村小学聚集着村庄里所有的适龄儿童，每逢开课，村小学校园里的空地上，密密麻麻的全是孩子，他们没有统一的校服，花花绿绿的，孩子们趴在土地上，代课教师手执榆木教鞭，面朝着所有的孩子，一脸严肃地站在那里，似乎只是为了看他们是否虔诚。孩子们趴在地上写字，只是为了节省纸张和铅笔。所有的字母、汉字、数字，全都是通过这样的方式获得的。在那一片干净的土地上，一批又一批的孩子写写画画，最后，带着知识走了，或走出了大山，或只是走出了校门。而村小学的土地依然留在那里，比我年幼的孩子在我写过字的地方，蹲下去，写下人生的第一个方块字，模样似我，颜面是我。

当我心里满是神圣，手握一截树枝，一路写，一路退，不觉退到山脚，复又站起来，爬上山顶，周而复始，乐在其中。树枝上全是细土，细土随着树枝飘起来，在我的眼前飞，我就闻到了浓浓的土的味道，那是有生以来，我第一次闻到的土的香味。那时候，我只是模仿着小学生那样在地上写，写过什么我已经忘记了，但我一直记着那土的气息。现在想来，我那么卖力地在地上写写画画，兴许只是想闻闻通过手中的树枝划飞起来的土的香味，或者就是我早已意识到了节省笔和纸的重要性，所以，我在入学之前，就开始学习这种节俭的生活方式，土地真好，写过字的土地，踢几脚土，踩实了，就像新的一样。而写过字的纸，就不能再用来写字了，还得伸手向父母要钱买纸。

总觉得，孩子们俯首趴在地上写字的情景，是我在幼年时看到的土地上最美的情景。我热衷于写字之前，狂热地喜欢着绘画，可是当我伸手向父母要钱买笔和纸时，看到父亲的那一脸愕然和无奈，我只好再回过头来老老实实地趴在地上，用随手折下的一根树枝，从第一个拼音字母开始我的写字生涯。

三

我只是习惯了沿着同一个方向奔跑，从来都没有想过要在途中哪个地方停下来。感觉自己受到了前方某种生灵的召唤，在不停地奔跑中，寻觅着一片称心如意的土地。

最初的那片土地和无数个曾经的前方都留在了身后，我却一直没有遇见那片称心如意的土地。是我一不留神错过了，还是不曾抵达呢？

我确信，最初的梦想，是一个五彩斑斓的球。本想着人生处处都是精彩。只有耗费青春去流浪了，去追逐了，才会幡然明白，原来人生并不是到处都是精彩，在很多时候，为了一个光鲜的梦想，就必须经过一段漫长的灰暗的日子，这一段灰暗的日子，短则几天或几个月，长则几年，甚至是一辈子。

绿色的梦，最初从我决定以土地为生开始。我并不是生来就偏爱绿色，也许与我的性情有关，我接受新事物的速度比较慢，我所钟爱的，大都是我所熟悉的事物和人。在绿色之前，我一直钟爱着红色，总觉得红色给人一种愉悦和力量。一直到我决定以土地为生之后，我觉得还是绿色更为适合我。我迫切需要希望与生机。

过去的几年中，日子过得如同严冬时节的土地。奔忙时的冷，闲暇时的暖，相互抵消着我对温热生活的向往，开始屈服于现有的生活状态。于是，我向往着绿色。

绝不是矫情，我的心中有一个绿色的梦。

绿色，是我生命中的幸运之色，生活太平淡，平淡到缺少鲜艳的色泽，总是有一种病恹恹的东西在我的视野之中，毫无生机，只有在我所营务的土地上，那新生的植物幼苗，才会给我带来一丝欣慰。

我希望大地上的点点绿色，像水一样流淌、交汇、洇染，并最终遍布大地。大地上的神奇，唯有植物才能为我们呈现。

父亲对我给予了厚望，而我却挥霍掉了三十岁以前的所有日子，执意为梦想去流浪。在我走过的所有地方，只要是有一种我所中意的植物生长，我都会驻足，为一种植物驻足，并给予它们以亲人般的关照，给予大地以故土般的热爱。怀揣着对父亲的愧疚而将本应该给予父亲的那份感情，全都抛洒在遮掩了我的脚步的草丛中。

总想着用我自己的方式呵护它们，却又怕因为我的果断而对它们造成伤害。很多时候，我显然是一个内心充满爱意，却无从将心中的爱向它们表达。只好用手抚摸一下，示以由心而发的温婉的笑，对着一株植物微笑时，我感到整个大地上的植物都对我微笑。

我心中有爱，却因身份卑微，即便我深爱着祖国，也只能通过一粒种子，来表达我对祖国的热爱。我是平凡的，在茫茫人海中，我只能默默地喜欢着它们，或者只是远远地看一眼，不敢靠近。我犹若草原上一株毫无特别之处的草，纵使心里装着整个草原，也只好扎根在我所钟爱的草原上，做一株安分守己的草。

没有人会仔细聆听一株草的声音，因为他们只看到了无垠的草原，而忽视了离他们最近的那一株草。殊不知，一片绿色的草原，是成千上亿株草汇聚在一起时的本色。

回到生命的本质，回到根，才能懂得低处的声音，不是风声，不是雨声，而是草木根系伸向大地的声响。那是人间的天籁之音。

我习惯了四海为家的生活，无论走在哪里，只要我为一株植物驻足过，那里就是我的故乡。我是一个心里装着故乡，而执意背叛故乡的人，我是有罪的。我已不再祈求回到埋着亲人骨殖的土地上过节或者度过余生，就让那片土地永远成为我的亲人生前的粮仓，我绝不会再从那里拾取一粒粟，获取一棵草。

三十岁之前的日子，我故意不去回头看，总感觉三十岁之前的路比起三十岁以后的路实在太短，一眼就看到头了。可是真当我回过头来时，三十岁已在身后。回过头来，离我远去的那些岁月中，养育过我的土地，处处芬芳，看得真真切切，却总是隔着一层什么，把我挡在外面。西山的荞麦，东坡的豌豆，塬上的麦子，沟口的玉米，南湾的谷子，都为我的骨骼成长凑过分子，我已然分不清我的骨骼中的成分，哪些来自谷子，哪些又来自麦子。而我在心里都一一铭记着，我浪迹天涯的力气，全都是那些庄稼给予的。豆粒甘甜，麦子香甜，谷子醇香，土地芬芳，寻着熟悉的香味就能回到过去。

先前藏匿于心的对故乡的那份恋念，在流浪的日子里日趋长大，我的心里装得满满的，全是故乡。我不在故乡里，故乡在我的心里。成长的岁月，收割过的庄稼，陪伴我长大的亲人，全都被我弄丢了。丢了，就再也找不回来了。

我尽力用记忆去复原我的故乡，然后再寻觅一方可以供守着中意的植物安静地生活的土地，将被我不小心弄丢了的故乡安放在那里。

四

停止流浪，在城市里安家落户，这是我回望三十年的生活之后做出的决定。

习惯了四处奔走，突然停下来，安分守已地生活，一时间真有些茫然不知所措。曾经以租来的土地为生，闲暇时看看书、写写字，生活倒也充实，这冷不丁丢弃了铁锹和锄头，我长满了老茧的手开始一层一层地蜕皮，一直蜕到细肉里，疼痛由手而生，全都钻进了心里。

没来由，我突然热衷于回忆，第一次那么迫切地想念初春时节，被我从湿土里挖出来的无所适从的蛹。蛹是蝶的前世，蝶是蛹的来生。人若有前世那该有多好，我想我的前世一定是一株草，或者是一株草旁的另外一株草。轻轻地停在这株草旁，闻花香，听天籁，同呼吸，共命运。做一株草的邻居或者为一株草所创造的文字添加一个偏旁，与一株草一起，在它所扎根的那片土地上，停止流浪，守着根，安心地生长。

要是有一天，真感到了累，我就将自己放逐于一片草的中央，我只想在来生化作一株草，像我的今生一样谦卑地活在大地上。

定居后的日常生活是具体而又琐碎的，我像淹没于草丛一样淹没于具体而又琐碎的生活里，偶尔对这琐碎的生活发发小脾气。

去市场上买菜，看着豆角、西红柿、茄子、辣椒、黄瓜，我就激动，感觉它们是从我熟悉的某个乡下来到城市的亲戚。从中挑上几样自己喜欢的果蔬，转身便走。被卖菜的人数说几次，这才回过神来，我不再以租地为生，我没有土地再为自己种植豆角、西红柿、茄子、辣椒、黄瓜了。现在，我与这些作物们就只剩下买卖这层关系了。

我喜欢生吃黄瓜，妻子是知道的。可是，就在最近，她为此数说过我好多回，而且语气严厉，我一直都是从田里摘了黄瓜就吃，习惯了。妻子却说，从现在起，这毛病得改。说过两回，我就躁了，怎么突然间全都变了，一根黄瓜的吃法，以前很简单，从瓜秧上摘下来，用手擦擦灰，咬一口，那甘甜，真是金不换。而如今拿着血汗钱换来的黄瓜，却再也吃不出那种甘甜了。我怀念父亲在田头咀嚼豆角的声音，是那么清脆，听着都令人觉得满口生香。而现在，专家和妻子都在提醒我，所有的果蔬都得先用“洗果灵”洗一遍，再用清水泡一泡，才能吃。我说这么麻烦，就不吃了。

仅存的一点安慰，就是在秋夜里还能隔着窗户听到蝉鸣。蝉鸣清亮，远处嘈杂的汽笛声被蝉鸣隔在了外面。月色如水，照亮寝室，就那样躺在宽大的床上，伴着蝉鸣而眠，真好。

闲暇时，我会去侍弄几盆花，时间长了，我发现，植物在花盆里生长得很不快乐。阳台上那些盆栽的植物，枝蔓紧贴着向阳的玻璃窗生长，如果不是被透明的玻璃所阻挡，它们一定会将枝叶伸出窗外，将枝头的花朵开在窗外。窗外的阳光多好，窗外的雨露多美，窗外的空气清新，窗外的大地才是这些花草想要待的地方。

植物完全可以按照自己的方式在大地上平平淡淡地生长，本不需要谁来做它们的主人，花盆更是植物忌讳着的一个物件，花盆之于植物，就犹如牢笼或者是一切具有囚禁功能的事物之于人。

如果你是真心喜欢植物，就千万别轻易在别人面前夸耀自己在花盆里栽植的植物有多美。是的，植物的确是美的，只是花盆影响了植物的美，花盆的空间是有限度的，而植物的根系却可以无限度地延伸和增长，花盆就不足以承载植物根系所承负的生命之重，何谈为植物的健康提供保证。花盆套在植物的根系上，就像是禁锢了奶奶一生的缠脚布，如果不是那可恶的缠脚布，奶奶的一生至少会因健康而美。所以你一定知道的，如果让这些植物在大地上自由自在地生长，一定会更美。

盆栽植物用紧贴在玻璃窗上的枝蔓向窗外的太阳倾诉着心声，不，是控诉，控诉着植物的根系遭遇囚禁之后的不幸。

如果不是被透明的玻璃窗挡住，这些植物的枝蔓是多么不情愿生长在这里，虽然从此不再经受暴风骤雨，不再忍受风沙扬尘，但是紧贴在玻璃窗上的枝蔓，却强烈表达着这些花草对自由的渴望，透露出对港湾般的生活的不屑。

阳台上的盆栽植物，用它们对大自然本能的亲近感抗拒着花盆对植物根系的囚禁，它们用紧贴着玻璃窗生长的枝蔓向人提出质问：如果是真的喜欢花草，就俯下身去看看植物那扎入大地之中的根系，它们是那么热烈地爱着它们所扎根的土壤。安逸、温馨、舒适、自由，是大地对扎根于土壤的植物的承诺，大地才是植物真正的家。

如果你真心喜欢植物，就尽量让自己生活的土地上少一些被钢筋和混凝土硬化的外壳，尽量在大地上多留给植物一些可以扎根的土壤，让植物的根系在大地上消受大地给予它们的安逸、温馨、舒适和自由，只要植物在大地上感受到了生长的快乐，人类才能得到真正的快乐。

虽然大地上的植物，无法像人一样去思考，无法像人一样在遭遇伤害或者受到委屈的时候哭喊几声以作警示，人可以通过驯化和移栽而成为管护植物的主人，植物是宽容的。但是植物决非大地上的弱势群体，大地上真正的弱势群体是人，植物可以被人驯化、移栽，可以在人给予的花盆里受抑制、受委屈，但绝不可能被毁灭，因为，植物的毁灭，就是人的毁灭。善待植物，就是善待自己，从点滴做起，从解放植物的根系开始。

我们都知道的，只有植物的根系在大地上感到安逸了、舒适了，植物才能获得自由，获得自由的植物，美自然由根而生。

我刚刚开始试着吃来历不明的食物，改变我的一些生活习惯，适应了有手机和电脑的生活，无聊时，侍弄几盆娇气的植物。却突然被一种幽远的、熟悉的气味所打动，已经很长时间没有嗅到这样令人感到亲切的气味了，这种气味并不浓烈，却极为吸引人。

山野里的苹果熟了、玉米熟了、土豆熟了，该成熟的都成熟了。秋雨淋湿的土地上，秋风一掠，隔着一座城，为我送来一抹山野的清香，清香里，全是我的九月的土地，我站在成熟了的玉米田里，四下安静，仿佛整个田野都在安睡，唯有我，大睁着双眼，静静地站在那里。

秋风乍起，干枯的叶子相互摩擦，发出沙沙的轻响，就像是一张张薄薄的纸片在风中摩挲，这种声响反倒让这田野显得更为静谧。艳丽的花朵都萧败了，取代那逝去的花朵的是一树树繁盛的果实。秋风里，全是秋日的芬芳，天籁之音在耳边响起，正顺应了我此时的心境，我真想抱住一棵树，像扑进母亲怀里的孩子，和母亲好好说说话，哪怕只是撒个娇。

五

我紧赶慢赶，还是没能赶上漫山遍野的荞麦花季。我到来的时候，荞麦花儿已经凋零，开败了花的枝头已经挂满了血色的果实，这鲜红色的果实，看上去就像是荞麦在盛花期过后复又盛开的另外一种花，色泽艳丽却绝不媚俗。

荞麦的花朵凋谢了，花香留在枝头，被血色的种皮包裹着，我来迟了，没能在花香最浓的时候赶来，花香不等人，花儿等不及了就被种皮包裹起来。挂了果的荞麦显出一副甜美的样子，在初秋的斜阳下抿嘴轻笑，这一笑，连空气也甜美了起来，漫山遍野全是荞麦在秋日里温婉、甜美的表情。

在山村的秋日里，荞麦地里有着大地上最动人的色彩，热烈的红色与沉静的青翠交织着，温热的空气里有一抹淡淡的荞麦清香，温湿的土地散发出泥土的芬芳。山野里的每一个角落都适合回忆年少时与荞麦有关的点点滴滴。

就是在这样的秋色里，依然是橘色的斜阳下，我在一片荞麦地的南头，她在荞麦地的北边，我面朝着她，隔着一片荞麦花的海洋，喊了一声，我爱你。我看见，她转过身去的刹那，就连粉红色碎花的衣衫也含着羞涩，微风掀起她额前一绺黑发，她的脸瞬间变得比这荞麦花儿还要粉嫩，遍地盛开的荞麦花，就像是被我喊羞了的少女的脸颊。

十八岁的冲动和单纯，让我有足够的勇气对着心仪已久的女孩说我爱你。这句话，就像蜜，带着荞麦花儿的香甜，那是一种用皮肤都能品尝出来的滋味，香得心醉，甜得心疼。一句我爱你，让十八岁的少女像受到了惊吓的小鸟，忽的一下，就隐入了粉嫩的荞麦花中。

我认为十八岁的担当与承诺，一定就是鼓起勇气向她说声我爱你，这句话就是十八岁时的地老天荒，就是十八岁时的海枯石烂。我们都沉浸在倾心的甜蜜里，却忽视了隐于我们身后的那一双眼睛，他藏在暗处，用批判的、责备的目光，默不作声地盯着，任凭我们年轻的心，像荞麦花儿一样怒放。

花季虽美，毕竟是短暂的，花儿不只是为了在盛开的时候展示出美丽，花儿的使命在盛开时也在花期后，结果是顺理成章的事情。

我们在荞麦地里席地而坐，说着荞麦花儿一样甜蜜的话，在遍地盛开的荞麦花中相恋，说好了就这样一起慢慢变老。我们亲眼看着荞麦花儿开了又谢，枝头挂满了血色的荞麦，在等待着荞麦成熟的日子里，我们依然甜蜜地认为，荞麦花变成了荞麦，对我们而言是一种鼓励，也是一种提示。

人生毕竟充满着许多变数，爱情毕竟不全在花季。

当我们经过了甜蜜的爱恋却注定要劳燕分飞的时候，我们所坚信的地老天荒只剩一纸的苍白。

如今站在这片挂了果的荞麦地边，我的心里有一种甜蜜的苦涩，我在荞麦地边看到了一对隐身的孩子，他们就像我年少时的影子，有意避开我的视线，掩映于荞麦的花海里，而我的那一双眼睛，有意地看着他们，却刻意将自己掩映在遍地的荞麦中。

夜幕像水一样泼洒下来，覆盖了遍地的荞麦，阻隔了我的视线，夜色中，我绕开荞麦地，轻轻地离开，我的正前方是一所学校，此刻正是一片灯的海洋。一回首，还未败落的荞麦花儿趁着夜色盛开，透出星星点点的光亮，亮光连成一片，是一片荞麦花的海洋，两个相依而坐的孩子，依然沉醉在荞麦花的香甜里，像大海中游弋的一叶孤舟，忘了驶向灯塔的航线。

脉　络

叶　脉

从叶柄开始端详一片杨树叶子，叶肉丰腴，叶脉纵横交织。叶肉似沃野，叶脉如阡陌，叶片大的崭新世界，时光静好。稀薄的晨露顺着叶脉滑动，汇集在叶子的主脉上，然后从叶尖上滴落，一滴露水从叶尖上滑落的瞬间，这个世界在为之震颤。

小小的蚂蚁探着纤细的触角爬上叶柄，抬眼望望这硕大的叶片，两只眼睛闪现欣喜的光，那光中有它的新大陆。叶脉交织的叶片上似乎全是路，怎奈叶脉细碎，盛不下蚂蚁的脚步。露水沿着叶脉汇集，而蚂蚁偏偏不走既定的路线，它要么立在叶面上正着走，要么挂在叶子的背面倒着走，在树叶上，蚂蚁是自由的行者，它从不走寻常路。

比目光所及的绿色更为浓烈的色彩，便是比蚂蚁更为细小的生命体在纤细的叶脉中涌动，给了叶片以勃勃生机。杨树暗藏于土壤中的根系，是大地的脉络。每一株植物都以不同的姿态表达着对土地的感受，叶脉传导着根的旨意，同时也将阳光雨露传递给不见天日的根系。舒展的叶子上，阳光普照，渗入叶脉的阳光和雨露，被根系寄存着，根系输导给叶脉的暗流，浸透着水和光。叶脉是太阳织在世间的网，它织下网时，只为给大地以生机，而到了收网的时候，便理所当然从大地上打捞了无数生命。

一片树叶的自然死亡，不是树木生命的终结，而是让树木在季节的轮回里复制或者复原了一个更好的自己，重新开始。

叶螨暴发的夏日，玉米的叶子一度失色，绿色从叶尖开始褪去，在日光下泛着白。叶螨刺吸过的叶片伤痕累累，叶螨隐匿于叶子的背面，在刺吸汁液的同时，将叶了的细脉全部阻断，它们强行在玉米的叶子上安家落户，自由繁衍。

对体型娇小的叶螨而言，任何一根叶脉都是巨大的，叶螨密密麻麻地吸附在叶的背面，它们只需要在一棵硕大的玉米的营养输送中枢上随意刺吸一口，玉米就在夏日里迅速失色。叶螨在攫取所需的同时，将玉米的营养输送线破坏了，玉米根系再发达，茎秆再粗壮，也无济于事。叶螨守在叶脉上，从叶片上截留了阳光，又从叶脉上汲取了养分和水分。病斑隐现，在细微之处不断发生、扩散，一棵高大的玉米，叶脉断裂，叶肉枯死，病斑迅速蔓延，世间到处都暗藏着让玉米叶脉断裂的物种，却没有修复叶脉、叶肉的良药，玉米的叶片渐次枯败，死亡势不可当。不必刻意去掩饰生命中已然显现的病斑，任何掩饰都是自欺欺人，是徒劳的，机体的损伤已然出现，不如坦然面对，没有比坦然面对更好的良药了。

把叶脉如织的叶子握在手中，它就是一面能够映照心灵的镜子，叉状脉、平行脉、网状脉，脉脉相连、互通，每一根叶脉的繁茂都是我内心的博大，每一根叶脉的断裂和枯败都是我内心的痛楚所在。置于叶肉中的每一根叶脉，都可以精准抵达我的血脉，无论是在脉管里汩汩流淌的汁液，还是呈现在我面前的整个世界，每一片叶子，我都称它是兄弟。我不曾到过的地方，有树守着大地，我离开的土地上，它们替我站着，只要一抬眼，眼前的叶脉交织，我就感觉自己不曾被这个世界所遗弃。

村　道

我出生的时候，麦田就在那里。我用来到世间的第一声啼哭，向世袭的麦田问声好，老村长闻讯赶来，给父亲道喜的同时，不忘怀抱一大捆绳子，指使着人在麦田里为我划割下一块地，算作见面礼。从此，那块被划拨下来的土地，就成了我的口粮田。

口粮田是我来到这个村庄时，村庄给我最大的福利。田在村外，与我居住的地方之间有半截土路。路面不宽，仅够两辆架子车错行。野草大都生于路肩，偶有一两棵固执的车前草非要生长在路面上，被人畜踩踏、车轮碾轧，带着满身的伤痕，死皮赖脸地活着。

每一条路注定属于脚掌。从一个村庄到一块庄稼地，山路在播种和收获的脚步声里欢唱。春天，大山的脊梁上，扛着种子的农人，从村庄里走出来，将一年的希望播撒进大地敞开的胸膛，沿山的路就在怀揣着梦想的脚步声里变得热闹起来。一粒等待发芽的种子，吸足了水分，静静等待着憨实的脚掌在松软的土地上轻轻踩踏一下，根就扎实了。

一株庄稼卧在脚掌的印痕里茁壮成长，六月里的锄头，在一个村口到另外一个村口的山梁上奔走，将杂生的草连根斩断，在大旱的六月，给大地上饥渴的庄稼留住一滴水。

等到秋天，掮着粮食的农人，从庄稼地里走出来，把一年里最灿烂的笑容挂在脸上，山梁上洒下一路粮食的芳香。

路肩上的蒿草长势凶猛，一季便可长高，我花费了二十多年的时间，个头才长到一米七，而路两旁的杂草每一年都会先于我的身躯长高，从春至秋，蒿草是急于让土地变得荒芜的物种。如果它们在春夏时节不死于我的足下，在秋日一定会高过我的头顶。

我心无旁骛地在这条路上来来回回奔忙过五年，常走夜路，漆黑阻挡了视线的同时，将我周边的空间无限放大，心就不由得紧缩，腾出手，在头发上抹几下，静电灼得手发麻，被自己电着了，心里就踏实。我不怕鬼，不怕被打劫，怕的是路面突然被人挖了坑，坑里埋了粪便，坑上搭了草和土作掩护，而我根本不知道，一脚踩下去，我不怕臭，却怕崴了脚，耽误出工。如果路面上没有发生改变，就无所谓白天还是黑夜了，那半截土路，我闭上眼睛，也能回到家。

在人人都想将所有的土地种上庄稼，产出更多粮食的时候，庄稼偏偏半死不活，野草总会从稀疏的庄稼中钻出来，替作物将土地铺满。我彻底失望了，便转身离开，再返回来看它们的时候，发现撂荒的土地草木葳蕤，高处的树，低处的草，处处都是植物苏醒的种子替我守护着土地。

荒芜的土地上草木葳蕤，且大都不知其名，我总以为自己是热爱植物的，每当遇到一种不知其名的植物，我会寝食难安。这不是一件小事，对我而言，植物不分尊卑，只要遇见，我至少应该知道它叫什么名字。我喜爱植物，植物就像是我生命中突然出现的一个人，理应给予最起码的尊重，至少得知道它的名字，即使仅一面之缘，兴许也能恰到好处地给记忆增加一份美好。

小径两边的草太茂盛，如年幼的孩子走在上面，会被遮隐起来。我在心中说，孩子，你还那么幼小，你还来不及长高，小径就已经荒芜了。既然你选择了这条路，要坚持不懈地在这条路上走下去，不要离开，你一离开，草就会钻出来，让你再也无法下脚了。

阻止一条路荒芜的最好方法，就是将它置于来去之间，路的一头连着家，一头连着田地，奔忙之间，人成就了路，路也成就了人。人生中总有那么一些时日令人心情晦暗，稍有怠慢，路就荒芜了，野草覆盖了的小径已被遗弃，与人的命运没有了关系，它只是一片适合长草的土地。

伸向麦田的小径，已经模糊不清。我的出生地坍塌了，一片狼藉，口粮田也荒芜了，我拨开萋萋野草，却无从下脚，它们是我离开这片土地后的那一段岁月里新生的草芽，草芽密集，像一把把通体生锈的锁，而握在我手中的那一把钥匙，已经无法将它们一一打开。

放鸟的人

远远的，我看见了“我”，手执响鞭，立在码好的糜子垛上。麻雀成群结队，在糜子垛的上空回旋，鸟屎像白雨一样砸下来。

收割后的糜子还没有干透，码在地里等待脱水，父亲还要挖洋芋，收割荞麦，糜子地里也离不开人，人一离开，麻雀会纠集在糜子垛上开会。为了阻止麻雀动不动就聚集在一起开会，父亲扎了稻草人，老麻雀带领着小麻雀四处游逛，父亲扎稻草人的时候，它们站在父亲头顶的树枝上议论纷纷，于是，稻草人只在立起来的那一会儿让它们稍有消停，它们很快便辨识了稻草人的木讷和呆板，更有甚者，会落在稻草人的肩头，蹦蹦跳跳踩踏几下，脖子一伸，拉下鸟粪，然后拍打着翅膀离开，嘴里还骂骂咧咧。

被逼无奈，父亲从箱底翻出我年少时穿过的衣服，给稻草人穿上。少年时期的我，年轻气盛，是放鸟的好手。糜子灌浆时，父亲指派给我的工作便是放鸟。放鸟的人和放驴的人职责大不相同，放驴的人只需将驴放逐于青草肥美的地方，让驴吃饱，而放鸟的人却要将来路不明的鸟雀从一片正在灌浆的糜子地上驱离，让它们少吃一口糜子。

糜子一低头，鸟雀便铺天盖地奔袭而来，它们纠集在一起，少则十几只，多则几十只，以群为单位，轮番袭击。鸟雀们刚来的时候，先在距离糜子地最近的树上落脚，伺机潜入糜子地。鸟雀的来和去大有区别，落下来的时候悄无声息，而飞起来的时候翅膀抡得像风吼。只要你大声呵斥，它们会转身飞走，飞走了却又不甘心，再折返，此时呵斥，它们就当作没听见，喊哑了嗓子也不顶用，动用弹弓，打它们几次，便能驱散。依然有不怕死的鸟雀，和你打游击，总能叼上几口，对于刁钻的麻雀，就得动用响鞭，响鞭一挥，鸟雀便四下飞散，好不神气。

糜子灌浆后，自顾自地成熟着，丝毫不张扬，如果不是发现一地的糜子突然没有了头，尽是随风摇曳的旗叶，人们是轻易觉察不到糜子已经灌上了浆水的，鸟雀却从糜子一低头就盯上了糜子地。糜子成熟的日子，是农人绞尽脑汁与鸟雀们斗智斗勇的日子，这一时期，凡是地里种了糜子的人，见面就交流驱鸟心得。我们不懂鸟语，只听见鸟雀们时常聚集在一起叽叽喳喳，看那阵势应该是在讨论如何与农人打游击。鸟雀们有时候也有阵法，群居几处，同时总攻，放鸟人总有顾此失彼的时候，鸟雀们在主攻和佯攻中先让一部分鸟雀吃饱，吃饱了的鸟雀助攻起来更加凶猛。

农人的粮，在没有入仓之前，既是农人的，也是鸟雀和田鼠的。鸟雀们想从农人的嘴中叼一口吃的，我们总想从它们的嘴里夺回一些吃的，于是，人与鸟雀的矛盾在低头灌浆的糜子上一再激化。

放鸟的时候，总期盼下一场雨，因为父亲不会无缘无故地给我放假。雨水冲刷着糜子果穗的同时，也替我照看着它们。鸟雀和田鼠不会贸然出动，在雨天蛰伏是动物们的习性。我与天争，与地夺，恨不得把鸟雀一把抓住从它们嘴里抠出一颗粮，日子就在放鸟人精打细算的光景里悄然溜走了。

“我”的形象被父亲以农耕的名义一再呈现，我在成年后的糜子地里与少年时期的“我”不期而遇。成长中根植于糜子的那些记忆，是我从现世通向过往的通道，打开这个通道，鸟雀的鸣叫，糜子厮混于泥土的芬芳，是一抹带着记忆的人间烟火滋味。

糜子如斯，鸟雀如斯，而放鸟的少年却几经日子的洗礼，已变成糜子地里的过客，猛然面对一地糜子，见有鸟雀掠过，本能地呵斥几声，鸟雀不惊，却将自己从记忆中捞回现实。

隔着一片糜子地，我与“我”对望，我熟知它的一切，它却对我一无所知，你看，你看，那个“我”啊，姿势生涩，表情木讷、呆板，将我的衣服被鸟粪和秋天的风雨弄脏了，年少时的那副架子依然，而面目的光鲜和身姿的威风荡然无存。

伸手扶住一穗因不堪重负而茎折了的糜子，冰凉、沉重，圆润的壳下，米质粗粝，它曾与清浅的秋风一起被我吞入胃中，我胃寒，在秋天的清晨吃一碗黄米糁饭，能吐整整一个秋天的酸水。当糜子硕大的散穗在秋风中低垂、摇曳，我的胃会在秋风中翻江倒海。

一抬头，一只落单的鸟雀独自站在白杨树干枯了的枝头上瑟瑟发抖，它把圆溜溜的脑袋从一身的老毛中探出来，面无表情，我无从得知它独立于枝头的本意，我挥挥手，它一动不动，我从糜子地里离开，走远了，它仍然未动，像是老树的枝头在秋日里生出了一疙瘩灰色的病。直到我离开糜子地，它依然一动不动。暮色渐浓，从远处归来的雀群，呼啦一下，撒进白杨树的树冠里，白杨树上鸟鸣声浩大，糜子地黑着脸膛，一茬糜子被黑夜一口吞下，用它硕大的胃替我保管一夜的糜子，放鸟人起身拍拍土，放心地跟我一起回家。

麦牛儿

山区的人说话受“秦陇语”的影响，把所有天上飞的、地上爬的、水里游的昆虫不叫虫子，而叫牛牛。在山区人的语境里，单独的“牛”字，是指庞然大物，犍牛或耕牛，而两个牛字连起来，或者“牛”字带儿化音，就是指小小的昆虫，麦牛儿就是最具代表性的一个方言词汇。

麦牛儿，名字里有“麦”字，打眼看上去像一粒饱满的黑麦，它吃过了苜蓿芽，再啃啮小麦的叶子，等麦子的叶子变老不好吃了，就转身再去吃豌豆或扁豆的叶子，将卵产在咬不动的植物的叶子上，转身飞走，不知去向。

有些地方的人，把麦牛儿叫麦麦牛或铁牛儿。事实上，就是一种体形娇小的黑色甲虫，以啃食苜蓿、小麦、扁豆、豌豆的叶片为生。“铁牛”一词，更准确地道出了这种昆虫所属的科——铁甲科，它周身铁黑，背着一个圆溜溜的壳，就像是背了一口黑锅，这锅一定很瓷实，总见它伸着脖子拉着锅往前爬。那一口黑锅，它为谁背，不得而知，害虫的骂名它始终得自己背着。突遇紧急情况，它习惯把头一缩，将爪子收进壳里一动不动，它的假死，是铁牛族类在繁衍生息中摸索出来的逃生之道。这一招，有可能骗过一个涉世不深的孩子，却逃不脱公鸡执着而又坚硬的喙，麦牛儿的壳再坚硬，伪装得再好，公鸡才不管这些，照着铁牛的硬壳啄几下，它就受不了了，然而，挣扎也是徒劳，被公鸡吃进嘴里，麦牛儿就是一嘴鲜嫩的肉。

假死的麦牛儿，像一枚枚黑色的纽扣。我在年幼时，喜欢将散落在地上装死的麦牛儿一只一只地捡拾在手中，放在手心里一捂，它们争相蠕动，四处冲突，攥紧手任凭麦牛儿冲撞，却不松手，那种感觉奇妙极了，不疼，也不痒，那种动力十足的感觉，仿佛几十根纤细的指头在一下一下地戳你。

麦牛儿的春天，从一枚刚冒出新芽的苜蓿开始。起先，是嫩绿的苜蓿叶上扣着一个黑色的壳，不一会儿，叶子上就会出现一个圆圆的缺，残缺的叶片下面，麦牛儿仰躺在地上手舞足蹈，想翻身趴下，真不是一件容易的事，它分明是一个笨拙且憨态可掬的士兵，本想用坚硬的铠甲保护自己，却终被厚重的铠甲连累了。等待着一只麦牛儿翻身的时光，春色便洇染了整个大地。

麦牛儿觅食有个特点，它认准了一种植物，就会齐齐将它的叶片吃掉，这也许与它行动慢有关，慢工出细活，它理所应当在慢腾腾的劳作中，做一个务实的觅食者。在初春的苜蓿地里，掐苜蓿芽时总会不小心将一只觅食的麦牛儿捏扁，浓绿色的体液会将手染绿，随之便散发出一股铁锈般的腥味。

麦牛儿身型娇小，却套着厚重的铠甲，看上去一点儿也不灵巧，我仔细观察过一只麦牛儿从地面爬上一拃长的苜蓿苗的过程。整个过程中，如果它一心一意向上爬，是用不了多长时间的，它偏偏贪吃，它爬上一棵苜蓿苗的目的就是在缓慢的行进中将扣在身上的那个锅全部填满。

麦牛儿一直都在卖力地向上爬，终于爬上了苜蓿芽，而触角一探，前面空了，一时不知如何是好，立在苜蓿芽尖上不知所措。忍不住伸手去逗它，乍一逗，它毫无新意地缩头收爪，一动不动，过一会儿，先探出触角，再伸出足，正张开嘴准备吃呢，我又逗它，它依然立即停下来装死，不等它再伸出触角和足，我再次逗它，它却突然张开那厚厚的壳，展出薄薄的翅膀，嗤的一声飞了。麦牛儿是个笨拙的飞行家，歪歪扭扭飞了几米远，就重重地砸在芨芨草的茎秆上，没抓住，被弹开了，仰面掉进干土里，砸了个坑，染了一身的土。始料不及，只见被麦牛儿几乎啃啮成了光杆杆的苜蓿，顶着两片细碎的顶叶笑得前俯后仰。

从春至夏，凡是有作物生长的地方，都可以见到麦牛儿的身影，总是一副不温不火的姿态，每一次看到麦牛儿觅食，时光似乎就一下子慢了下来，麦牛儿慢腾腾地挥霍着春夏的大好时光，我不由得替它们担心，北方的冬天那么寒冷，它在春夏的时光里虚度，而到了秋天依然赤身裸体，储存于壳内的膘却不足以抵挡三九天的极寒。而当我在初春的另一个苜蓿芽上再见到它们的时候，我才深感自己的浅薄，麦牛儿的生存之道，远比我所见的精彩，它们会在北方的冬天来临前，潜入土层深处，将自己封存起来，安然过冬。

它们坚信，大地迟早会喊它们醒来。

乡村楼阁

沿排干渠生长着整整齐齐的白杨树，树干粗壮、挺拔，树冠硕大，每一个树冠上都架着一个或者两个喜鹊巢。被乡亲们称为“乡村楼阁”。

喜鹊们在这里安家落户，与远处的农田、近处的农庄前呼后应，栽树者的用意，被喜鹊们巧妙引申，以树干为单元的乡村楼阁居高临下，树干稳扎在土地上，居住在这里的喜鹊们也备受土地的恩宠。

排干渠离我的居所不远，每天一出门就能看见那一幢幢气派的楼阁，树木鳞次栉比，鸟巢错落有致，是一道不可多得的绝美风景。喜鹊络绎不绝地从各处涌来，选一棵自己喜欢的树，搭窝建巢，大多数喜鹊是不愿意与另外一只喜鹊在同一棵树上筑巢的，可是总有那么一两只喜鹊看到先来者占据了它所心仪的树，非要厚着脸皮做人家的邻居，不仅破坏了一树一巢的美感，而且给另外一个巢里的喜鹊带来了诸多的不便。

鸟巢看似简陋，结构却极其复杂，杨树枝杈的生长毫无规则，有灵性的喜鹊总能就地取材，散落于乡村各处的枝条、草叶、纸屑、布头、线绳、毛发、棉絮等等，都可以成为它们搭巢的材料。喜鹊筑巢时极有耐心，嘴叼爪抓，不厌其烦，有时候费大周折叼来的材料要么用不成，要么掉在了地上，它绝不气馁，拍拍翅膀转身又出去寻找，边搭造，边试卧，外围搭造和内部修饰同时进行，每一种材料都被它摆放在合适的位置上。不知道喜鹊筑巢的本领是生来就有，还是通过与有经验的喜鹊讨教而成，不得而知。反正也没有人刻意去研究喜鹊究竟是怎样去筑巢的。只要喜鹊不去田地里糟蹋粮食，不与农户所养殖的禽畜发生争执，没人会去为难住在树上的那些喜鹊，除非那个人实在是闲得没事可干，有可能去捣鸟巢，或者想着法儿阴治一只喜鹊。

喜鹊仗着自己有一双能飞的翅膀，时常目中无人，特别是在冬季野外食物匮乏的时候，三三两两的喜鹊立于屋顶，瞪着一双圆溜溜的大眼睛，伺机在人们疏于照看的食物上叼上一嘴，你喊上它一声，它只跳一下，挪个地方，你一抬手，它便拍着翅膀骂上走了，却不走远，在你够不着的地方，依然瞪着眼睛朝着你大声地叫嚷。它们的叫声并不好听，甚至是刺耳的，你听不懂它嘴里究竟在嚷什么，你一转身，它就又回到了屋顶上，无论天有多冷，风有多大，它就在屋顶跟你耗着，风大时，它会背对着风，让风将它吹成一个圆圆的毛球。事实上每一次都是人耗不过一只铁心要吃一顿才肯离开的喜鹊，随它去吧。我的屋里暖和，过冬的食物都齐备了。大冷的天，你就是将一只喜鹊撵回去了，它在四面透风的窝里饥寒交迫，总是待不住的。不如转身回到温暖的屋里，让它尽情地吃上一顿，它们吃饱了绝对不会再眷恋人的屋。

人始终都在防着喜鹊，我偏偏养了几只笨得要命的母鸡，它们生蛋从来没有个固定的地方，每一回生下蛋，母鸡昂首挺胸地唱着走了，喜鹊却叼着冒着热气的鸡蛋早飞得不见了踪影，害得人在鸡圈里左找右找，母鸡还在人身边邀功请赏似的使劲地叫。时常都是这样，于是，村庄里的人都说现在的母鸡吊儿郎当的，生蛋就跟闹着玩儿一样。

喜鹊们闹闹腾腾，全然是为了一张嘴，它们吃饱了喝足了，也是一副富足而从容的样子，回巢了，却不急着进巢，而是立在巢边的树枝上，相互交流一番，或者抖擞一下自己的羽毛，叽叽喳喳，或同性之间抬抬杠，或异性之间调调情，就像日暮时分从外面归来的人们。

鹊巢在树木不断地生长中，将村庄一再拔高，我从一人高的屋门里出出进进，偶尔瞥一眼远处的鸟巢，回巢的喜鹊或立在窝边，或隐身于巢里，或正在路上。高处的鸟巢，低处的村庄，在人们仰视或者鸟儿的俯瞰中，维系着村庄的秩序。

消散的水

我开始出现幻觉。

干渴的感觉在我的体内持续得实在太久了，鼻腔中产生出一种很独特的气息，混沌、黏稠，仿佛即将要凝固，却又在缓缓流动。在我开始变得迟钝的感觉里，这种气息甜甜的，像横在鼻尖的一截被折断了的老甘蔗，又似揉烂了一地的蒿草，这种味觉体验令人的意识越发地含混不清。

我想，这种气息应该与死亡有关。

我确信我的听觉还是好的，因为我能清晰地听到体内每一个细胞因失水而渐渐塌瘪下去的声音。这是我有生以来第一次这么仔细而且耐心地聆听自己，这声音是混杂的，急促的，像清水浸入沙田一般，此刻，我的身体就是水渗下去之后，裸露在沙田上的半截成型的泥沙，在炽热的光下，水汽袅袅。

散失在体外的水已无法再救活我已然萎蔫的体细胞，我的体内水浓于血。

阳光很刺眼，我眼巴巴看着水汽从我的身体内散发出来，自由消散在广阔的空间里。自由散失的水，在阳光中歪歪扭扭地上升，地面像一片滚烫且发白的铁皮，升腾起来的水汽在直射的光线中缓缓汇聚，形成一个巨大的色彩斑斓的光环，红、黄、橙、绿、蓝、靛、紫……

黄、绿、红、蓝、紫、橙、靛……

绿、蓝、橙、紫、靛、红、黄……

色彩交替，急速变幻，这种绚丽的色彩令人迷恋，我的目光在绚丽的色泽中显得呆滞、慵懒。色彩交替的速度越来越快，快得令人眩晕，索性闭上双眼，整个世界在我的眼中通红一片，像燃烧着的铁，先前的光斑依然明晰，一环套一环，金光灿灿。

眼前的光华突然使我不安起来，甚至感到恐惧，可心里越是恐惧，就越无法从这绚烂的色彩中挣脱出来，只说是我就这样带着最美的生命体验永远地缄口不语了。

瞬息里的感觉，就像是一个美丽而且漫长的梦，我知道梦可以醒来，而在这个时候，出现幻觉，是很危险的事情，我似乎能感觉到神灵在我的头顶上发出深情的召唤，面目狰狞的小鬼们在我的脚下狂舞呼喊，滚烫的细沙在空气中飞舞。

水汽依然在袅袅上升，在远空中形成一道道美轮美奂的景象。我曾遇到过的所有美好的事情，都一件件、一桩桩呈现在我的眼前。耳边回荡着青鸟顶着烈日艰难地飞过高空的声息。突然间，眼前的图像，就像是被谁的指头猛地拨了一下焦距，一下子就远了。心有万般不甘，可是我控制不了自己的眼睛，困意重重袭来，耳边的蜂鸣声响起，我似乎隐隐约约听到了鸣奏着《秦雪梅吊孝》的唢呐曲。

身下的土地变得酥软，绵软的细沙在急速下陷，我的意志力在失重的跌落中大量消减，我似乎已经适应了这种没有着落的跌落。

水汽仍在上升，我的身体在继续下沉，继续失重，身下无物，我在空中滑翔，热空气托着我干瘪的身躯在空中飞，仿佛一阵风就可以把我送到任何一个角落。似乎这种感觉可以给人带来快感，尽管短促，却无比美妙。

细沙落下，眼中的世界便暗淡下来了，露出了铁的灰青色，嗅着毛发被点燃后发出的腥臭味，继续前行，却跌进无边无际的黑暗之中。

我不知道放羊的老人用怎样的方式将我带进了那孔人与羊混栖的窑洞，准确地说，我再一次获得知觉，是被那一股股令人窒息的骚膻味呛醒的。一睁眼，满地全是羊，面孔陌生，绝不是我所熟知的羊，再一细看，才看到了一张满是皱褶却无比慈祥的脸庞，那是一张和我的爷爷一模一样的脸，我不由喊了一声爷爷。他却没有应声，只是怅然地舒了一口气，算是应声。

我一直想听他亲口告诉我是如何从迷失了方向的荒野来到这孔窑洞的，他却只字未提。

大地上的干旱依旧在持续，我背着老人为我备足的干粮和水朝着太阳落下去的方向一路前行，老人家说，一直西行，路不拐，人不转，跟着路走，便能回到家。一路上，到处都是被干旱折磨得半死不活的庄稼，此刻，在比天还大的日头底下，我和我的庄稼是大地上最后一群渴望着水的孩子。

接下来的日子里，我继续迷失，事实上我根本没有方向，我既没有再回到我童年的故乡，也没有到达现世的都市，而是抵达并不断深入一个陌生的环境里。那里的孩子不知道庄稼是何物，在他们看来，“庄稼”是一个生涩难懂的名词，他们无法将捧在手中的发酵面包与我所说的“庄稼”一词联系在一起。这究竟是一群谁家的孩子？我从行囊中拿出一块干粮，准备将干粮与庄稼联系在一起讲给他们听，他们却将目光凝聚在面前巴掌大的屏幕上，戴着耳机，摇头晃脑，根本不屑听我絮叨。他们只知道，凡是能用钱买到的食物，就不是什么稀罕的东西，可是我担心的事情是，如果庄稼消失了，食物从何而来？他们便用异样的目光看着我，一脸的不屑，他们的眼睛里全是嘲讽。

我说我刚经历过一场死亡，他们根本不信，他们讲到了人的各种起死回生的情节，很生动，远比我亲身经历的情节更加精彩，似乎我亲历的事情，远远不如他们从玄幻小说中读到的那样令他们心动。

我必须逃离这个不可理喻的境地，于是，我继续西行，我装着一肚子的委屈，走在西行的路上，寻找一个能够懂我的人。

山　脉

北山空灵，你对着它喊一声，它会立即应你一声。北山上草木葱茏，每一种植物都各自有名。高耸者为木，低伏者为草，高大的乔木一再将暮气沉沉的北山拔高，密集的野草矢志不移地呈现着北山的新颜。我若指着北山的草木，你能随口喊出它们的名字，你就一定是北山的人。

北山地处黄土高原干旱丘陵区，黄土堆积成丘，山丘密布，被冠以山区，山区是山的世界，也是沟的世界；群山之间全是沟壑，山丘是大地上隆起的肌肤和骨骼，山峦凸显的是一片土地的脉络，大都以方位命名，比如：北山。

北山山势陡峭，不易攀爬，越是人迹罕至的地方，草木就越是丰茂。半山腰缠绕着一条细径，是北山的项圈。四季有山羊出入其中，也有绵羊跟着山羊试图爬上北山，绵羊笨拙，不适合攀爬，结果失足跌入沟壑，摔成了一锅羊肉。体肥膘壮的骟驴在北山葱绿的时候，总忍不住抬头望一眼北山，然后甩甩耳朵，打个响鼻，一尥蹶子在塬上狂奔一气，就当是上了回北山。

在北山下大声说话，必有回音。七爷说北山是空的，有洞口为证，夏秋季草木繁盛时，洞口被掩隐起来，只有在草木将叶子散尽的冬日，洞门才会显现出来，洞口呈窑门状，成年人一低头，就能走进去。远观北山，北山是鼻眼模糊而嘴巴洞开的一张脸，它是北山人的脸面，每个北山人自来到世上就试图从那张洞开的嘴巴里得知关于北山的一些事情，而北山只是一遍遍不厌其烦地重复着你喊出的话，而关于它的事，从不会多透露一个词。

山脚沟壑环绕，沟底狭小，有细细的溪流，歪歪扭扭，像麻花辫，拐弯处分流，平直处合股，流水清澈，水质清冽，一年四季都有水活着，不紧不慢，细流不绝。

依山而居的村庄，傍水而立。每一个庄院都有一条小路通往沟壑深处的溪流。沟壑以南是塬，全是良田。麦子、豆子种一颗，能收一大把；土豆种半个，能收一窝窝；萝卜籽儿小，一个萝卜占一个坑。田不以作物而分，也不以植物而分，却以人的名字分割成块，网状的埂网住了庄稼，网住了杂草，同时也网住了飞禽和走兽，却始终没有网住以田为生的人。

黎明时，北山下的鸡鸣，北山上的鸡也鸣，山上山下鸡鸣一处。一只山羊在春天进入北山，到了深秋时节再回到村庄，是两只或者三只山羊。为此，山羊的主人心里对北山满怀感激。冬日的北山，清明祥和，肥硕的犍牛依在拴牛桩上蹭痒，半截子干树桩是它的痒痒桩。山羊竖着耳朵，聆听风过北山的嘶鸣，一撮白生生的胡须在冷风里飘摇不定，麻骟驴把长长的脑袋架在圈墙的缺口上，一面灰土色的老墙上顶着一颗驴脑袋，目光深邃，遥望北山，小花狗拖着长长的铁链，独自蜷缩在烟熏火燎的炕洞里，偶尔叫一声，北山上的狗也跟着叫一声，寂静的村庄里就会响起阵阵犬吠。

北山人的面目，大都像北山那样，鼻眼模糊，千人一面。年幼时，觉得新奇，对着北山不住地呼喊，北山就不住地应着声。而等到长大了，被山下的水土磨得没了锐气，听到北山的回声还显得有些不耐烦。能让我深深记住的，并不是我的父母，而是七爷。从我记事起，七爷就是个老头，仿佛人到了七爷那般年龄，时间就拿他没有办法了，过上一年，他是那个样子，再过上一年，他还是那个样子，我都三十多岁了，再看七爷，还是原来的那副模样。

果然，再一次回到北山，第一眼就看见七爷揣手儿靠在马厩的半截干墙下打盹，七爷的耳朵背了，需要大声说话才能听到。我贴着七爷的耳根大声说："七爷你要是困了就回去到家里睡，天凉，千万别染上风寒。"七爷便咧着没有牙的嘴对我一笑，说："太阳底下暖和，太阳一晒就困了，睡一觉分外的香，回到家却睡不着了。人老了就难了。"我有意取笑："当老人比当官还难吗？"

七爷梗着脖子争辩："当官有什么难的，能上也能下，觉得不美气了还可以不当，可是当了老人好赖就这样了。"我心头不禁一颤，这句话像一颗钉子，将我钉在村口良久，不由得暗自思量，七爷老了老了，却成了人精。

马厩坍塌了，马匹不知所终，泥质的马槽依然光洁，是马在天长日久地吃草料的过程中用脖子打磨出来的，似乎还留存着马的体温，生锈的马嚼子挂在槽棚外的木桩上，锈迹留在桩体上，散发着铁锈的味道，成色如新。耳畔隐隐约约响起马的嘶鸣，北山上有风吹过，嘶鸣声此起彼伏。残存的墙体掩隐着马匹旧时的踪影，那些残缺不全的土墙，固执地立在北山坚守的岁月里，它们是逝去的马匹留在土地上的唯一痕迹。

北山下的土地上，依然有大片的麦子立着，叶片低垂，只有满地的麦穗在风中摇曳。我正欲问，这么好的麦子怎么还不收呢？七爷早看出了我的疑虑，叹口气说：“收粮不可尽绝，留一些在地里，给土地留一些种子，就不会辜负来春；留一些给北山上的飞禽走兽，让它们在冬日里抵御寒冷；留一些给秋虫，它们也眼巴巴地等待了大半年，让它们贴一身秋膘，给家族一个未来。”

为此我感到羞愧，此前，我只觉得北山上的每一株植物都是春天的孩子，亲眼看着它们各自成长、开花、结果，然后在暮冬里又亲历它们的干枯和逝去，心底便像沉积下每一个冬天一样积攒下了对植物的哀思，而这一地干枯的麦子，至少向我袒露了些许关于北山的事情。

血　脉

横陈于麦地的是我亲手收获的麦子，还有我来不及伸把手就倒下去的七爷。说好的，我们一起搭工收麦子。收完了七爷家的麦子，轮到收我的麦子了，过了大半晌，七爷才双手拄着根榆木拐棍颤巍巍地来到田头。七爷说他浑身没劲，乏得不行。七爷把这句话挂在嘴上说了十几年了。人老了，困乏是常事，我只是一味地劝他乏了就缓着，并没放在心上。

七爷嘴上说缓着，两只手却像镰刀一样，已经将围着他的麦子放倒了一片。七爷撇下手中的拐棍，双膝跪在地上，循着麦垄赤手拔麦。七爷的腿脚不好，走路得拄着拐棍，只要他双膝一着地，拔起麦子来俨然就是个壮劳力。

我在前面，七爷在后面，我们隔着好几米长的麦行说话，猛然间却听不到动静了，回头一看，七爷倒在了麦茬前，双目紧闭，眉头紧锁，豌豆大的汗珠子从额头上涌出来，脸像水洗了一样，衣服洇湿了一片，双手却死死地攥着两把麦子。我一把把七爷揽进怀里，大声呼唤，我们身上的麦土扑簌而下，他依旧攥着两把麦子一动不动。七爷紧闭双眼，没有应声。我抱着七爷，想把他放在身后铺开的麦子上，七爷身下的麦地被他猛然倒下的时候砸了一个坑，抱在臂弯里的七爷轻得像是一把干透了的麦子。七爷的脸和手一色的铁黑，没有一丝活色，脖子上的青筋高凸，一下一下地闪动，一下比一下微弱。我猛然意识到，七爷这是要把一大堆事情交给我，他一撒手，不管了。

我抱着七爷一路小跑，他在我一路的颠簸里缓过了气，却说不出话来，微睁的双眼无光，灰蒙蒙的，像搁置的旧物上落了一层灰土。可是眼睛里满满的全是祈求，我知道七爷这时候需要我帮他打一个电话，将他的病情原原本本告诉他的儿子北民。

北民是七爷的独生子。这几年，像是外面有一疙瘩狗头金等着去捡呢，村里的年轻人挤着挤着往外面跑。北民得知消息后，比我预想的要冷静，仿佛他已经预料到了这一天，他决意不让我带着七爷去医院，而是央求我从七爷炕头的红木箱子里取出寿衣给七爷穿上。

我抱着七爷回家的路上，双腿像灌了铅似的，只见一块块麦地倒着往我的身后跑，所到之处，每一块麦地里都会钻出一两个灰头土脸的人，然后二话不说跟在我的身后，只是个跑。

此刻钻出麦地的人，都是一些和九爷年纪相差不多的老年人。

村里就只剩下一些如九爷一般年老的人和个别像我一样唯恐离开麦地会不知如何是好的年轻人。

跟在我身后的人并没有因此而乱作一团，他们看一眼我怀里的七爷，就都明白了。妇女们抱柴火的抱柴火，烧水的烧水，男人们围在炕头上，九爷摸一摸七爷的领口，从脖颈上找到一根闪现油光的鞋带，上面拴着一把白晃晃的钥匙，他转身打开柜门，伸双手捧出个红绸子包袱，放在铺盖上。屋里只留下五个男人，其他的人都被九爷遣散各自回了麦地。我被留在屋内，九爷要给七爷擦洗身子。九爷神情凝重，他显然是把给七爷擦洗身子这件事当成了一件极其严肃的事情。

九爷只是按照他的人生经验，提前给七爷擦洗身子，他不忍心让七爷带着一世的尘垢和一身的麦土穿上寿衣。怀想起七爷在过去的七十年里，都是将一身衣服穿脏，只换洗衣服，而从不肯既洗澡又换洗衣服。褪去七爷身上那些衣服堆放在炕的另一边，那一堆脏衣服放在一起依然是七爷的样子，这个一辈子不肯再多洗一次澡的老人，身体却是干净的，一大盆热气腾腾的水，清澈见底，给七爷擦洗完了身子，毛巾依然白净，水依然是清澈的。九爷一把抓起那一堆脏衣服扔进盆里，满屋子就全是七爷的味道，四下飞散。

七爷的寿衣一共七件，三件上衣，三件下衣，还有一件长衫。贴身穿的是白色棉布质地的衬衣衬裤，棉衣棉裤都是新棉芯，褐色绸子面料，棉衣裤依然是绸子面料，却是青蓝色的。长袍蓝色，寿衣上的纽扣考究，全都是用绸子手工缝成的纽襻儿。一顶瓜皮帽子，里衬是白色的棉布，外面是黑色的绸子，戴在七爷皮包骨的头上，大小正好。一双圆口的千层底布鞋放在枕前，鞋底干净，两根指头粗的黑布带子缠在鞋上，屋里顿时散发出新布的幽香。

七爷一直处在昏睡中，浑身烫得像一块烧红了的铁。九爷攥着七爷的手不肯撒开，仿佛一撒开手，七爷就会燃尽。

穿戴好后，七爷安静了下来，像是经过一场跋山涉水的远足，太累了，静静地熟睡着，脸上也渐渐有了血色。所有在场的人都在尽心尽力地挽救着他的生命，同时，也都在理智地为他准备后事。医生和我们都不熟，他把我当成了七爷的儿子，拉着我的手躲在柴垛后悄声说，准备后事吧。这时候，对七爷而言，我们请来医生，并不是为了将他医治好，只是让医生确认一下，他是不是得了老病。

人一旦活到了七爷这个年龄，就像七月的麦地，麦子熟了也是熟了，死了也是熟了。七月，在农人的心里，是麦子收获的季节。像七爷这样年过七旬的老人，得了重病，儿女们请来医生，如果医生说老人得了老病，然后听天由命，人人都是这样说，却没有个标准，先是儿女们跟亲戚朋友说老人得了老病，然后一传十，十传百，所有的人就都以为老人得了老病。

九爷的话很灵验，北民凌晨三点进门，七爷立时就咽了气。正如七爷所说的，北民是七爷在这个世上唯一的眷恋，他噙着一口气不咽，就是为了看北民最后一眼，或者是等着让北民见他最后一面。

七爷咽气的时候，没有过多的痛苦和挣扎，好像只是将一直噙在嘴里的一口水咕噜噜地咽进了肚子里。九爷这才松开七爷的手，抬手轻轻地闭合了七爷的口和眼，顺手将缠在鞋上的带子取下，给七爷穿上鞋，将带子系在七爷的腿上。九爷仰起头，大半天，硬是把眼泪咽进肚子里，挥手示意北民抬着七爷的头，其他的人抬着脚，狭小的屋门，忙碌的人们侧着身子进出。婶子辈的妇女们移桌换凳，在主桌后腾出一门板宽的地方，铺上麦草，众人将七爷移于麦草上，七爷头枕着浸过冷水的红砖，脸上盖着一张麻纸，一地的人围在屋内，北民哭天抹泪地抱着几袋冰扑通一下跪在七爷身边，往七爷的衣服下塞上冰块。九爷站在当地，梗着脖子对北民说："你不能哭，大凡小事得你做主呢，你趴下哭去了，谁做你的主？"北民就从草铺上站起来，红着双眼，不哭了。婶子端来倒头饭供于桌上，九爷带头跪在供桌前，将一把黄表纸在烛火上点燃，火光映红了七爷脸上那一张平展的麻纸，火焰跳跃，七爷纹丝不动地躺在那里，我觉得七爷脖子上的那根凸起的血管依然在一下一下地动着。

九爷扇了我一巴掌，我才发现先前和我跪在一起的人都立在我身边，只有我还跪着，索性就多跪一会儿。九爷吩咐我去报丧，他当着众人的面夸我机灵，会说话。九爷的话令我心头一热，便接着九爷的话茬进言："正是用人时节，不如打个电话，省事省时。"九爷立马就拉下了脸："这么大事，怎么能如此草率？"他命我务必赶在中午前将信送到。我知道失言了，便按照九爷的吩咐，请阴阳先生用白纸书写帖子。帖子送与七爷的娘舅家，一共七户，令我犯难的是，七户人家能找得见的只有两户，其他的人都跟随着儿女外迁了，我问九爷该怎么办？九爷说："把七份帖子送给能找见的两户，让他们再想法通知。"我倒是省事了。阴阳先生教与我的"节哀顺变"之类的话，我说不出口，见着了人，一支烟递到手，顺手再递上帖子，我不用多说话，他们自然明白。

清晨，亲戚从四面八方赶来，七爷的外甥和女婿手执一领猩红色的铭旌，在挂鞭的爆裂声中挂上墙头。铭旌垂展，众人瞻仰，七爷劳碌一生的主要功德全在用金粉书写的字上闪闪发亮。

“恭铭：大德望刘公讳韦德字安堂，生平务农有功、教子有方，寿享七十整卒，不幸身患痨疾，寿终正寝驾鹤仙逝，（外甥、女婿名）沐手敬铭。”

从七爷倒在麦地里的那一刻开始，留在世上的事情，似乎一下子变得简单了，他留于世上的事情就剩下这么多了，干一件就少一件，我怕稍有懈怠，就再也没有机会为七爷做什么了。想来也挺奇怪，在七爷颤巍巍地来到地头上的时候，原以为会像往年那样，我要帮他收获、犁地、晾晒、堆垛、碾轧、归仓、精选、加工，再为他备好来年的种子……

一班子匠人全副武装进驻到院子里，拉开架势，摆开排场，众人就围了过去，闹哄哄地当热闹看，看木匠破木造材。所有人都像往常一样，说说笑笑，只顾着看破木了，竟把七爷还倒头睡在堂屋里忘得一干二净。木头是现成的，七爷六十大寿过了，北民就从外面拉来了柏木，藏在粮房里。村里人没见过柏木，都围过来看。看一眼，却不免有些失望，就一截子白刷刷的木头，灰头土脸的，放了十年了，没啥可看的。

北民拖着长长的孝衫迎上来就跪下，在匠人的斧子下塞了一个纸包，匠人忙搀扶北民起身，说几句安慰的话，伸手抓起斧子，向掌心里很响地啐一口，斧子就扎在了滚木上。柏木、松木、柳木一字排开，匠人扛起一人高的大锯，将柏木竖立起来，绑在桩上，你拉我推，破木成板。只半晌，棺木大样已成，用木橛铆合，柏木为盖，松木做围，柳木为底。柏木不仅结实，而且防鼠虫。柳木板落土后容易腐朽，寓意早日化土，早日转世超生。

请来漆画高手油画装饰一番，材头画上院落房屋，门旁有金童玉女。材侧板绘书八个寿字，谓之“八寿团”，材脚则绘上莲花、云纹，寿材即成。

七爷走得很安静，仿佛是走了很久很久的路，实在是人累了，就安然地睡了。夜里，落下了一场雨，老人安详的面容和往常一样，就像是听着雨水敲打窗棂的声音，闻着泥土被雨水打湿的气息，安心地进入了梦乡。

一辈子，七十载春秋，两万多个日日夜夜，一辈子的事情，一幕一幕，近了，又远了，直到远得让他实在无力将它们再挽回的时候，他决定将曾经所有不愿放下的一切从心里彻底放下，然后在这片他曾经为生计奔波了一辈子的土地上好好地睡上一觉。

七爷的茔地选在东山的一块苜蓿地的中央。说好的，五个人看守坟坑，我们就是被安排在坟坑上的几个明显的标识物，村里的野鸡、野兔或者田鼠冒失且都不识字，需要几个人守在坑外，防止它们不知情跌入坑内。我在黄昏时依然是闲人，而其他人都要忙各自的事情，担水的、饮牲口的、割草的，他们各自都有借口，便齐刷刷地向我请一个小时的假，我被众人临时推到了领导的位置上，我想拉下脸来说我家里也有事，可是，我还是没有拉下脸来，只好随他们去了。

头顶一片云飘过，大雨倾盆而下，我从挖坟的人在中午时搭起的帐篷上扯下一块塑料布，苫住坟坑，我第一次被单独差遣出来做这样的事情，我不知道我该不该这样做，我觉得应该将坟坑苫住，我不忍心让老人在明天下葬的时候落在湿漉漉的雨水里。

好在云过雨就停了，雨水已将我单薄的衣服全都淋透了，我一把揭起苫在坟坑上的塑料布，看到坟坑里依旧干爽，我觉得我是对的，尽管后来来到这里的人没有一个人对我所做的事情进行任何评说，当我看见经雨水冲刷的苜蓿，越发显得嫩绿了，叶尖上挂满了晶莹的水珠，仿佛在对着我笑。

那天夜里，我和村庄里四位看着我长大的老人在茔地里整整守了一个晚上，整整一个晚上，我们一直在说话，与村庄有关，与老人有关，与我们有关……

七爷下葬的时候，我的身后，在东山和西山之间的土路上，一位年过六旬的老人正背负着半尼龙袋子秋粮种子急匆匆地赶往自家等待着下种的土地，而我的面前，七爷却背负着五底三盖的棺材，在亲人们难舍难分的哭声里，体面地走了，北民面朝亲朋跪在坑沿上，手挽孝衫盛上一锨土，第一锨是吉祥，再盛一锨是如意，第三锨是幸福……众人齐起，锨锨泥土，锨锨情意，众人热火朝天地将七爷埋进了土里，回填下去的土高出地面而成了土堆，七爷把土替换出来，让土替他在世间抵挡风吹日晒。

这个夏天，离去的七爷就安睡在茂盛的苜蓿中央，苜蓿的花季已然来临，新生的花芽正在苜蓿的枝头悄然绽放，一朵苜蓿花开了，又一朵苜蓿花开了，苜蓿花争相开放在坟茔周围。

麦　事

守望麦田

每到秋天，我就家底殷实。

把一年的粮食全部盛入装过化肥的编织袋中，扎紧袋口，齐刷刷地码在老房子的过道里。粮食垛比我的个头高。老房子只有十几平方米，盘下炕，就只剩下一条不足两米宽的过道，靠着屋墙码上粮食，满满当当，一点空地也不剩。进屋一抬腿就上炕，省时省事，我喜欢。炕和粮食一直是老房子里最重要的两样家什，老房子里可以没有陈设，脚下有粮食，炕上有铺盖，简简单单就好。若铺盖上再放几本随时可供翻阅的书册，就显得奢华不少，我更喜欢这样简单的奢华。白天大都在地里或者外面忙碌着，基本不在老房子里落脚。只有在晚上，或者遇到雨雪天气无法出门的时候，我就躺在炕上看书，或趴在被窝里写字。每天夜里，我都是头枕着先贤的书册，脚向粮垛，躺在炕上看书到深夜，如果实在太累了，还是头枕着先贤的书册，脚朝粮垛，倒头便睡。或一夜无梦，或在梦境里赶着日子里的路。

今晨的情景，与我昨夜的梦境吻合。一地孕穗的麦子，旗叶迎风飘扬，麦芒还蜷缩在旗叶日渐隆起的叶鞘里，小麦黏虫铺天盖地地扑来了。我坐在老房子的炕上，隔着玻璃窗，等待日出。

父亲临出门的时候，把消灭黏虫的任务交给我，这是自我跟随父亲守望麦田以来，第一次接受如此艰巨的任务，我满怀着神圣，这种神圣感使我激动不已。父亲一再嘱咐，一定要等麦苗上的露水干了，才能将经过精确计算的农药喷洒在麦苗上，只有这样，才能让那些贪吃的黏虫立即闭嘴。

晨晖中，我背负着装满药液的喷雾器，跑步奔向麦田。药液的配比是在 40 公斤清水中，加入 90% 晶体敌百虫 45 克，再加入 40% 乐果乳油 25 毫升，搅拌均匀，调成乳白色液体。麦田里，麦子欢呼雀跃，麦子的旗叶迎风飘扬，发出沙沙地轻响，我一路狂奔，感觉耳边掌声雷动，背上的水声浩大。我在翻滚的水声里踉跄而行。呼吸之间，全是刺鼻的农药味，正是这浓烈的农药味，让我此行的心情格外凝重，我突然感觉自己就是天使，身负着拯救麦子的重任扑向麦田。

阳光下，麦子脆嫩的叶片因反光而发白，阳光如水，洒在叶子上，水花四溅，直晃人的眼。麦子的叶缘满布虫噬的伤痕，肥胖的黏虫懒洋洋地趴在上面，通体发黑，像是一截薄薄的皮囊裹着一股不断鼓胀的墨绿色的水，抓一只放在手心里，黏糊糊的，薄薄的皮壳，已经绷到了极限，似乎轻轻一碰，就会爆裂。这该是多么柔韧的皮壳啊，竟长在如此贪婪的一张嘴上。

阳光下赤身裸体的黏虫，是一群厚颜无耻的强盗，一个个憋得脸色发黑，却仍然紧贴在嫩绿的麦苗上大肆咀嚼。

远远看去，麦田一片绿色，一片和谐的、安静的绿色。近前去，叶片体无完肤，叶肉已消失殆尽。路面上、田地里、麦苗上，全都是蠕动的虫，无法下脚，一脚下去，爆裂声四起，绿水四溅，腥臭难闻。

这些虫子有着和我的黑发一样颜色的脑袋，唯一不同的是，它们浑身没有一根骨头，我的身上全是药味，而这些药味并没有使虫子停止涌入，我知道农药不是诱杀剂，而这些虫子已经近乎疯狂了，农药只能杀死直接接触的虫，而新的虫子还在如潮水一般源源不断地涌入麦地。背上的农药，只能杀死地里的黏虫，而不断涌入的黏虫，令我恐惧，只好背着喷雾器默默离开。

麦子的生长仍在继续，旗叶高高举起，上面爬满了虫子。瘦弱的旗叶哪能支撑一只肥大的黏虫，它们牢牢贴在低垂下去的旗叶上继续肆虐，大多数麦穗已经抽出来了，穗上的麦芒像针一样直立起来，光着秆子的麦子就像是一地倒立的毛笔，指着天空，天空湛蓝。

虫害，像突然降临却又悄然而去的一场瘟疫，在所有长了叶子的植物间蔓延，也因此而逼走了村里的壮劳力。虫子来时，气势汹汹；去时也悄无声息，仿佛只是一夜之间，这些虫子就凭空消失了，或者全都钻入了土地，除了留在地面上那一层干瘪的虫壳，活着的虫子或上了天，或入了地，不见了。

由虫害引发的怪事，像一册薄薄的连环画，自虫群压境开始，从麦田里光秆儿的麦子一直延伸到农家炕头上缺男人的女人，或者缺女人的男人，无一幸免。

守着麦田生活的人啊，他们的生活就是如此脆弱，如此简单。麦子一旦绝收，每天夜里家家都会有一个或两三个人在外面回不来，麦子长到一拃高的时候，虫子就来了，以麦子为生的农人，被不断涌入的虫子搅得妻离子散，四下谋生。

那一场惊心动魄的虫害，仅仅是一场噩梦，梦醒之后，一切都恢复了平静，这让一册连环画的结尾显得索然无味。于是，我们就像在年底掀过最后一张日历一样将这一页掀过去，掀过去，日子就又恢复了色彩。

而那一年的麦子，并没有因为被虫子吃掉了叶子而歉收，还是个丰收年，到了秋天，老房子的过道里，粮食袋子还是码得一人高。我每天夜里依然头枕着先贤的书册，脚向着粮食垛睡在老房子的炕上，或无梦，或有梦。

伤叶是根的痛

经营麦田的头几年，常走夜路。麦田是日子里的来处、去处，也是过处。或两手空空地从麦田里钻出来回到村庄，或在半夜里起身匆匆赶往麦田，抑或是背着半袋子麦子去粜粮。有月色或者没有月色，差别只在我的身体投在土地上的影子。有月色的夜里，影子或走在我前面，或跟在我的身后，聆听我的喘息；而没有月色的时候，我就在影子里走，喘息散布在整个黑夜里。

早春的夜晚，毫无表情，伸手不见五指，冰冷异常。我会赶在日暮时分结束麦地里的所有劳作，将守在田埂上不肯散去的山鸡一并赶回林地，然后趁着暮色回到家里。向阳的坡地上，草芽像锥刃一样密密麻麻地钻出来，柳树先于村庄里别的树种，枝条泛起了活色，一眨眼就开满了一树的浅绿。

枯败了一冬的麦苗返青了。山鸡开始频繁出没于山林，鸣叫声不绝于耳。麦地里有人的时候，它们就隐身于林间的草木中，探着小脑袋左顾右盼，偶尔鸣叫一两声，在寂静的春天里显得突兀，仿佛带着一腔的怨气，欲将在麦地里劳作起来没完没了的人们驱逐出去。初春的麦地，没有多少农活可做，大都是在麦田里查看一下苗情，便转身离去。人一旦从麦田里走开，山鸡就会立即从林子里涌出来，黑压压一片，盖住麦地。饥寒交迫的山鸡，是一群疯狂的盗贼，忘情地刨食冬麦刚刚开始萌动的新芽，麦地里尘土飞扬。

饥饿的山鸡是贪婪的，贪婪到令人忍无可忍。我在地里插上稻草人，再给稻草人披上我常去田里穿的衣裳。山鸡便消停几日。但山鸡一直没有停止观察和试探，在饥饿的驱使下，领头的山鸡很快就识破了我的小伎俩，先前到达地里的山鸡扯着嗓子嘶喊几声，鸡群就哗啦一下涌入地里。它们在饱餐之后，却不着急回到山林，而是聚集在稻草人下晒晒太阳，相互梳理一下羽毛，或立或卧在地上悠然地小憩一会儿。

在冬麦返青的这些日子里，向阳的坡地上的青草先于冬麦覆盖了地皮，山鸡便不再专盯着麦田了。它们四下分散，去了最先暖起来的坡地。麦田便安闲下来。安闲下来的麦田，冬麦才得以安静地生长。

我每天依然早出晚归，尽管我在不在地里都不影响冬麦返青，但总是放不下心，总觉得我不在地里的时候，冬麦就生长得特别慢。于是，我就沿着麦垄来回走。似乎只有我不断地走着，冬麦才会不断地抽出新叶，活过来。

时不时会碰见一两株毫无活色的麦苗，叶片自叶尖向下枯萎，顶端的新芽却迟迟未显露出来。扒开土层，只有须根扎进土壤里，而主根却断了。一只肥大的蛴螬卧在断根处的湿土里，若无其事地蜷着身子。若不是让它猛然间见了暖烘烘的阳光，感受了凉飕飕的风，它断然是不肯动弹一下的。我心疼地用手指捏着断了主根的麦苗，主根上麦粒空瘪，抽空了生命的麦种子依然没有带给麦子完整的一生。初春的麦田里，每一枚伤叶都是根的伤痛。

麦田外是一摊一摊的草，每一种草本应该都有名字。我所知道的草名是小时候母亲带着我去外面指认的，而有的也许母亲指认了，我却没有记住，还有一些草的名字应该是在我学生时代的教科书上出现过。我扎扎实实地念过十几年的书，而常见的草，在教科书上却没有找到它们的名字。我偏偏又那么地喜欢植物，每遇到一种陌生的草，我会想方设法在网络上或者书籍里找到它们的名字，并记在心里。

草在农村，不以科属种分类，而是以田埂分类，无论是车前草、谷莠子、牵牛子，还是冰草、地肤子、白蒿子，只要生长在田埂以外，都被人称为野草。这些不为农人所用的草，就只适合在荒野里自生自灭，即便是长在田地里，它们也难逃被铲除的命运，依然被称为野草。被称为野草的，若要让人记住它的名字，是一件不容易的事情。农人依靠植物生活，但是他们不是植物学家，没有人愿意花大工夫去研究一株对自己基本无用的草。如果哪株草可以像麦子那样养人，我想不用刻意介绍，人们一定会像记住麦子那样记住它，并想方设法将它驯服。

阳光喂养的麦子

麦子一开花，我就高兴。见了美女已不能起色心，见了刀子亦不会起杀心，而见了扬花的麦子，我就情不自禁将由心而发的笑全都挂在脸上。麦子的花开得细碎，毫不张扬，不经意就会错过。花儿细碎，却是美的，对着美的花儿微笑，是盛开在我脸上的另外一种花。

清晨，露水刚刚散去，空气中的湿气正浓，麦穗上的小花就迫不及待地渐次绽开。麦子的小花生得精致极了，每一枚小花像初生的若虫，毛茸茸的，周身鹅黄。一朵朵小花，将纤细的花丝伸进麦子的护颖里，在麦穗上倒垂着，散落在麦芒间，就像是这个清晨刚刚睡醒的婴孩隔着胞衣向世间伸出来的一只幼嫩的小手，舒展地伸进温润的晨光里，感受着阳光和水汽的抚慰，自由呼吸。

挂满了小花的麦穗静静地立在地上，麦芒齐刷刷地指向天空，恭迎着盛夏的日头，白花花的阳光洒在麦子精巧的花蕊上，悄无声息。小花儿在朝阳里渐次打开，把阳光装进去，将一粒粒麦子喂饱。

有风的时候，开花的麦子就是一地碧波荡漾的水呀，浪来浪去地摇曳着。千万个麦子的妈妈们微笑着，保持相同或者相似的姿态，随风摇来摆去，沉睡在胞衣中的麦子贪婪地吮吸着阳光和雨露，白生生地往大长。

麦子的花儿细碎，隐于花心的香味，为昆虫、飞禽、走兽所不屑。只要在开花的时候有风，麦子就随风起舞。风声是开花的麦子不可或缺的音乐，风激发了麦子在大地的脉动里跳一支舞的欲望，麦子熟悉风的秉性，它只需开出一穗穗的花，风轻轻一拂，鹅黄的花粉就像微尘一般随风弥散。临近中午，鹅黄散尽，挂在麦穗上的小花轻轻地飘，已经干透。麦子的花期短暂，所有小花只是对着早晨的太阳莞尔一笑，阳光就住进了麦子。

花事匆匆了，阳光喂养的麦子收藏了阳光。日渐膨大的子房被阳光一点点填满，麦穗是麦子另外一种形态的绽放。麦麸皲裂的六月，天空高远，给铺陈于大地上的麦子留出足够的成长空间，轻风拂过麦田，低处的矢车菊渐次仰面打开花朵，艳丽的色泽随风而动，高处的麦穗立在高高举起的旗叶上纹丝不动，麦子在六月的沉稳，矢车菊不会懂。

麦子以开花的名义收藏了阳光和雨露，灌浆的麦子，在滚滚热浪下静立，天空是一个硕大的器皿，正一点点将一种阳光和雨露的混合液悄然注入麦粒。麦粒娇小，一点儿液体就能使它饱满。

我喜欢躲在老榆树的树荫下凝视灌浆的麦子。我递给麦子一个眼神，它们明白我倾注于麦子的全部心思，然后就争先恐后地在七月奉献出颗粒饱满的麦子。

阳光喂养的麦子养人，麦场上，从麦堆上掬起一捧新麦，新麦饱满、温润如玉。在一堆颗粒饱满的麦子旁静立，感受扑面而来的麦香，是我在一年中最美的一段时光。碾压过的麦子，身首异处，我把麦粒收集起来，麦秸堆垛在场的角落。来年，会在麦垛的周围长出绿绿的麦苗。

秋日的阳光温和，麦粒莹润。麦香扑鼻的七月，我满怀欣喜地咀嚼一把新麦，感受和品咂麦香中阳光的味道，这种味道，吃上一口，一辈子成瘾。

麦芒如针

七月，麦芒如针。麦芒是温驯的麦子对外界唯一的一丝敌意。每一粒麦子上都有一枚尖利的麦芒，麦芒向外，显露锋芒。护颖向内，裹着麦子。那是麦子的一双双警觉的眼睛，始终提防着外界投来的不怀好意的目光。

七月的麦浪，此起彼伏，柔软无比。麦芒站在浪尖上，随风舞动，它们是麦子紧紧握在手里的一柄利器，时刻准备着刺向试图靠近它们的那些贪婪的眼睛。而所有猎食者却都熟知麦子的特性，绝不会轻易去触碰烈日下锋利的麦芒，而是巧妙地避开麦芒，要么将麦子连根拔起，要么从旗叶底下节上折断，将一穗穗麦子据为已有。旗叶之上，无数的变态小叶，或做稃，或作颖，包裹着赤裸的麦子，幼时的襁褓，成熟后的衣裳。当麦子熟了，裸露的麦子饱满，比稃更吸引眼球。隆起的稃里，饱满的麦子，让所有目击者浮想联翩。旗叶有叶鞘，麦穗发自旗叶的叶鞘之中，高于麦穗的旗叶终被麦穗超过。孕育之鞘，连接着种脐，旗叶与一粒麦子的千丝万缕的联系，无法理清，理不清，却令人动容。

太阳最毒的时候，我会钻进麦垛纳凉，折一穗麦子，捋顺了麦芒，放在手心里搓揉，麦子丢盔卸甲，露出麦粒，一把新麦放在口里咀嚼，越嚼越香，嚼烂了的麦子，可以反复吹出泡泡来。咀嚼和吹泡泡的时候，适合回味过去或遐想未来。我把一罐凉开水埋在麦垛下空闲的湿土里，只留下罐口，我用半截子麦秆儿吸水喝。我屈身进入麦垛的时候，一株倒悬的麦子正好将麦芒对准了我的脖子，我腾手折下麦穗的空当，一只渴疯了的蚂蚱，伺机纵身一跃跳进罐子里，溅了我一脸的水花。结果没把它淹死，它蹦跶一会儿，抓住麦秆儿，顺着麦秆儿爬上来，在上面歇缓一阵，惬意地抖抖身上的水，翅膀一展，吱吱地唱着走了。那份从容，像是它在村里的河水中冲了个凉，转身上了岸就忘了河的存在。而我却傻在了水罐前，干看着一罐冰凉的水，却喝不成。

带着颖壳的麦芒铺满麦地，随手拾起一枚麦芒，放在手心里把玩。从麦粒上脱离的麦芒，竟没沾染丝毫麦子的气味，麦子需要它的时候，它就在麦子上立着，守住麦子，待到麦子不需要它了，便腾身落在地上，别无用处。

成熟后的麦子，麦秸硬实，麦芒如针。我舍不得让它在成熟后留在土地上，多么好的柴火，我习惯了用麦秸煮面条，没有人当众揭发我人性中的这种残忍。而隐藏于心里的负罪感，常常令我不安。我曾经试着背向麦田，寻觅新的生活，而习惯了在土地上劳作的双手，已经找不到比种麦子更得心应手的工作。

我会在麦子成熟的时候将它们连根拔起，我的双手为此而布满老茧，我是一个务实的收获者，除了粪肥，我不舍得将一丁点儿草秸留在土地上，也从来都不觉得自己这样节俭有些过分。

碾压过的麦子，身首异处。我把麦粒收集起来，麦秸全都堆垛在角落里。来年，堆垛过麦秸的地方会长出一些麦苗来。闲来无事的时候，我会卷一张白面大饼，坐在麦秸旁的埂子上，沉浸于满口的麦香中，看那漏生的麦子从身体里将麦芒像丝一样吐出来。

生锈的麦子

所有的麦子正举着绿油油的叶子拔节呢，叶子上却突然生出了斑斑锈迹。麦子病了。

要命的是，小麦生病了，所有人却不以为然。他们仅凭个人的经验，理所当然地以为是昨夜的狂风卷着浑黄的沙尘经过麦田上空时，风猛然间撤了，失重的沙尘纷纷坠落，沾在了麦子的叶片上，用手指头轻轻一捻就掉了。

妇女们听信了男人们的话，拿了毛巾跪在各自的地头上擦拭，而锈迹生长太快，根本擦不掉。锈迹不是来自外界，而是从麦子体内生出来的。

失望的妇女们攥着一疙瘩毛巾，站在地头，眼睁睁地看着锈迹在麦田里扩散。小麦锈病来势汹汹。所到之处，小麦的叶片就立马显现出斑斑锈迹。绿油油的麦子在所有人惊恐的目光中一点点萎蔫。

生了病的麦子，在日光下毫无活色。空气中充斥着死亡的气息，死神就藏在暗处，却不动神色。它伸出一只大手攥住了一地麦子的命，麦田里人潮涌动，每个人的脸庞都在彼此的目光中黯然失色。

六月的日头下，麦田一片灰白。熊熊燃起的大火草草了结了一茬麦子，留下遍地的焦黑，就像土地洞开的一张大嘴。除此而外，农人们想不出更好的办法来处理这些病死的麦子。焦黑的麦地无人经管，农人们嘴上不说，而心里却都想着用半年的时光将地里残留的病菌饿死，来春还种麦子。

贩子说，最初从山外运来的小麦种子是固春 7 号。农人有自己特殊的记事方式，他们只记前两个字，后面是几号他们不记。反正能做种子的只有这一个春小麦品种，编号是多余的。红芒麦不能再留作种用，心中向来没有什么忌讳的人，拿钱买下种子，把家里所有剩下的红芒麦磨成了面粉，而忌讳吃种子的人，就用老麦子换下新种子。红芒麦突然间就像个不祥之物，被农人们草草地消灭了。从此，对红芒麦过去的功过绝口不提。

在固春7号出现以前，农人们一直保持着互换种子的习惯，那时候，大家也只有一个小麦品种，因成熟后，麦芒通体泛着红色，被人们形象地称为红芒麦。换种始于何时，无从考证，而流传至今，也只流于形式。换种，只是将相隔几十里山路上的红芒麦相互倒换一下。为什么要换种，大多数人都不明白，也不愿意明白，反正大家都在换，就跟着换。多少年来，抱着从众心理的农人一直坚守着土地，寸步不离，仿佛只要至死不渝地坚守了，土地就能多打下一些粮食来。而凡事都想弄个明白的人早已遗弃了麦子，离开了麦地，到别处去了。他们不仅明白种子有异地优势，而且也早已顿悟：人挪一挪窝，活得会更好。

同一个品种在农人的手里倒来换去，异地优势也就随之减弱甚至消失，倒是将一个地方的病害被人为传播得到处都是，叶锈病的暴发，让红芒麦从此在这片土地上销声匿迹。

新的小麦品种除了止住了小麦锈病外，仿佛并没有给这片土地带来更为可观的收成，所有的农人却对它赞不绝口。农人的想法是简单的，他们一年年在心里默默祈求的并不只是粮食盈仓，粮食盈仓的先决条件就是风调雨顺，无病无灾。

从固春开始，有了更换新品种的经历，农人们开始不断地引进新的品种，新品种不一定优秀，但是新品种却顺应了农人对未来的渴盼，用农人自己的话说，万一成了呢。于是杠二、黑芒麦、秃芒麦、白芒麦等新的品种不断涌现，不过每一个新品种的命运大体相同，只需三两年时间，依然又回到了最初的固春。

它就像农人惯用的一个老物件，轻易不会被换掉，除非它让农人彻底失望了。农人重情重义，一个物件跟随他们时间越长，就越难以割舍。有些物件即便不用了，也会珍存下来，留作念想。

小麦品种的更替越发频繁，最鼎盛时，在一个村庄里的土地上，种着几十种小麦品种，高矮不一，色泽各异。夏收时，比收获更使人急切的是看谁家种植的小麦品种表现更好。有人欢喜，有人忧，碰巧种了好品种，正好又赶上了好收成的人眉开眼笑，心里的喜悦全挂在脸上，比祖坟上冒了一股青烟还令人兴奋，而种了不好的品种的人，见人怕说话，就像是自己或者是儿女做了见不得人的事情那样，把委屈憋在心里，灰头土脸的。品种更替带来的阵痛转瞬即逝，下一茬小麦在大地上的表情又趋于一致。

试种，就得有人付出代价，为了来年有更好的收成，惯于斤斤计较的农人却显得无比大度。叶锈病偶有发生，却已无大碍。叶锈病曾让所有农人惊心，心疼迫使他们学会了病止于防。

疯狂的麦蚜

麦蚜太小，通体与夏日的麦子一色。麦蚜生性慵懒，喜潮湿、阴暗，怕光，它们似乎自知生来就不是光明正大的虫子，所以它们多聚集在麦子的叶片背面繁衍生息，黏黏糊糊，拒绝阳光。

若不仔细看，是看不出麦子上生了麦蚜的。有经验的农人教我看蚂蚁。蚂蚁往复奔忙的麦子上，一定聚集了不少的麦蚜。喜欢蚜虫分泌的黏液是蚂蚁的天性，它们就是一群嗜甜如命的疯子。蚜虫分泌的黏液里糖分高，蚂蚁见了甜食就走不动路。于是，黝黑的蚂蚁亮晃晃地趴在麦子上，就等于将麦蚜在叶片下的隐秘勾当公布于众了。

麦蚜的嘴细如丝，却又锋利无比，它轻而易举就把嘴扎进麦子肥嫩的叶肉里，它只吸浆汁，把原本麦子由根系输送给果穗的营养液轻而易举地截留了。这是一群聚集在麦子生命碍口且贪婪无比的蠹虫，它们利用整整一个夏日，把嘴扎进麦子的叶肉中，榨取汁液，过着荒淫无度的日子，这还不够，它们竭尽全力繁殖后代，并将尝到一点甜头就走不动路的蚂蚁勾引来，为它们清理垃圾，蚂蚁们乐此不疲地往返于麦秆子粗的路上，忙碌无比。整个夏日，麦蚜和蚂蚁各自怀着鬼胎，将一株株麦子折磨得死去活来。

你去看，阳光明媚，田土肥沃、水分充足的麦地里，麦子都泛白打蔫，麦穗生得歪歪扭扭，单薄而又瘦小。黑乎乎的蚂蚁在麦子上乱爬，麦蚜家族四代同堂，凭借庞杂的家族成员，飞扬跋扈地榨取麦子的汁液，它们都优雅地过着衣食无忧的日子。

随手翻开一片麦叶，麦蚜就像是一种绿色的虱子，熙来攘往地聚集在一起。频繁蠕动的是成虫，晶莹剔透且一动不动的是虫卵。眼前的情景使人顿感浑身发痒。我小时候，虱子和卵就是如同这般寄生在我的身上。对待这类令人作呕的寄生虫，母亲有绝招，用开水烫衣服，烫一次，就会消停一些日子。衣服不怕开水，大不了缩缩水，还能凑合穿。可是麦子的叶子毕竟不是衣服，开水会要了麦子的命。

这时候，农药顺应了我痛恨这种昆虫的心境。我痛恨农药，更痛恨这种贪婪无度的昆虫，可是我爱麦子啊。我如果这时候不用农药来灭杀，蚜虫们就会从麦子那里克扣了我的口粮。

面对麦子，我承认自己比麦蚜高尚不到哪里去，我们都以麦子为生，只不过是我早已动了杀念，而它们只盯着麦叶子大的幸福浑然不觉而已。夏日的麦蚜不仅遮蔽在麦叶子的背面，而且也被蒙在鼓里,它们像慵懒的落寞贵族那样,对即将来临的灭顶之灾毫无防备。

麦蚜横行的仲夏，蚊子也伺机藏匿在麦子中间，它们对麦子绿色的汁液不感兴趣，专盯着那些在麦田里转悠的人或动物。它们会在你伸出手接触到麦子的过程中将你的血液吸走。吸一点血倒也无妨，令人难以忍受的是它留在肌肤上的痛痒和肿痛。

麦子灌浆期，也是田间杂草灌浆的好时期，我每天要做的是趁杂草尚未成熟将它们拔掉。我能忍受夏日的溽热，却无法忍受蚊子狂轰滥炸的袭击。

两种昆虫实在令我忍无可忍，只需要一种药，就会解决我和麦子共同遇到的麻烦。

隐于麦田

昏黄的地皮皴裂，麦子熟了。

我把双手伸进七月的麦地，头顶烈日，脸上流着火，心若沸水般滚烫。我喜爱的和喜爱我的女子与我肩并肩，跪在麦地里，麦芒细长，轻轻地刷在脸上，让我们睁不开眼。在我的手心里，她的手指细软，似乎软而无骨，绵软得令我心生恐惧，像一只软体的虫子，放在手心里，软软的，湿湿的，大热的天，却冰凉冰凉。我不忍心让这么细软的一双女孩子的手，在成熟了的麦子坚硬的麦秆上往复打磨。

少年时期的我总感觉心里很苦，我一直期待着母亲从衣兜里掏出那颗我期待已久的糖给我。那是我隐于心不便说出口的初恋。

横陈于地上的麦子，在烈日下宣告死亡。前些年，奔波于麦田的人先于麦子去了，像我亲手捆扎的麦子，一个一个倒下去，被我抬埋在了麦地中央。父亲接过他们手中的鞭杆和犁，我从父亲的手中接过七月的麦田，我所继承的，是七月的麦田里的光阴，和我们对一茬麦子的希望。从那一茬成熟的麦子开始，我长成了一个承上启下的守麦人。

坡地上，那片生长过令我中意的小麦的土地，连年倒茬，先后种植过土豆、荞麦、豌豆，我在豌豆繁花似锦的花季里，想念下一茬麦子。豌豆是我特意种植的，只为了给下一茬麦子一个好茬口。

我曾经在清晨提着个粪筐，拿一把小铲，把每天夜里四处游走的畜生们还有不安分在家里过夜的男人们遗落在外面的粪便拾回去，堆沤在自家的土地里，把土地养得肥肥的，种上小麦、谷子、荞麦和土豆，低调而谦卑地活着。

化肥的出现，打破了我原来的生活，我不再四处搜集粪肥，连年使用化肥，土地变得贫瘠，化肥，就是人亲手喂给土地的一剂药，这种药一用成瘾，用了，就再也离不开了。

守望麦田的岁月里，我是多么单纯，我只想让地里产出更多的麦子，以满足我那简单的幸福生活。七月的麦田，有风的时候才美丽，麦浪一波赶着一波走，就像是一地的麦子在奔跑，每一株麦子都是旗手。我迎风而立，注视麦田，无声地雀跃和欢畅，似乎把我当成了这片土地上最受欢迎的人。

麦芽糖

每次触及这个名词，心里就会生疼。与麦芽糖有关的记忆是一段让人不禁伤神的往事。我无意去剖析麦芽糖的制作过程，而那一段往事却迫使我记住，麦芽糖就是在那样困苦的生活中自然生成的。我一直渴望生活中能够多一些味觉的甘甜，而麦芽糖冷不丁给予我的味觉记忆，却是甘甜过后的一抹酸楚。

那年仲夏，家乡落下了自我记事以来最猛烈的一场大雨，山洪暴发，泄洪沟不足以泄洪，洪水漫漶，冲出了沟沿，将那一年被我和父亲业已收到场上的新麦全部冲走了。我还年幼，父亲抱着我站在院墙外的高地上，他一手抱着我，一手紧紧攥住老柳树伸下来的枝条，我躲在父亲温暖的怀里，黏稠的山洪像发怒的巨兽，在父亲的脚下狂吼。父亲抱着我站在山洪的东边，堆垛的新麦在山洪的西边，我和父亲只好眼巴巴地看着来势凶猛的山洪将打麦场上的麦垛托起、摔碎，然后全部吞没卷走。麦捆儿在卷入洪水中的那一瞬，是一个个被卷入洪水中的无助身影，奋力地张开双手，挣扎着，似乎在嘶喊，却裹挟在山洪的巨响中，我一句也听不清。一个浪扑来，它们就全部不见了踪影。水声浩大，洪水来势迅猛，我和父亲站在高处，在那电闪雷鸣、风雨交加、洪水凶猛的暴雨天的黄昏，我有生第一次感受到了恐惧，并从父亲无助、焦灼的眼神中，觉察出了父亲那时与我一样的恐惧与无助。

“白雨过去喽……”

父亲突然猛喊一声，吓我一跳。

我知道，父亲是真着急了，急得实在没有办法了，本能地朝天一声长啸，是他对卷入洪水中的麦子最后的不舍和留恋。

洪水过后，地上积下一尺多厚的淤泥。父亲带着我，光着脚沿着洪水走过的地方，一点一点地找寻遗落在泥中的麦子。麦捆儿大都被洪水冲散了，淤进泥水里，我和父亲一手持剪刀，一手捏着编织袋，父亲走在前面，我跟在后面，他在前面抽出一只脚，我就照着还没有来得及收住口的脚印踩下去，淤泥就像是强力胶，黏黏糊糊的，每走一步路都显得分外吃力。零星遗落的麦子大半截都淤进了泥里，有的只露出半截麦穗，父亲不时躬身下去，把麦穗往外揪一揪，露出麦秆，一一剪下，甩一下粘在麦穗上的泥水，装进编织袋里。一路上，我和父亲谁也不说话，他在泥地里的一举一动，我即刻便懂。泥地里一片静寂，静得能听到父亲重重的鼻息。我只是默默地跟在他的身后，照着他的样子，将麦穗一个一个剪下来，装进袋子，装满袋子后就背回家，摊开晾晒在地皮开始发白的土场上。尽管我和父亲花费了好大的工夫，将我们能收集到的麦穗全部都背回了家，但是与那一年的收成相比，收集起来的麦子不及收成的百分之一。

收回来的麦穗，全都沥着泥水，母亲守在场上专门翻晒，将麦穗摊开，薄薄的一层，生怕捂得太久了，麦子就会发霉。

所幸捡回来的麦子没有发霉，麦穗太少且没有麦秸，没法摊在场上碾压，我和父亲就把麦穗摁在碌碡上搓揉，再经过母亲精心簸筛，才将麦子收进编织袋，留下一袋种子后，剩下的全部拉出去磨成了面粉。

母亲用新麦磨的面做成面条，我迫不及待地站在锅台边，端着个空碗等着母亲给我捞面条吃。可是白生生的面条下了锅，在沸腾的水中翻滚一下，就断成了一截一截，再一翻滚，就成了疙瘩汤。母亲盛一碗递给我，抿一口，汤是甜的，像放了一锅的白糖，那甜味甜得上头，我就使劲往里面放盐，可是不管放多少盐进去，却依然是咸味中带着甜味。齁咸齁甜，难以下咽，嗓子受不了，感觉要冒烟。

母亲只好拿面做饼子。起先，烙的饼外脆里嫩，还是挺可口的，像夹心的甜点。可是我们期望吃上一顿白面锅盔，上顿接着下顿吃甜点，心里就起腻，令人生厌。麦芽糖性凉，我和父亲的胃都不好，早晨吃了甜点，到了地里吸上冷空气，不多时，就觉得心烧胃酸，什么活也干不了。胃里翻江倒海，一个劲地泛酸水，吐得人像害了口的婆娘一样，一脸的蜡黄，浑身无力。正是青黄不接的时候，夏粮不多，且都成了麦芽糖，秋粮还长在地里，家里再也找不出比这更好的面可以做成其他的吃食了。

生过芽的麦子，也只能凑合着填饱肚子，无法留种，父亲背着半袋子生了芽的麦子去换别人家的麦种子，没人愿意换，父亲只好再背回来，然后花钱去买人家的麦种子。

麦子生了芽，磨成的面粉分不清黑面和白面，只能分清麦麸和面粉。麦芽面，真是为难了我的母亲，也为难了父亲，同时也为难着一家人的胃口。

到了秋天，一尺厚的水淤土上，长出了绿油油的麦苗。凶猛的洪水将我的麦子沿着走过的水沟，撒下一路。看着幼嫩的麦苗，我心里生疼，它们注定要在深秋里夭折，漏生的麦子不如草，养不了人也养不了牲畜。洪水将我的麦子埋入泥土，泥土却是埋不住麦子的，所有的麦子都会在秋日里以青葱麦苗铺陈于洪水经过的所有土地，向我做最后的道别，我的心里，装得满满的，全是麦芽糖在我的身体里发酵后留下的酸楚。

麦田行吟

我喜欢像父亲那样坐在田埂上，看麦子扬花。面对扬花的麦子，我常常闭口不语，赞美对麦子而言都是废话，废话于我无用，于麦子更是无用。

我还喜欢坐在老房子的炕上，对着满天的星光赞美令我心悦诚服的麦芒。麦芒是母亲用拇指和食指捏着的那一根针，她长年累月地为我纳鞋底、缝补衣裳。四通八达的黄土路上，处处都有被我遗落的母亲的针凿印痕，我扶犁耕过的麦地上，麦子以如针的麦芒为我的母亲歌功颂德。

树叶倒悬的夏日，我的村庄是生长在一棵大树上的一片大大的树叶，小小的我吃住在村庄里，像一只隐姓埋名的毛毛虫，树叶是我一辈子的粮仓。村庄暂时给我的名分是麦田里的淌水工，我觉得不够妥帖，我的工作不仅仅是给田地淌水，一年四季，我也像所有的农人一样心系着麦田，侍弄庄稼。大地倾斜，沟壑纵横，它的内脏已经被我的族人掏空，大地的内脏是可以燃烧的火，被我们挖出来，私藏了。天寒地冻时，用它取暖，滴水成冰的冬日里，火焰与我们的幸福生活息息相关。

枝叶茂密的大树，像先前那样成长，大地向北倾斜，我在北面的河里取水，供人吃畜饮，陡处的坡地，全是旱地，旱地里的麦子常常被我们遗忘，生死由天。东山的一角延伸至西坡，坡陡沟深，老榆树临崖而生，树桩歪七扭八，树冠却始终向着太阳。

麦田在村庄之外，我亲手撒进地里的麦子，从春至夏，麦苗青葱。我的耕地上所有麦子都被村民们冠以我的名字。我的名字在麦田里人人皆知。我习惯于在自己的土地上以主人自居。

我在心情大好的时候，会哼着小曲，从清晨劳作到傍晚。或者独自一人淌水到深夜，那时候我很年轻，有一颗狂热的爱心。我不止一次在半夜里帮小寡妇的麦田看水，她是一个善良的寡居女人，每次都是在天黑以前，她匆匆来到田头，递给我一个碎花布包，一句话也不说，扭身就走了，她一转身，麦香扑鼻。我不用看，包里面一定是一包锡纸包的细盐、几棵嫩白的葱白、一杯放了糖的茶水，还有几个热乎乎的白面馒头。

夏夜里，蛙声一片。我手握铁锹坐在田埂上，等待来自上游的水。水流汩汩，眼前的一切都是夜的颜色，我的头发、眉毛、眼睛，还有麦苗，都裹在夜色里，晚风拂过，一地漆黑。我的黑白相间的眼睛里，只有星星亮着，像我在白天见过的所有的眼睛一样，挤眉弄眼地看着我，我把赤裸的双脚伸进麦地，麦子毛茸茸的须根，与我的双脚同在。

前夜的水，在邻家的麦田里汩汩流淌，我侧耳聆听麦田夏夜的蛙鸣。蛙声此起彼伏，长一声，短一声，不长不短又一声，一声一声接一声。我听不懂蛙鸣，只感觉这绵延的蛙声使夜显得更加寂静，静得令人犯困。夜风袭来，麦田里叶子沙沙作响，仿佛是有意在映衬这一地漆黑的蛙鸣。青蛙是麦子的诗人，我在一片蛙声里独自静坐，并不觉得青蛙是在诵读麦子的史诗，或者歌颂着生命本身。青蛙不辞辛劳地从黄昏朗诵麦子所钟爱的诗歌到深夜，等待淌水的我，不懂诗歌，我心里只深爱着麦子，甘心只做个淌水的人，水若不来，我只等待。在漆黑的夜里等着淌水，是一件无比苦闷而又无聊的事情，一切了无情趣。

我沉浸在七月的麦浪里醉生梦死。我决定用老房子里堆垛的旧麦自酿白酒或制作麦芽糖，调剂寡淡的生活；把头一拨新麦全都磨成面粉，请小寡妇为我蒸上软软的白面馒头，我只吃麦粒中最白的那一部分，把黑面和麸皮掺了，喂鸡鸭、牛羊和年猪，我要像所有幸福的人一样，过年喝酒、吃肉，就馒头，延续从祖上传下来的幸福生活。